TREIZE FAÇONS DE VOIR

DU MÊME AUTEUR

Les Saisons de la nuit, Belfond, 1998, rééd., 2007 ; 10/18, 2000

La Rivière de l'exil, Belfond, 1999, rééd., 2007 ; 10/18, 2001

Ailleurs, en ce pays, Belfond, 2001, rééd., 2007 ; 10/18, 2003

Danseur, Belfond, 2003 ; 10/18, 2005

Le Chant du coyote, Belfond, 2007 ; 10/18, 1998

Zoli, Belfond, 2007 ; 10/18, 2008

Et que le vaste monde poursuive sa course folle, Belfond, 2009 ; 10/18, 2010

Transatlantic, Belfond, 2013 ; 10/18, 2014

Vous pouvez consulter le site de l'auteur à l'adresse suivante :
www.colum-mccann.fr

COLUM McCANN

TREIZE FAÇONS DE VOIR

Nouvelles

Traduites de l'anglais (Irlande)
par Jean-Luc Piningre

belfond

Titre original :
THIRTEEN WAYS OF LOOKING
publié par Random House, une marque de The Random House Publishing Group, une division de Random House, Inc., New York

Cet ouvrage a été traduit avec le concours
de l'Ireland Literature Exchange
(Fonds pour la traduction), Dublin, Irlande
www.irelandliterature.com
info@irelandliterature.com

Retrouvez-nous sur
www.belfond.fr
ou www.facebook.com/belfond

Éditions Belfond,
12, avenue d'Italie, 75013 Paris.
Pour le Canada,
Interforum Canada, Inc.,
1055, bd René-Lévesque-Est,
Bureau 1100,
Montréal, Québec, H2L 4S5.

ISBN : 978-2-7144-7076-8

Belfond | un département **place des éditeurs**

place
des
éditeurs

Pour Lisa, Jackie, Mike et Karen.
Pour tous ceux qui continuent de bâtir Narrative 4.
À la mémoire de mon père, Sean McCann.

TREIZE FAÇONS DE VOIR

I

Vingt montagnes enneigées,
Sans rien d'animé
Que l'œil du merle noir.

LA PREMIÈRE, CACHÉE EN HAUT DE L'ÉTAGÈRE EN ACAJOU, embrasse l'étendue de la pièce dans laquelle il dort sur un grand lit aux nombreux oreillers.

La tête du lit est finement sculptée. Le sommier rappelle la forme d'un traîneau. On reconnaît des motifs amish sur l'édredon. Une urne est posée sur la table de nuit à gauche, une pile de livres sur celle de droite. Une vieille horloge lanterne, aux poids et poulies apparents, est accrochée au mur près du long miroir à cadre d'argent, tacheté et jauni par le temps. Sous le miroir, calée dans un coin et presque invisible, on aperçoit à peine la petite bonbonne d'oxygène.

Une demi-douzaine d'oreillers sont placés sur le fauteuil à distance du lit. Un autre fauteuil, en bois de chêne avec des accoudoirs en cuir, est garni de coussins.

Sur le bureau, près de la porte, se trouvent un tas de papiers proprement empilés, un coupe-papier en argent, un sceau à cacheter, un ordinateur portable ouvert. Il y a aussi une pipe, mais pas de pot à tabac, ni allumettes ni cendrier.

Les tableaux sont de style contemporain : trois paysages urbains, lignes et blocs, arêtes vives, et une petite marine abstraite près de la porte de la salle de bains.

Et lui allongé au milieu, une forme ramassée sous l'édredon, d'où émerge sa tête, presque indistincte.

II

J'hésitais entre trois options,
Comme un arbre
Abritant trois merles noirs.

« JE SUIS NÉ AU MILIEU DE MON PREMIER RÉQUISITOIRE. » Il devrait se lever, noter ça dans un carnet, mais il fait un froid glacial dans la pièce, le chauffage ne s'est pas encore mis en marche, alors il préfère ne pas bouger. Il a chaud sous les draps bien serrés. Peut-être Sally est-elle revenue le border, maintenant qu'il y repense, la dernière ou les dernières fois qu'il est allé aux toilettes. En fait, il n'a pas arrêté d'y aller. « Je suis né au cours de ces expéditions homériques. » Le ventilateur au plafond mouline au-dessus de sa tête. Les gars de l'entretien ont dû inverser le sens de la rotation. Comment se fait-il qu'un ventilateur produise de la chaleur en tournant dans l'autre sens ? Une affaire de circulation, d'air ascendant. Si seulement on pouvait maîtriser les courants, on reviendrait en arrière. « Au milieu de mon premier réquisitoire. » Drôle d'idée, à cet âge, de repenser à ses mémoires, mais qu'a-t-il d'autre à faire ? À sa grande surprise, le livre, sorti dans les années 1980, s'était mal vendu. Un ouvrage pourtant bien édité, présenté, révisé. Très chic. En toute modestie, il avait cru qu'on écoulerait quelques copies, mais il avait fini dans les soldes au bout de trois semaines. « Je suis né au milieu de mon premier échec public. » Non, franchement, quand suis-je réellement né ? « La première fois que j'ai fait l'amour à Eileen. Le jour où, après l'accouchement, j'ai pris la main d'Elliot dans la mienne. En m'asseyant dans le cockpit d'un Curtiss SOC-3. » Allez, c'est des conneries. Des conneries avec deux grands *N*. Honnêtement, il est né au tribunal de Brooklyn, où il venait d'être nommé procureur adjoint, lorsqu'il y a prononcé ce premier réquisitoire. Ses mots avaient résonné exactement comme il l'avait imaginé, il les avait vus flotter, s'envoler. Il avait vu l'effet produit sur les visages du jury, un jury composé d'hommes seulement, et sur celui du juge bienveillant qui rayonnait d'orgueil. « Des arguments solides, monsieur Mendelssohn. » Il avait su alors qu'il ne changerait pas de voie. Il était fait pour le droit. Mais c'était il y a combien de siècles ? Il faudrait le noter. Voilà bien le problème, quand on vieillit, n'est-ce pas ? Les impressions reviennent, pas les dates. Lorsqu'on retrouve la date, l'impression disparaît.

Un crayon et du papier, ma chère Sally, est-ce trop vous demander ? « Je suis né pendant ma première perte de mémoire. » Pourquoi, mais pourquoi n'y a-t-il jamais de papier sur la table de chevet ? Je pourrais me servir d'un magnétophone, alors ? Une de ces petites merveilles numériques. Sans doute y a-t-il ça dans mon BlackBerry – puisqu'il y a déjà tout le reste. Il le range depuis peu dans la poche de son pyjama, où il reste désormais la nuit, le petit clignotant allumé. Prodigieux appareil qui emmagasine sans cesse les dernières terreurs, les dernières victoires, pendant que lui somnole ou ronfle. Guerres, coups d'État, rébellions, révolutions, un éventail de misères prêtes à surgir du confort de son lit.

Tiens, c'est intéressant. La poche des pyjamas est cousue à gauche, sur le cœur. Avec une visée médicale ? Une sorte de boîte à gants pour les docteurs ? Un endroit où ranger stents, tubes et comprimés en cas de crise cardiaque ? Les accessoires de l'âge. Une question à poser à son vieil ami le Dr Marion. Pourquoi la poche sur le cœur, Jim ? Ce n'est peut-être qu'un caprice de la mode. Qui a eu l'idée de coudre des poches sur les pyjamas, d'ailleurs ? Pour quoi faire ? Y conserver un bout de pain, un cracker, une biscotte, en cas de fringale nocturne ? Y entreposer d'anciennes lettres d'amour ? Servir d'écrin à l'alter ego qui attend, là-bas, dans les coulisses ?

Ah, l'esprit vagabonde, prépare son évasion : là-bas, derrière la fenêtre couverte de givre. Au fait, qui a inventé le côté frais de l'oreiller ?

Il remue un instant les orteils sous les draps, les frotte lentement les uns contre les autres, et la chaleur remonte le long de son corps. Il n'a jamais rien compris au système du chauffage new-yorkais. Toute cette vapeur qui circule sous terre, leurs camions pleins de mazout, les réunions à la mairie à propos des chaudières, avec des ingénieurs nobélisés, des architectes plus malins que tout le monde, des experts du réchauffement global, de parfaits génies, un véritable brain-trust, et on a toujours droit le matin à ces sinistres *clac-clac* dans les tuyaux. Dante, à la cave, qui essaie d'actionner la pompe. Bon Dieu, au XXIe siècle, quand même, ils devraient être capables de régler ce chauffage de merde, pardon de jurer comme un charretier, comme un Lituanien, un Polonais, ce que vous voudrez, mais non, ils n'y arrivent pas, n'y sont jamais arrivés et n'y arriveront probablement jamais. S'il ne fait pas un froid sibérien, ils n'allument pas la chaudière avant cinq heures. Le concierge de l'immeuble, originaire de Sarajevo, est un maître aux échecs. A joué un jour contre Spassky, se flatte de hautes dispositions intellectuelles, se dit membre de Mensa, mais lui non plus n'est pas foutu de faire marcher le chauffage !

Il pioche son BlackBerry et pianote sur quelques touches. Vingt-deux minutes à attendre que la tuyauterie se réveille. Tenté un instant de déroger au rituel, de lire un peu plus tôt les nouvelles, les e-mails, mais il remet finalement le téléphone dans sa poche. « Je suis né au milieu de mon premier réquisitoire et je suis ressorti dans Court Street en marchant d'un pas élastique. » Pas tout à fait exact. Je n'ai jamais eu un pas élastique, même à cette époque. J'avais plutôt une foulée de retard. Ni Joe DiMaggio, ni Jesse Owens, ni Wilt Chamberlain, ni qui que ce soit. Mais l'élastique était tendu dans la langue, l'intonation, les tournures. Il restait parfois des nuits entières à polir ses phrases sur sa table d'acajou. Plus jeune, il avait souhaité devenir écrivain. La fontaine d'Hélicon. « Je suis né au milieu de ma première contradiction. » Le fond n'importe pas dans les bons réquisitoires. Tout repose sur la forme. Le bon mot au bon moment. N'importe quel imbécile sait qu'une phrase bien tournée donne de l'éclat à une idée stupide. Au tribunal, il observait les membres du jury en tentant de deviner quels mots les toucheraient le mieux. Un orateur habile dans un corps de serpent, avait commenté un collègue. Ou était-ce un habile serpent, tapi sous l'orateur ? Un compliment, de toute façon. Même les serpents sifflent avec grâce.

Eileen adorait lire ses arrêtés, particulièrement à la fin de sa carrière, après son élection à la Cour suprême de New York, au comté de Kings, quand les journaux ne le lâchaient plus. Le *Village Voice*, le *New York Times*, et ce canard douteux, le *New York Amsterdam-je-ne-sais-quoi*, comment s'appelait-il ? Pas le *Brooklyn Eagle*, qui a fermé ses portes il y a longtemps. Ils l'avaient représenté sous les traits d'une mante religieuse. Un portrait détestable – les joues flasques, les lunettes plantées en haut du nez, un petit bedon en bandoulière, et il dévorait une autre mante. Crétins. Ils n'avaient rien compris. C'est la femelle qui mange le mâle après l'amour, pas l'inverse. Quoi qu'il en soit, cela n'avait rien d'élogieux.

Pourquoi fallait-il qu'ils assimilent les juges à des montagnes de chair ? Il avait toujours été maigre. Un échalas. Un épouvantail. Il y avait plus de gras, disait Eileen, sur un couteau de boucher. Mais les caricaturistes, même les dessinateurs d'audience, tenaient à lui faire des bajoues ou lui donner un peu de ventre. Ce qui rendait Eileen folle de rage. Elle s'était mise à compter ses calories journalières, tant et si bien que, de profil, il ne se voyait plus dans la glace. Il avait pensé que l'âge, l'accueillant avec bienveillance, le guérirait de tout orgueil, mais voilà ce qu'il vous donne : des rides, la peau qui pend, un regard surpris par l'image dans le miroir. Justement, il s'est vu dans celui-ci, l'autre jour. Dieu du ciel ! Comment puis-je avoir aujourd'hui la tête de mon père ? Ce n'est pas tant que les années s'accumulent : elles s'imposent, resquillent, passent la porte comme un souffle et vous laissent dévasté, un tas de vaisselle vide, les veines brisées, les yeux enfoncés, les gencives irritées. Mais de quoi se plaint-il, il a eu tout le temps de s'y habituer, et lui qui n'était pas beau gosse, il l'avait eue quand même, son Eileen, il l'avait éblouie, conquise, ravie. « Oui, je suis venu au monde grâce à mon premier grand amour. »

Son bras retombe du côté vide du lit. *Saudade*. Beau mot. Portugais. Rapproche-toi, Eileen. Viens te blottir. Pas de mot plus vrai que celui-là. *Saudade*. Le désir de ce qu'on a perdu.

Ses premiers réquisitoires au tribunal de Brooklyn, disait-elle toujours, étaient pétris de patience, d'habileté, de ruse. Référence littéraire – elle était fan de Joyce. Le silence et l'exil. Tous les matins, elle repassait ses chemises et empesait ses cols. Et chaque fois qu'il avait gain de cause, elle lui achetait un recueil de poésies, et une cravate neuve à la boutique de Montague Street. Il en avait tant qu'il aurait pu les accrocher à un fil entre la maison et l'atelier en Asie – les cravates, pas les recueils. Grâce à Eileen, les ouvrières de Gucci n'avaient jamais manqué de rien. Toutes ces cravates suspendues dans l'armoire, parfaitement arrangées, par genre et par couleur. Ses cheveux noirs, son petit nez mutin, l'unique grain de beauté en bordure de la joue. Elle était restée jolie toute sa vie, comme la fille de la chanson. *Jolie un jour, jolie toujours. Le clair de lune dans ses cheveux.* Il vaporise parfois un peu de son parfum sur l'autre oreiller, pour garder son odeur, faire comme si elle était là. Sentimental, bien sûr, mais que serait la vie sans les sentiments ? Et n'éludons pas la question : à quand remonte sa dernière partie de jambes en l'air ?

Demandons au BlackBerry, il saura. Il sait tout, évidemment, sur les fils rebelles, les filles éplorées, les nouvelles marées noires dans le golfe.

Il entend Sally qui, déjà levée, s'active à la cuisine. Les cuillères s'entrechoquent. Une soucoupe sur la table. Puis la théière. Le verre de jus d'orange. *Cling. Ping.* Le mixeur sorti du placard. Le bruit mat du joint en caoutchouc à l'ouverture du frigidaire. Le panier du bas qui claque. La procession des carottes, fraises, ananas, oranges, et les glaçons qui dégringolent. Le jus. Sally voudrait qu'il appelle ça un *smoothie,* mais il n'aime pas l'expression, voilà, il n'y a rien d'onctueux là-dedans[1]. En se traînant dans le parc, l'autre jour – pas d'autre mot, il se traîne tous les jours, maintenant –, il a vu une jeune femme près des bancs du Reservoir qui avait le mot *Juicy* imprimé en rouge sur son derrière. Même à son âge, il a dû admettre que ce n'était pas loin de la vérité. Qu'Eileen, bien sûr, et Sally aussi, et Rachel, et Riva, et Denise, et Mary-Beth, et Ava certainement, et Oprah, et Brigitte, et – pourquoi pas ? – Simone de Beauvoir, et toutes

On envoie une mission sur Mars, et un respectable habitant de la Quatre-vingt-sixième Est doit se geler les *cojones* ? On range un BlackBerry dans la poche du pyjama, sur le cœur, et impossible de faire monter la vapeur sans ce boucan du diable ?

Bon, ça vient, ça arrive. Le premier *clic* de la journée. Le deuxième. Le troisième. Maintenant un grand coup sec. *Bim bam boum*. Quelqu'un en bas s'acharne sur les conduites. Bon gars, ce Dante. Tu parles d'une divine comédie. Oubliez tout espoir. Du jazz dans le chauffazz. Si seulement. Réveille-moi, Thelonious Monk. Passe un moment dans mes tuyaux. Visite même la cave, tant que tu y es.

— Sally !

Le mixeur broie la glace, les lames envoient les glaçons se fracasser contre les parois de verre.

— Sally !

Le mixeur se calme, le silence revient lentement.

— Sally, je suis levé !

À l'évidence, ce n'est pas vrai. D'aucune façon. Ils lui ont installé une grande barre blanche, et quelques autres gadgets, pour l'aider à se hisser hors du lit le matin. Elliot a même voulu, à un moment, lui accrocher une potence. Un treuil, comme pour les conteneurs dans les ports. « Il te faut ça, papa. » C'est ça, cher fils, mon cul. Pour une potence, il faut des impotents, donc aucune importance. Pas de quoi épater Eileen, ça : pas du tout le genre de poésie qu'elle appréciait. Ses petits aphorismes à deux cents la laissaient de marbre. Elle était mordue de cet Irlandais, Heaney, et elle avait un faible pour un autre ébouriffé du cru, Muldoon. S'efforçait de ne rater aucune de leurs lectures. Il s'amusait de la voir poursuivre ces bruyants troubadours. Lui-même les avait rencontrés un jour, lors d'un dîner au Waldorf : ils auraient dû écrire quelque chose sur le poulet caoutchouteux et les serveurs fuyants. Il avait traversé le salon, rejoint la file d'attente, sorti son bon stylo à encre, les avait priés de signer une serviette de table qu'il avait cachée dans sa poche en partant – un juge innocent, les mains vides. Puis il l'avait rapportée à Eileen qui l'avait serrée contre elle, en robe de chambre, et lui avait dignement souhaité bonne nuit : à bientôt dans mes rêves.

Mais. Ce. Putain. De. Boucan. Qu'il. Y. A. Ce. Matin. Enfin, quand même, la vapeur siffle joyeusement. Il la sent déjà qui gagne la pièce. Bonjour, Thelonious, c'est l'heure de se lever ! Et gloire à Dieu[2] ! Katya chantait ça, il y a bien longtemps. Avec la chanson de la toupie.

Il s'accroche à la barre, pivote sur le côté, se redresse et, nom de Dieu de merde, il sent ce machin entre ses cuisses. Elle lui a mis une protection. Oui, une protection. Une couche, autrement dit. Comment s'y prend-elle ? Mince alors, une couche. Mais quand a-t-elle fait ça ? Comment a-t-il pu oublier ? Il se rappelle le bruit de la circulation dans Court Street, cinquante millions d'années plus tôt, se souvient de Heaney et Muldoon au Waldorf, se rappelle être né juriste, et la boutique de cravates de Montague Street, Katya, les comptines enfantines, se revoit monter à bord du SOC-3, mais pas Sally qui lui a mis une couche au milieu de la nuit. Pour l'amour de Dieu !

Chiens noirs de la mémoire.

— Sally !

Grande et longue[3], ça, elle l'est, mais rapide à répondre, non. En selle, Sally. À cheval, saperlipopette !

— J'arrive, Mister J.

Hanoucca, aussi, arrive. Comme le XXIIe siècle. Et la fin du monde visible. Dépêche-toi de venir m'aider, ma fille. Une saloperie de couche. Pourquoi m'avoir flanqué cette misérable ineptie ? Qu'ai-je fait pour mériter ça ? Quel crime ? Quel horrible méfait ? J'en avais sans doute besoin il y a quatre-vingt-deux ans, d'accord, chère Sally, et pardon si je jure – en polonais, en lituanien, ou dans mon yiddish de cuisine –, mais nom de Dieu, plus aujourd'hui !

Suspendu à la barre, il va sortir du lit lorsqu'il perçoit une petite toux, un vague soupir, et des pas dans le couloir. Des pas traînants. Sally s'arrête, peut-être pour reprendre son souffle, et il ne comprend pas tout de suite si elle se rapproche ou si elle s'éloigne. L'horloge. L'eau qui bout. Ces pas lents.

Ce que le temps peut être cruel. N'y en a jamais assez quand il faudrait, et trop dans le cas inverse.

— Sallyyyy !

Autre soupir, petite toux affectée, quatre nouveaux pas, et la rotation de la poignée dorée.

— Nous voilà moi.

Comment ça, « nous voilà moi ? » Me voilà ou nous voilà ! Il n'y a pas de grammaire à Tobago ? Ils abêtissent la langue, ces gens, l'abrutissent, l'abâtardissent. Oubliés, *Le Bon Usage* et le code typo. Jamais elle n'écrira pour le *New Yorker*. Ni pour le *Times*, même pas le *Daily News*. Elle arrivera peut-être à décrocher un poste au *Post*, mais de justesse, par la barbiche de son petit menton.

Pourtant son intonation ne manque pas de charme. Sa voix évoque un tintement de pièces d'or. Un tambourin bat dans sa gorge. Sally James a englouti un oiseau, un de ceux qui se lèvent tôt. La voici donc, de bonne humeur, fraîche comme une cime, solide comme un chêne, grande comme un séquoia. Elle se dresse au-dessus de son lit. Le balancement de ses boucles d'oreilles. Ses mèches délirantes, sensationnelles. Elle passe la moitié de sa vie à se coiffer. Rouleaux, fers, peignes, tout un attirail. Lorsqu'elle est arrivée, il l'entendait se lever à quatre heures du matin – et de boucler, sécher, coudre, natter…

Sally a une odeur particulière, une bonne odeur, comme on dit que l'encaustique sent bon. Cette chère Sally de Tobago, ou bien est-ce Trinité ? Quelle différence, de toute façon ? Qu'est-ce que ça peut faire ? Elle peut bien être du nord, de l'est, du sud ou de l'ouest, la seule chose qui nous intéresse est qu'elle lui a mis une couche et qu'il faut la retirer, rapidement, discrètement, mais *tout de suite*.

Comment avez-vous fait ? À quelle heure êtes-vous entrée sur la pointe des pieds ?

Voyez-vous ça, le pantalon de pyjama baissé jusqu'aux chevilles, la poche toujours sur le cœur, l'horloge sur le cadran du BlackBerry, *tic-tac*, et je me demande ce qu'elle a pensé, ou ce qu'elle pense, de mon appareil. Je n'ai pas le potentiel des lances à incendie. Combien de fois l'a-t-elle déjà vu, plié ou déplié ? Hippocambré. Encagoulé. Alors on ne se moque pas. Enfin, espérons.

— Sally ?

— Oui, Mister J. ?

— Il me faut vraiment le costume d'hiver ?

C'est devenu cette expression : le costume d'hiver. Appeler ça une couche l'exaspère, quant à protection urinaire, c'est un peu long, pesant, pour ne pas dire lourd du cul. Comment les Anglais appellent-ils ça ? Ils ont un tel sens de la langue, ces Anglais. Normal, puisqu'ils ont eu les Irlandais comme professeurs, disait toujours Eileen. Pourtant les grands maîtres du lexique paraissent un peu courts, de ce point de vue. A *nappy*, figurez-vous. Quel type de génie poétique nous a trouvé ça ? Quel bel esprit d'Oxford ? Un dérivé de *napkin*, sans doute, qui signifie serviette de table. Pliez, rangez dans le porte-serviette.

— Sally, je n'aime pas ça.

— Mais c'est pour mieux dormir, Mister J.

— Pas pour mieux se réveiller.

Elle renverse la tête et me montre tous ses plombages, mais il n'y a pas de quoi rire, Sally, pas de quoi rire du tout. Parce que c'est moi dont il s'agit. Nous voilà je. Ses cheveux me chatouillent quand elle se penche, son parfum est piquant, elle repousse l'édredon, dégage les draps d'un geste vif. Dieu, qu'y a-t-il de pire sur cette sombre planète ? En changeant de position, il comprend tout de suite. Bouclez-moi, monsieur le juge. Et jetez la clé. Seigneur, vous vous êtes pissé dessus, Mendelssohn ? Chié aussi ? À qui est ce corps, cette petite ruine puante, ce repaire de *meshuggener* ? Qui nous impose cette infecte comédie ? Car divine, elle n'est pas. Comment ai-je pu dormir dans cet état ? Revoilà le *pisher*, le pisseux des débuts. La fontaine d'Hélicon, tu parles.

Elle le redresse d'une main et, de l'autre, rapproche le Zimmerframe, son déambulateur. Qui c'était, ce Zimmer, au fait ? Il tend le bras et affirme qu'il finira sans elle. Retirez le costume d'hiver, je descends tout schuss.

Puis il ajoute : « S'il vous plaît. »

Oh, brisez-moi ce corps, Sally, réduisez-le en morceaux, que je puisse me promener avec ce qui fonctionne encore, le cœur, la tête. Laissez le reste quelque part. Adieu entrailles, côlon, poche de pyjama, prostate évasive, indéfendables organes tous autant qu'ils sont. Le cœur, la tête de Mendelssohn veulent prendre l'air. Au revoir, *alter kocker*. J'ai toujours respecté les lois de la nature. Mais là, l'enfant est nu devant le loup affamé. « Je suis né au milieu de mon premier changement de couche. » Bon, à la vérité, ce n'est pas vraiment le premier.

Tout contre elle à nouveau, il éprouve la solidité de ses bras, sent sa main se poser dans le creux de son dos, et qui eût cru que la dernière femme de sa vie aurait une poitrine aussi ronde et aussi généreuse ? Douce et parfumée. Juteuse, pulpeuse. Souple et charnue. Oh, vous êtes une brave femme, Sally James de Tobago, de Trinité, de Jamaica Plains[4], d'où que vous veniez, et rappelez-moi combien je vous paie. Je dois m'assurer, et plutôt deux fois qu'une, qu'il y a quelque chose pour vous dans mon testament. C'est une fille bien, pleine de bonnes intentions, malgré sa grammaire déficiente, mais la mienne l'est aussi parfois, *je est, je suis, j'étais, je serai*, hé, oh, voilà qu'elle me soulève, je vole à moitié, c'est de la haute technicité, hisse-moi en haut de la montagne, ressuscite-moi, Sally grande et longue, fais rouler la pierre, et ses articulations craquent, fin du transfert, il s'effondre à moitié devant le déambulateur et pousse un grand soupir de soulagement tandis que le contenu du costume d'hiver se déplace un peu plus bas.

— Doucement, Mister J.

— Bon, que j'soye à l'église à temps[5].

— Hm ?

— Aux toilettes, Sally, aux toilettes.

— Oui, monsieur.

Dilate tes narines, Mendelssohn. Allez, vite. *Mach schnell.* Assez de craquements. Donne du temps à ta vie, cela résoudra tous tes problèmes, même celui d'être vivant.

— Vous avez une petite mine, Mister J.

— Jamais senti aussi bien.

— On a oublié, dit-elle.

Elle traverse la pièce et se penche devant la porte du dressing. Le blanc de son uniforme dessine deux moitiés bien distinctes. Ah, je suis un affreux bonhomme mais, Seigneur, il est des spectacles moins heureux. Rien vu, rien entendu, cependant à mon âge on peut bien jeter un petit coup d'œil, non ?

— Qu'ai-je oublié, Sally ?

Elle se redresse, souriante et rebondie, et brandit une paire de pantoufles.

— Sally, je ne veux pas de ces pantoufles idiotes.

— Mister J. ?

— Vous m'avez compris. Je n'en veux pas, ma fille.

Elle se baisse, tapote gentiment sur sa jambe et il finit par lever un pied.

— Pour ne pas glisser, Mister J.

— On n'est pas à la patinoire.

Elle le regarde du blanc de l'œil et il lève l'autre pied avec un air contrit. Sally, il fallait vraiment que vous preniez celles-là ? Les chaussons peluche. Vous n'auriez pas pu en choisir de plus sobres ? Ma vie entière se réduit-elle à ces chaussons ? Ils ne sont pas à ma taille et ne viennent pas de chez Brooks Brothers. Et fallait-il vraiment me mettre une couche au milieu de la nuit ? Et mon traître de fils s'est-il encore attiré des ennuis ? Il n'est rien arrivé à mes beaux petits-enfants, j'espère ? Ma fille est-elle enfin rentrée de sa mission pour la paix ?

Il se réjouit, se félicite qu'Eileen n'ait pas eu besoin d'assister à tout ça. Elle a lâché la rampe, il y a maintenant deux ans. Eileen adorée. Bon sang, les poumons mangés par le cancer, elle qui n'avait pas fumé une cigarette de sa vie. Elle est partie sans traîner. C'est au moins ça. Exit fantôme. Prends Hamlet avec toi.

— Nous sommes prêts, Mister J.

À vos marques, donc. La course en Zimmer. Pourquoi pas un drapeau à damier, aussi ? Affectez la vertu, disait le Barde, si vous ne l'avez pas. Quand a-t-elle commencé à m'appeler Mister J. ? Alors que mon prénom est Peter, Petras, Peadar. Elle a dû entrevoir mes initiales quelque part, je suppose. Ce n'est pas tout ce qu'elle a entrevu, malheureusement. Oh, Mendelssohn, lamentable idiot. Pas sur cette pierre qu'on fondera quoi que ce soit.

— Merci, Sally.

— Hmmmmmmmpff, répond-elle.

Soyez un *Mensch*, Seigneur, délivrez-moi de mes souffrances. Quel combat de simplement se rendre aux toilettes. Il fait passer le Zimmer par-dessus le bas de porte, réussit à la refermer derrière lui. Se retient aux poignées pour rester droit. Il y en a partout à l'intérieur, un rayon entier : poignées pour le lavabo, poignées pour la douche, pour sortir de la baignoire, des poignées pour les poignées.

Il se débarrasse des chaussons, défait le cordon du pyjama qu'il laisse tomber à ses pieds, dégage lentement ses jambes. Le cordon s'accroche à son gros orteil et il manque de trébucher. Se rattrape au bord de l'évier, jette en vitesse un coup d'œil au miroir. Charmé de la rencontre, mon brave monsieur[6]. Non, ce n'est pas moi. Pas même je. Bon Dieu, j'ai l'air d'une vieille paire de doubles rideaux avec la cantonnière au cou. Une chose caoutchouteuse qui s'étire pour l'éternité.

Allez, en avant, en avant. La vie est courte et le matin prend tout mon temps.

Ressaisis-toi, Mendelssohn, lave-toi. De la grâce, de la dignité. « Je suis né lors de mon premier réquisitoire, pourtant j'ai parfois l'impression d'être arrivé à d'autres moments. » Qui de nouveaux mémoires pourraient-ils bien intéresser, alors que les premiers ont rencontré un échec complet ? Ridicule, cette idée.

D'une main, il tire un côté de la couche. Attention, là. Les bagages rangés en hauteur dans les casiers peuvent s'être déplacés pendant le vol.

Seigneur, Dieu, il n'y a rien de pire que le bruit du Velcro.

Rien de pire sur notre belle Terre.

III

Le merle noir tournoyait dans les vents d'automne.
Ce n'était qu'un détail de la pantomime.

LE SALON EST ÉQUIPÉ DE DEUX CAMÉRAS, munie chacune d'un détecteur de mouvement. La première cachée dans la bibliothèque, l'autre dissimulée sur une étagère près de la fenêtre. Leur objectif fish-eye donne aux images une allure sous-marine : les objets semblent s'étirer comme une vague.

Lorsqu'on ouvre les rideaux, la lumière inonde la pièce avec un effet théâtral. Le point est fait sur la grande table, dotée de six chaises artisanales, chantournées, de marque Chippendale. Au milieu se dresse un vase chinois garni de fleurs et un plat à motifs décoratifs contenant des clés, des lettres, des stylos.

Un grand tableau orne le mur au-dessus de la table. C'est un portrait de Mendelssohn, en costume et cravate. Il a un regard sérieux et porte des lunettes à large monture.

D'autres peintures dans la pièce dénotent un goût éclectique, la plus notable étant une marine du Maine. Un tapis persan occupe une bonne partie du sol. Une table basse borde le grand canapé. Posés sur le plateau de verre, les livres paraissent flotter dans les airs : Roth, Márquez, Morrison.

Le reste de la pièce fait plus ancien, plus habité : Steinway noir au couvercle ouvert, accessoires de cheminée – bien que celle-ci soit condamnée –, des verres en cristal sur le vieux comptoir en bois.

Par la suite, l'existence des caméras étonnera les agents de la criminelle. Ils apprendront que le fils de Mendelssohn, Elliot, les avait installées pour surveiller Sally James. Pourtant, il ne semble vraiment pas y avoir de raison de la soupçonner, ni beaucoup d'intérêt à regarder Mendelssohn assis à table, en train de lire son journal et de boire son café sous l'œil de son double accroché au mur, le plus âgé des deux paraissant bien pâle.

Ils parcourent les enregistrements numériques et s'attardent sur la journée de sa mort. De temps à autre, Sally apparaît devant la caméra de la bibliothèque. Elle passe l'aspirateur. Arrange les coussins sur le canapé. S'assied une heure et lit un magazine. Mendelssohn lui-même entre dans le cadre avec son déambulateur trois fois exactement : la première, il se traîne jusqu'au secrétaire, ouvre un livre, griffonne quelques notes, consulte son BlackBerry ; la seconde, il se rapproche de la fenêtre, sans doute pour vérifier s'il neige dehors ; la troisième, tôt le matin dans le salon, il a le regard perdu dans le vide.

La caméra le surprend dans la splendeur d'un peignoir marron élimé. Les joues ridées et les paupières tombantes, il affiche le sourire prudent de la vieillesse. Pourtant il reste quelque chose du garçon costaud qu'il fut. Le souvenir de son corps semble se mouvoir sous sa peau.

Les inspecteurs observent Sally, lente, laborieuse, qui revient à plusieurs reprises dans le salon. Chaque fois, le diaphragme de la caméra met un instant à s'ajuster. L'image s'éclaire brusquement par le fond, puis s'assombrit. Sally porte un costume blanc d'infirmière et des pantoufles. C'est une femme solide, robuste. Ses larges épaules et ses hanches se balancent en rythme quand elle marche. Il n'émane d'elle rien de suspect ou d'impertinent. Ni malveillance, ni impatience. Elle entre, pose le smoothie du matin, dresse le couvert pour le petit déjeuner, toast et café, donne le journal à Mendelssohn, revient avec le pot de marmelade. L'aspect ordinaire de la scène lui confère une certaine froideur.

Rien de très intéressant, plus tard, ni de révélateur, lorsqu'elle aide Mendelssohn à enfiler manteau, chapeau, écharpe, et le soutient par le coude en sortant du salon.

À son retour, ils l'étudient bien au cas où elle trahirait une quelconque émotion. Mais elle s'assied simplement sur un fauteuil, place ses chevilles sur le repose-pieds, lit son magazine. Quand elle apprendra la nouvelle au téléphone, elle lèvera les bras au ciel, traversera le salon en courant, se retournera pour prendre son manteau et ses chaussures. En fin d'après-midi, elle fera les cent pas, et quand le décès sera confirmé, elle tombera à genoux, éperdue de chagrin.

Ils savent, les policiers, qu'on peut procéder de mille façons. Les hypothèses se glissent les unes par-dessus les autres, s'opposent, se contredisent. L'observation modifie les faits. Position, vitesse, temps, distance, les vieilles lois de la physique.

Ils fouilleront les images à la recherche d'un détail aléatoire, d'un léger vent de surprise, d'un indice. D'utiles informations cachées dans les moments obscurs. Regarderont à nouveau au cas où quelque chose leur aurait échappé.

Leur travail ressemble à celui des poètes : la quête d'un mot furtif, à mettre à la bonne place, qui donnera au poème la précision voulue.

IV

Un homme et une femme
Ne font qu'un.
Un homme, une femme et un merle noir
Ne font qu'un.

IL FUT UN TEMPS où bien plier son journal était un art. À l'époque notamment où ils passaient l'été dans l'île. Un jeune blanc-bec assis dans le train de Long Island avec les autres costards-cravates. Un talent spectaculaire, même, de savoir plier son journal en longues sections bien nettes. La chorégraphie de la navette. Le ballet du matin tôt. Ils étaient capables de s'asseoir alignés trois par trois, les genoux parallèles, et de tourner les pages sans que leurs coudes se touchent. Un travail scientifiquement organisé. Les plus méticuleux parvenaient à délimiter quatre fins couloirs dans une grande page, tel un costume sur mesure, et poursuivaient leur article de colonne en colonne. Le monde était encore poli et respectueux. Cartables, parapluies et je vous tiens la porte. Parfois un crétin n'arrivait à rien, s'agitait dans un froissement de papier, impertinent, jouant des coudes comme d'un accordéon, cette espèce-là qui ne retrouvait jamais sa carte d'abonnement, renversait son café, toujours à fouiller, tâtonner, dans le bruit et la confusion. Au moins, on n'avait pas à supporter les téléphones portables en ce temps-là.

Il a pris le train, la semaine dernière, pour aller chez Elliot, voir son espèce de bastide, horrible endroit, avec ses douze chambres, la piscine, le salon multimédia, le garage à cinq places, bon marché, mauvaise qualité, comme la maison d'à côté et celle encore plus loin, une rangée de constructions Ikea, symboles de médiocrité fortunée. Son propre fils, son gros fils chauve, qui l'eût cru ? La calvitie, la corpulence, la sottise réunies dans cette baraque conçue pour inoculer la déprime au visiteur. Aucune personnalité, bois blond partout, tubes au néon, électroménager impeccablement blanc, sans parler de l'épouse flambant neuve, Mme Numéro 3, un appareil blanc elle aussi, taillée à l'emporte-pièce et tombée dans les bras d'Elliot. Elle aurait pu sortir du micro-ondes avec sa peau orange et ses dents blanc de perle. Un faire-valoir, mais qui attendra sans doute le nombre des années.

Aussi bien qu'Eileen ne l'ait jamais rencontrée. Elle avait vu si grand pour ce grand garçon, et que lui a-t-il offert ? Aucun petit-enfant, une cargaison de chagrins et deux divorces. Jacintha, en revanche, est arrivée avec trois gamins dans ses valises, comme une vente par correspondance livrée avec angoisses, jambes et boutons. Une paternité pré-emballée. Ses beaux-petits-enfants, ragoût bêlant d'adolescence, il se rappelle tout juste leur nom, à peine leur visage, et qui aujourd'hui baptise son fils Aldous ? Non, cela n'est pas le meilleur des mondes.

Mais où en étais-je ? Les idées filent si vite, depuis un moment. *Nosce te ipsum*. Je parlais de téléphones portables ? De savoir plier son journal ?

Il fut un temps, aussi, où il le lisait d'un bout à l'autre, exception faite des pages sportives, puis il le pliait autour des mots croisés qu'il achevait en vingt minutes chrono. Plus aujourd'hui. Le brunch spirituel du *New York Times* reste quand même un des moments préférés de sa journée. Il tombe sur un article à propos de la République centrafricaine. Quelle horreur, ces machettes. « Toute mutilation digne d'être publiée[7] ». Un reportage sur la Corée du Nord. Pas d'argent pour le super-accélérateur de particules. Effondrement imminent du processus de paix au Moyen-Orient. Évidemment, ça ne change pas. Pourquoi dire qu'il s'effondre, puisqu'on sait très bien qu'il n'a jamais été appliqué ? Pauvre Katya en mission diplomatique là-bas, qui, de toutes ses forces, de semaine en semaine, plaide, flatte et apaise les esprits, quand la vérité nue est simplement que ces salopards n'en veulent pas, de la paix. De quel côté qu'ils soient, juifs, arabes, chrétiens, coptes, ce qu'on voudra, ils préfèrent se suicider, s'entretuer à coups de ceintures d'explosifs. C'est M. et Mme Tout-le-Monde qui souffrent, sans oublier Katya elle-même, là-bas avec ses trois enfants – ses petits-enfants à lui, mais ceux-là sont vraiment beaux : Laura, James, Steven – qui vivent sous le microscope. Des gardes armés partout dans la résidence. Pourquoi tenait-elle absolument à Israël ? Pourquoi ne pas intervenir à Belfast, ou dans n'importe quel endroit à moitié sensé ?

La pauvre Eileen ne supportait pas d'écouter les nouvelles d'Irlande du Nord. Ça la rendait folle. Tous à se faire exploser sans raison valable, se balancer des cocktails Molotov, défiler dans les rues pour célébrer leurs morts, bannières au vent, et le roi William à cheval. Chaque guerre, toutes les guerres, la vaste bêtise humaine, Israël, l'Irlande, l'Iran, l'Irak, tous des *I* maintenant que j'y pense. On peut sortir l'Islande du lot. Ils évitent au moins de se fourvoyer, eux. Bizarre, même. On ne les entend jamais se tirer dessus. D'un autre côté, qui aurait envie de se battre pour un coin de toundra ?

Partout la misère, la détresse, rien d'autre. Autant dire les choses. Pourquoi ne pas décréter que le monde est un asile de fous, et le laisser tel quel, tout simplement ? Ça n'est pas vrai, Sally ? Des histoires, il y en a sûrement aussi, là d'où tu viens, je parie.

— Sally !

Elle est en train de passer l'aspirateur dans la chambre et elle chante à tue-tête – sa jolie tête. Il y a une éternité de ça, ma mère chantait pour moi en faisant le ménage. Bien, bien loin d'ici. À la cuisine, où nous avions une grosse cuisinière rouge et bombée. Avec un énorme tuyau de poêle, peint en bleu sans que je sache pourquoi. Je la revois essuyer ses mains pleines de farine sur son tablier. Vieux chants lituaniens aux montagnes fleuries, canaux gelés, ferry-boats, berges et fleuves.

Vilnius, Vilno, Wilna, Wilno. La complexe géographie de ce monde. Des années plus tard, sa mère lui avait rapporté de nombreux détails sur sa ville natale – les lames de couteau qui servaient à confectionner des patins à glace, la lune qui se reflétait sur les rivières, le petit blouson rouge qu'il portait toujours, les gants qu'elle avait cousus aux manches, retenus par des élastiques, et qui rebondissaient au bout de ses bras quand il traversait Kalnų Parkas en courant. Un chien l'avait un jour pris en chasse, attiré par leur balancement. Chiens noirs partout. Il en avait fait des cauchemars. Puis le jour lui-même avait établi le noir. Ils avaient quitté la ville juste à temps. Sa mère avait senti le vent. Combien de guerres y avait-il déjà eu ? Pauvre Vilnius, Vilno, Wilna, Wilno, sans cesse renommée. Combien de fois envahie, occupée ? Grande ville digne, briques jaunes et hautes corniches partout transpercées par les balles. Son père, médecin réputé, avait vendu la maison de la rue Vokiečių, rassemblé ses économies, enfourné la famille dans un train pour Paris. On pouvait encore franchir les frontières sans encombre. Ils avaient tout l'argent qu'il faut pour voir venir. Pas de bijoux cachés. Pas de bénédiction du rabbin. Pas de prières furtives – ni d'imprécations. Pas de journal du ghetto. Pas de bébés jetés par les fenêtres. Sa mère avait pratiquement laissé toutes les traditions sur place. Peu lui importait d'être lituanienne, ou polonaise, ou russe, ou quoi que ce soit d'ailleurs, juive y compris. Son père, lui aussi farouchement athée, n'éprouvait aucun intérêt pour les cérémonies, bien qu'il lût parfois la Torah, même qu'il récitât des vers du kaddish, base excellente, selon lui, pour de vraies réflexions. « Qu'en cet endroit saint, et dans tout autre, soit instaurée une paix abondante. » Ou quelque chose dans le genre. « Une paix abondante. » Ça ne serait tout de même pas rien, n'est-ce pas ? Mais les chances sont de deux ordres, comme on dit : minces ou nulles.

Les trépidations du train à vapeur le long des grands arbres élancés d'Allemagne, de Belgique et de France. Ils avaient séjourné dans un hôtel sur une rive de la Seine. Se rassemblaient le soir dans la cuisine de l'établissement, autour du poste de radio, intime cheminée ouverte sur le monde – un embrasement de haine, de cendres, l'Europe écartelée. Les nuits des longs couteaux, les semaines, les mois, les années.

Puis ce fut Dublin au milieu de la guerre. Son père avait trouvé un emploi au Royal College of Surgeons. Cette ville prenait ses aises sous un ciel généreux. Encensait sa propre grisaille : c'était son feutre, son couvre-chef, un melon blafard. Il adorait Dublin. Ce furent les deux étés les plus heureux de sa vie. Une maison dans Leeson Street à proximité du canal. Dix ans, des shorts avec des fixe-chaussettes et de longues chaussettes extensibles. Il bondissait dans les rues pavées, rentrait au crépuscule se réchauffer devant le feu. L'escalier. La longue table de la salle à manger, les deux chandeliers d'argent au milieu. Oh, l'esprit est un puits si profond. Descendez-moi en bas jusqu'à la source. Il avait même essayé de prendre l'accent dublinois. Deux chances ici aussi : nulles et que dalle, mon pauvre.

Le matin, il courait à toutes jambes vers le canal. Deux superbes cygnes entrelaçaient leurs cous. L'après-midi, sa mère l'emmenait en promenade le long des rives herbeuses, le laissait se dévêtir, maigre et pâle, et plonger en caleçon avec les autres garçons. Pour une raison qu'il ne devina jamais, ils l'avaient surnommé Quinn et, par la suite, Quinner. Peut-être ressemblait-il à quelqu'un qui portait ce nom, ou était-ce un terme d'argot qui lui échappait. Mais il lui plaisait, d'autant plus que la lettre Q n'existait pas dans sa langue. « Quinner ! Hé, Quinner ! » Il le recopiait avec des fioritures dans ses cahiers quadrillés. Ses professeurs eux-mêmes s'y étaient attachés et, lorsqu'il rendait ses devoirs, c'était sous le nom de Peter J. Quinn Mendelssohn.

Oh, il en faut, du volume, pour remplir une vie, disait Pasternak. Je crois que c'est lui, du moins. Eileen saurait. Elle me lisait, le soir, des extraits de ses œuvres. Le toit qui abritait notre amour a été arraché et nous expose maintenant à l'infinité du ciel.

Un de ses professeurs avait écrit sur son bulletin scolaire qu'il avait un penchant juvénile pour l'investigation philosophique. Un penchant juvénile ! Pour l'investigation philosophique ! À onze ans ! Il fallait être jésuite pour pondre ce genre de formule. Ils le trouvaient très prometteur. Dédaignant ses origines, ils lui avaient confié des ouvrages de théologie catholique. Il rentrait chez lui, le long des canaux, avec des phrases de Thomas d'Aquin qui tintaient dans sa tête. Mais les après-midi d'été, il ne pensait qu'à une chose, sauter dans l'eau depuis les écluses, les genoux repliés contre son torse, et faire la bombe. Le 15 juin 1944, l'*Irish*

Press avait même publié une photo de lui, le corps en boule, ses bras noueux serrés sur les côtes, suspendu sous un ciel blanc, le canal noir en perspective derrière lui. Son visage affichait une farouche détermination. Sans autre légende que : « Un garçon au-dessus du canal. » Sa mère avait acheté tous les exemplaires disponibles à la petite boutique de Baggot Street Bridge. Ils ont maintenant jauni, le papier s'effrite, mais pas le souvenir : Eileen habitait la porte à côté – littéralement la maison voisine. Elle était venue glisser sous sa porte la page du journal découpée. Il la regardait depuis la bay-window. Eileen Daly. Déjà une beauté. Sa peau d'albâtre, ses fines taches de rousseur disposées sur son nez comme par un coup de pinceau. Si belle en fait que jamais il ne lui avait adressé la parole pendant toutes ces années. Pas une seule fois. Pas un bonjour en passant, ni un au revoir, ni comment allez-vous, Eileen Daly, il ne fait pas beau à Dublin aujourd'hui ? Mais il la regardait de loin, l'estomac noué, et elle le fascinait.

Le jour où il avait quitté Dublin – oh, ce jour. Le soleil imprimait partout des taches de surprise. Le taxi s'était garé dehors. Une grosse voiture gris métallisé, dotée d'un klaxon pneumatique qui produisait un bruit aussi impératif qu'assourdissant. On boucla les valises, on chargea les bagages. Il s'était caché dans le placard sous l'escalier. L'Amérique. Il ne voulait pas y aller. Ne voulait pas du tout quitter l'Irlande. Mais son père avait reçu une offre pour un emploi. Une lettre était arrivée. Belle écriture manuscrite. Le timbre à huit cents représentait un avion-cargo bimoteur. Une invitation, ou peut-être une accusation. Un autre continent. On l'avait extirpé de sa cachette, poussé en bas des marches, puis dans le véhicule qui attendait. Il avait jeté un coup d'œil par la lunette arrière, et elle était là, Eileen Daly. Du haut de ses onze ans – ou était-ce dix ? –, elle l'observait depuis la fenêtre de son salon, le visage encadré par les rideaux blancs, la tête légèrement penchée, de fines mèches noires autour des épaules. Elle avait entrouvert les lèvres, comme sur le point de parler. Il avait su aussitôt qu'il la reverrait toujours ainsi, ses yeux avaient pris la photo, marquée au fer dans son cerveau. Il avait voulu se retourner pour lui faire signe à nouveau, mais la voiture atteignant déjà le coin de la rue, il avait salué le mur de brique sale à sa place.

L'Irlande.

Disparue.

A chuisle mo chroí.

Ce que ça veut dire ? Amour de mon cœur, quelque chose comme ça. *Bubbala* en yiddish. Elle le lui avait dit une fois, souvent même, mais l'irlandais, le gaélique, était une drôle de langue. Il n'y avait jamais rien compris ; c'était comme un roulement à billes dans la bouche, les *dún an doras*, les *má sé do thoil é* et, de fait, la porte était fermée, le ciel avait sombré dans la mer d'Irlande.

Quand le bateau avait pris la mer à Dun Laoghaire, il avait vomi par-dessus bord et regardé la terre rapetisser jusqu'à n'être plus qu'une pointe d'écume. Un misérable soleil l'illuminait. La dignité aurait voulu qu'il plût au moins une dernière fois. Escale à Liverpool, puis en route vers l'Amérique. Les salons chic. Cabines habitables, intérieur confortable. Société nationale de l'Ordre britannique. Il se morfondait sur le pont, son nom à fleur de langue. Eileen Daly, Eileen Daly. Le bar lui était interdit, la bibliothèque aussi, mais il y avait une salle de billard près des cabines de première classe où, assis dans un coin, il avait commencé à lui écrire des lettres. Le regard d'Eileen derrière sa fenêtre dévorait chaque seconde de son temps. Impensable qu'il ne lui ait jamais parlé : par quoi avait-il été paralysé ? Ils avaient vécu l'un à côté de l'autre pendant presque deux ans et voilà maintenant qu'il lui remplissait des pages, lui décrivait les couchers de soleil sur la mer, les curieux grincements des canots de sauvetage, ses yeux qui cherchaient l'Irlande. Il écrivait à un rythme effréné, de tout, de rien, tête baissée, le stylo plume courant sur le papier, jamais il n'avait tant écrit, à onze ans – ou était-ce douze ? –, peu importe, il était atteint par cette vieille maladie idiote, ridicule, éternelle, le premier avant-goût de ce qu'il éprouverait par la suite, intime merveille, le meilleur des mots, un très gros, très gros mot.

Je m'incline, Eileen, je m'incline.

Vivre est plus difficile que traverser un champ. Pasternak encore. C'est aujourd'hui certain et, oui aussi, l'esprit est un profond puits de pierre, quoique parfois le seau nous surprenne s'il descend assez bas pour atteindre l'eau fraîche. Bien des soirs, Eileen lisait à haute voix les recueils du poète russe, avec son accent irlandais, une couverture relevée autour du cou, la laine douce, Avoca où confluent les eaux claires, à ce qu'elle disait du moins. Vraie fontaine d'Hélicon, Eileen était une mine de connaissances, irlandaises, russes, même juives à l'occasion, émaillées de grec et d'un peu de latin. Par bonheur, jamais elle ne m'a vu avec mes couches, mes protections, mon costume d'hiver, au bas des jardins de saules où je t'ai rencontrée, mon amour.

Il incline sa tasse de café vide et soupire. Un infime ruisseau suit le tour de la porcelaine. Toute vie réduite à cette vitesse-là. La goutte. La chute. Ses petits pieds de neige dans les jardins de saules.

Tombait mollement, mollement tombait. Et derrière la vitre ? De gros tourbillons blancs s'écrasent sur le verre. Elle aimait tant cette nouvelle, neige générale en toute l'Irlande[8], la chanson de Michael Furey à la fenêtre, pauvre Gabriel abandonné, la venue de sa dernière heure.

Il incline une dernière fois sa tasse, laisse la goutte basculer sur le journal qui l'étend et l'absorbe lentement. *A bi gezunt,* aurait dit sa mère, qui aimait les vieilles expressions. Tant qu'on a la santé. Quoi demander de plus ?

— Sally ?

Il l'entend à la cuisine avec les cliquetis du lave-vaisselle. Ça s'entrechoque dans les paniers. Mais pourquoi fait-elle une vaisselle ? Mystère. Je n'ai quand même pas sali cent assiettes avec mes toasts et ma marmelade.

D'ailleurs, que voulait-il lui dire, à Sally, plongé comme il l'était dans ses pensées, là-bas en Irlande, les belles années, pourquoi interrompre le flot, sinon parce que le souvenir en est trop vif, peut-être ? Qu'il y a neige générale en toute la Quatre-vingt-sixième Rue, ses demi-vies, et je crois qu'elle est morte par amour, Eileen, qu'elle est morte par amour.

— Monsieur ?

— Il neige dehors.

— Oui, monsieur.

Elle le regarde, comme attendant la suite. Pas judicieux de la déranger au milieu de sa vaisselle pour lui apprendre ce qu'elle sait déjà, que la neige tombe telle une plaidoirie pour la neige.

— Je réfléchissais, dit-il.

Elle hoche la tête dans un tintement de boucles d'oreilles. L'étudie avec curiosité. Que se passe-t-il dans cette tête ? Me trouve-t-elle sénile ? Suis-je un vieillard délirant ? Un vieil homme blanc dans son vieux corps blanc ? Pense-t-elle aux vaisseaux négriers lancés sur les mers ? À son petit-fils chéri, là-bas dans les Caraïbes ? N'est-ce pas pour lui qu'elle met de l'argent de côté ? Pour l'envoyer à l'école ? Qu'il suive de bonnes études, le petit-fils, ou bien est-ce son neveu ? Généreuse femme qui lui consacre sa vie. Qu'il ne vous brise pas le cœur, Sally. Se rappelle-t-elle comme j'étais bien avec Eileen ? L'heureux ménage que nous formions. Bon, à la vérité, elles se disputaient parfois comme des chiffonniers, il y en a eu des coups de gueule, blanc contre noir, Eileen pouvait être caustique avec elle, tranchante, le gros arbre s'effondrait, oui, mais que voulais-je lui dire, de quoi avais-je besoin ?

— J'aimerais déjeuner chez Chialli aujourd'hui, Sally.

Un rituel quasi quotidien.

— Oui, monsieur. Malgré la neige ?

— Malgré la neige, oui, m'dame.

— Vous nous avez réservé ?

Il a un mouvement de recul sur sa chaise. Réservé, réservé… c'est à propos de votre grammaire que je suis réservé, Sally, restaurant ou pas restaurant. Mais à quoi bon la corriger aujourd'hui ? Passons la page, tournons l'éponge.

— Quelle heure est-il, Sally ?

— Dix heures et quart, monsieur.

— Réservons pour treize.

— Treize ?

— Treize heures, Sally. Appelez Chialli. Et j'appellerai Elliot. Au cas où il voudrait bien s'arracher de son trou, pour une fois.

Jolie un jour, jolie toujours, Sally James, le clair de lune dans ses cheveux et, partout suivant ses pas, la brise légère dans la clairière, sous les branches feuillues nous avons cheminé, ah, je n'ai jamais embrassé une Noire, pourtant il faut reconnaître qu'un grand nombre d'entre elles ont de fort jolies lèvres, mais pas Sally, si c'est pas malheureux, ou peut-être aussi bien, que dorment les tentations. Tout compte fait, les vieilles chansons sont les meilleures.

— Oui, monsieur.

— Merci, Sally.

On n'oublie jamais son premier baiser et, s'il y en eut quelques-uns avant Eileen – certains tarifés, pour tout dire, les *shiksa* autour des casernes à Dresde, la virginité douteuse qu'on leur imputait –, Eileen restera de toute façon la première. Même si elle ne l'était pas, elle le sera, toujours, aujourd'hui comme demain et après-demain. Combien de lettres lui a-t-il envoyées au fil des ans ? Des centaines, voire des milliers. Elle s'était elle-même surnommée *Daily* : Eileen *Chaque Jour*. Jolie un jour, jolie toujours, le clair de lune dans ses cheveux.

Il lui avait écrit depuis son lycée du Bronx, dans les couloirs de la fac de Fordham, et quand il s'est engagé dans l'armée de l'air. Ils ne s'étaient encore jamais parlé en présence l'un de l'autre. Incroyable de connaître aussi bien quelqu'un sans lui avoir dit un mot en face. Bien sûr, il y avait le téléphone, ils avaient discuté, chacun à un bout, intrigués par leurs accents respectifs, mais toujours sans se voir, et il avait fallu attendre 1952, il était muté à Dresde, dans un bureau où il contrôlait des trajectoires de vol, les avions, un travail d'un ennui mortel, jour après jour, des tonnes de papier, des nuages de fumée, pipe au bec, et il lui écrivait encore ses deux lettres quotidiennes et elle lui répondait de grandes professions de foi sur l'amour et la littérature, puis il avait eu une semaine de permission, il avait ciré ses chaussures, gominé ses cheveux, sauté dans un avion pour Glasgow et loué une voiture pour la rejoindre à Édimbourg où elle étudiait les lettres, et ni l'un ni l'autre ne se rappela jamais les premiers mots qu'ils dirent, sans doute étaient-ils sans voix, et plus tard ce soir-là, il s'agenouilla et lui demanda sa main, tu es l'amour de ma vie, *a chuisle mo chroí*, tu me l'as écrit plusieurs fois, je ne suis pas sûr de ce que cela signifie, mais épouse-moi, Eileen, je t'en prie. Elle rougit et répondit oui, baissa les paupières, pendant que son cœur à lui battait à tout rompre, un beau mariage nous aurons, bien que, si nous disions la vérité, rien que la vérité, toute la vérité, il faudrait reconnaître que rien n'est jamais totalement idyllique, sauf avec le recul et, tout aussi franchement, il était un rien déçu lorsqu'il revit Eileen Daly, ce n'était plus vraiment celle qui le regardait derrière sa vitre de Leeson Street, les yeux barrés par la pluie, non, elle avait légèrement grossi, sa peau très pâle n'était plus rose comme il s'en souvenait, la couleur de ses yeux était assez ordinaire, mais il oublia vite tout ça, et elle redevint jolie, peut-être plus encore, et pour rester fidèle à la vérité – une vérité fondamentale –, il n'était pas lui-même la perfection incarnée, plutôt une grande asperge avec de grosses lunettes, des yeux inquiets, des pantalons comme des drapeaux en berne, signe que son corps, peut-être, pleurait ce que Dieu lui avait refusé, et des bras maigres, pas ceux d'un culturiste, quelques poils égarés sur le menton, d'autres en voie de disparition sur le crâne, cette mince péninsule là-haut, un beau mariage nous aurons, mais nous repartirons à pied, et sincèrement il dut admettre, plus tard encore ce soir-là lorsqu'il se glissa sous le drap dans la pièce à côté, qu'il serait le plus avantagé des deux quand il épouserait Eileen Mendelssohn, née Daly, et ils allaient plutôt bien ensemble, longeant Anne Street main dans la main, le monde s'offrant à eux, ils se marieraient six mois plus tard, ils habiteraient New York où elle s'habituerait à son nouveau nom, descendraient l'avenue des Amériques comme il se doit jeunes et dans la fleur de l'âge, oh, elle aimait aussi Leopold Bloom[9], bien sûr, et mon Dieu d'où ai-je pu sortir cette expression, « virginité douteuse » ?

À propos de quoi : il faut que j'appelle mon dévoyé de fils.

Dieu du ciel, Sally, où ai-je donc mis mon Black-Berry ? Est-il là, sous le journal, toute l'information digne d'être publiée, arrimé à ma tasse de café vide ?

Oh, Eileen, tu me manques. Chaque jour, chaque jour, chaque jour.

V

Je ne sais quoi préférer,
La beauté des inflexions
Ou celle des insinuations.
Lorsqu'il chante, le merle noir,
Ou juste après.

TOUT COMME LES POLICIERS, les poètes savent que la vérité demande du travail : elle ne se présente pas par hasard, il faut la ciseler, lui donner forme et fond, elle est le produit du temps, de la distance, du labeur. Le poète ne doit pas oublier que le chemin est parfois long avant qu'un mot se distingue, qu'une phrase tienne ou qu'un rythme se crée, et encore rien n'est-il assuré, pas même les mots qui ont maintenu leurs prétentions ou leur sens initial. Le déclic peut survenir aux moments les plus inattendus et il faut alors se glisser dans le mystère, reconstruire le poème à partir de celui-ci.

Sont conservés trente-quatre jours d'enregistrements fournis par chacune des huit caméras disposées dans l'immeuble de Mendelssohn, sis au 59, Quatre-vingt-sixième Rue Est, entre les avenues Madison et Park, à tout juste deux cents mètres du restaurant. À l'intérieur, la première est braquée sur la double porte en verre du bâtiment d'avant-guerre, ses hautes marches et la marquise. L'image inclut le trottoir opposé, sur le côté nord de la rue. L'angle de vue est limité, comme la profondeur de champ, puisque c'est un objectif de 50 mm. Une autre caméra surveille le hall lui-même. La troisième se trouve dans la buanderie au sous-sol. La quatrième dans l'escalier. Une encore sur le toit. Une dans l'ascenseur. Une dans la chaudière. Et une enfin dans le débarras, voisin de la buanderie.

L'après-midi de sa mort, Mendelssohn sort de l'ascenseur – séquence sans incident, il marche silencieusement au bras de Sally – et ils débouchent ensemble dans le hall.

Un de ces vestibules anciens de New York, en marbre, avec fleurs, lustres et appliques en cuivre. Une table d'acajou. Un carrelage noir et blanc, traversé par une bande de tapis. Des peintures de mauvais goût aux murs, choisies pour ne choquer personne.

Sally disparaît un instant dans un recoin près de l'ascenseur et Mendelssohn fait quelques pas tout seul. Il porte un long pardessus. Un chapeau mou. Paraît à la fois engourdi et déterminé. L'espace s'emplit d'un destin imminent. Gros plan : il a les paupières tombantes, la mâchoire molle, des demi-lunes de fatigue sous ses lunettes. La peau du visage flasque et une caroncule au milieu du cou. Des vagues de rides autour des yeux. Une mèche émerge de son chapeau. Les veines gonflent sur ses tempes. La marque des décennies. Les inspecteurs l'imaginent chez lui, bouche ouverte dans son sommeil, le col du pyjama de travers, un léger ronflement émergeant de sa gorge.

Mais ils perçoivent bientôt un joyeux frémissement dans ses pas mesurés. Il n'oscille pas sur ses pieds, ne se traîne pas comme un ivrogne. Un homme en prise sur le monde. Avec une sorte d'élégance goguenarde. Les policiers étudient sa démarche, comme si le mouvement lui-même comportait un indice. Ils sont bien conscients que, tel un mot tout seul, un événement isolé signifie peu de chose, voire rien du tout. Seule l'addition leur confère de l'importance. Une série d'événements a dérangé le cours normal de l'existence, donc une série de déclencheurs se cache derrière. Le passé est la clé de l'avenir : les causes secrètes doivent être débusquées, le temps de converger vers la révélation. Reste à découvrir le point unique à partir duquel le mystère s'éclaircit. Alors naîtra l'exaltation. De là, à la manière d'un puzzle, ils reconstitueront l'enchaînement logique. Trouveront une pièce, repéreront celle d'à côté, vérifieront si elle s'emboîte correctement.

L'idéal serait de pouvoir localiser toutes les pièces d'un seul coup, de procéder à l'assemblage et de remonter en arrière – pour forcer la solution à se présenter.

Eu égard à la fluidité du mouvement, à la démarche, simplement, de Mendelssohn, les policiers concluent à l'absence de menace, rien ne laisse supposer un meurtre, même lorsqu'il frappe le sol du bout de sa canne, que Sally ressort du couloir près de l'ascenseur et lève une main vers sa gorge. Il a la peau du cou fripée, affaissée, un dindon avec ses glouglous. Mais Sally noue doucement son écharpe et, le soutenant par le coude, l'escorte vers la porte.

Selon toute apparence, l'infirmière ne se néglige pas. Elle porte un grand manteau avec un col de fourrure, et des bottes montantes.

Ils avancent lentement dans l'entrée, se dressent devant l'encadrement des doubles portes. Sally se détourne pendant que Mendelssohn échange quelques mots avec le portier, Tony DiSalvo, un homme épais, dégarni, qu'on dirait sorti d'une *cantina* mexicaine. Il émane de lui une touche de violence et cependant la marque d'une vive intelligence. On apprendra plus tard, pendant les interrogatoires, qu'il est portoricain, qu'il a étudié la philosophie à l'université de Miami – cependant leur conversation se limite aux remarques habituelles sur la météo, le temps affreux qu'il fait, oui, il a beaucoup neigé cet hiver, et la plaisanterie rituelle de Mendelssohn sur son déjeuner. Tony lui recommande de prendre garde en traversant la rue, les taxis ont dérapé toute la matinée sur la chaussée.

Il aide le vieil homme à descendre les hautes marches, le regarde sortir du cadre avec l'infirmière.

Les policiers visionnent aussi les enregistrements des journées précédentes, au cas où ils trouveraient quelque chose dans les cycles temporels qui les propulse vers un instant critique, déterminant – un hémistiche, un mètre, un enjambement ou une rime.

Ils étudient la semaine du meurtre à trente-deux images par seconde : le monde défile à toute allure. Une journée entière tient en moins d'une heure. Les mouvements prennent une dimension comique, particulièrement quand Mendelssohn, sa canne en main et Sally de l'autre côté, sort du champ comme un pantin aux gestes saccadés. À la fin de la journée, les agents réduisent le défilement à seize images, puis à huit. Les minutes ne durent plus que sept secondes et demie. Quatre heures compressées en trente minutes. Leurs doigts glissent sur les touches de la console. Ils cherchent. Fouillent. Grattent. Creusent. Un visage surgit une deux trois fois. Quelqu'un rôde à proximité de l'entrée. Regard furtif. Tic nerveux. Avec quelque chose, peut-être, de plus hardi, de plus évident, un agresseur au regard mauvais, provocant. Chaque événement a son rythme propre : allées et venues ordinaires, camions de livraison, déambulations du concierge, les résidants, Mendelssohn et la fille, le début de la tempête.

Le jour du meurtre, ils travaillent en temps réel, s'arrêtent, repartent, découpent, reviennent en arrière. Encore et encore et encore. Marquent un temps. Réfléchissent. Reconsidèrent. Voient Mendelssohn sortir : il regarde la neige, remonte son col, frappe du pied, sa chaussure est déjà recouverte de quelques flocons. Lorsqu'il se colle à l'infirmière, ils la voient qui rit ; Tony hoche la tête ; Mendelssohn sourit. Rien d'anormal. Le vieil homme s'éloigne. Disparaît. La neige continue de tomber.

Un œil sur le time code, ils détaillent encore l'heure suivante, des fois qu'elle révélerait quelque chose, mais il n'y a que la double porte, la marquise, le trottoir, la rue, la neige de plus en plus dense, Sally qui réapparaît dans le cadre, fait un signe à Tony, souffle dans ses mains gelées. C'est à peu près tout. Ils attendent encore, comme si Mendelssohn allait revenir de déjeuner, que la vidéo l'emportait sur le réel.

Ils poursuivent quelques heures, juste au cas où : le meurtrier repasse souvent sur les lieux de son crime. Ils scrutent le visage des voisins, des ambulanciers, des livreurs, des voyeurs qui traînent devant l'entrée de l'immeuble. Les policiers labourent dans l'ordinaire, à la recherche d'un indice, d'une infime trace de doigt, d'une physionomie soudaine, d'une ombre menaçante. Des preuves peuvent se cacher dans une seconde insolite, dans un regard fugace, entre deux épaules qui s'effleurent. Lorsqu'il fend la foule, ils se concentrent sur le fils, Elliot, l'homme des *hedge funds*, politicien en herbe, coureur bien connu. Grand et large d'épaules, avec un gros ventre. Comme s'il venait d'avaler un plein sac de cailloux. Il entre et ressort plusieurs fois du bâtiment, son portable collé à l'oreille, avec l'air irrité de ceux qui n'ont jamais d'interlocuteurs plus intéressants qu'eux-mêmes.

Plus tard dans la soirée, il porte un bout de ruban noir sur le cœur, et les inspecteurs, leur radar braqué sur la moindre bizarrerie, méditent le fait qu'il arbore déjà le deuil. Bizarre, les Mendelssohn sont laïques, semble-t-il. Avait-il son ruban prêt dans la poche ? L'a-t-il trouvé dans l'appartement de son père ?

Plus tard encore, ils assistent à l'arrivée des neveux, des cousins, des beaux-parents, des vieux amis : rien ne forge davantage une famille qu'un meurtre.

Les policiers remontent le time code jusqu'au moment où Mendelssohn sort de l'immeuble. Il a quelque chose d'homérique, ce vieil homme grisonnant qui affronte la tempête, armé de sa canne, et disparaît hors champ, comme un mot archaïque tombe d'une page.

VI

Des stalactites recouvraient la baie vitrée
De leur verre grossier.
L'ombre du merle noir
Naviguait par-dessus.
L'humeur
Traçait dans l'ombre
Une cause indéchiffrable.

BONNE VIEILLE CANNE. Fiable, fidèle. Bien sûr, il pourrait se servir du déambulateur, même du fauteuil motorisé qui prend la poussière, là-haut, dans la chambre du fond, mais pourquoi attirer l'attention ? Il aimerait autant ne pas finir comme tous ces imbéciles qui se pressent sur cette portion de la Cinquième Avenue vers les cabinets médicaux, *tut-tut* ! écartez-vous ! vite, ma coloscopie, Cinquième Avenue, me voilà, ouvrez-moi, Dr Jim ! Il a dû en utiliser un, quelques années auparavant, lorsqu'il s'est cassé la hanche en sortant du Guggenheim. Culbuté sur une plaque de verglas.

Les quatre fers en l'air sans le temps de dire ouf. La direction a craint qu'il engage des poursuites, mais ce n'est pas son genre. Plus qu'il ne lui obéit, il respecte le droit, l'adule. On n'invoque pas le droit pour quelque chose d'aussi trivial que la chute d'un vieil homme. Après deux semaines d'hôpital, Elliot lui avait acheté un fauteuil motorisé. Il y avait plus de boutons dessus que sur le tableau de bord du SOC-3. Magnétos allumées ! Radar activé ! Lancez l'hélice ! Contact ! Au premier essai, il a télescopé le lit d'hôpital. Bon sang, il fallait un diplôme en génie civil pour manœuvrer ce machin.

Allez, venez, Sally.

Assez bavardé !

Toujours là-bas, devant le couloir, elle assiste au conseil quotidien de la brigade ménagère. Les employés de maison, comme disent certains. Pas très joli, comme expression, mais qu'a-t-on d'autre ? Ce ne sont ni des serviteurs, ni des domestiques, surtout pas des aides, bon Dieu non, cela fait trop penser à AIDS, la maladie. Elles se réunissent devant les boîtes aux lettres. Il sait qu'une des employées est russe. Une autre, galloise. Une autre encore, slovaque. Elles ont leurs petites Nations unies à elles dans le hall. Il s'est souvent demandé en quoi consiste leurs parlotes – qui paie combien, qui s'est fait enguirlander, congédier, par qui, quand, et pourquoi. Tous les potins dignes d'être publiés. Chaque immeuble de New

York est un village en soi. Le penthouse : le château. Les couloirs : les rues. La cage d'escalier : les allées. L'ascenseur : la grand-route. Le débarras : la décharge. La chaufferie : la manufacture. L'homme à tout faire : le cordonnier. Les portiers : la police. Le concierge : le juge. Et le juge lui-même, eh bien, c'est l'idiot du village qui attend et attend encore dans le hall.

Il fait claquer le bout de sa canne sur le sol marbré. Une fois. Deux. Les filles continuent de papoter dans le couloir. Un rire aigu, puis un murmure, et un autre ricanement, de Sally celui-là. À quoi ressemblait le jardin d'Éden avant le serpent ? Pas étonnant qu'Adam ait cueilli la pomme. Ou bien est-ce Ève qui l'a mangée ? Curieux comme les choses les plus élémentaires nous échappent un jour. Le récit originel, et il n'est pas fichu de se rappeler lequel des deux a désobéi. Peut-être n'y a-t-il pas eu transgression, finalement ? Peut-être ont-ils tous deux mordu dans le fruit défendu ? Peut-être l'ont-ils partagé ? Et pourquoi pas ? Il chantait cette comptine, quand il avait dix ans : « Ç'aurait pas été chou si la feuille d'Ève était du houx[10] ? » Chose merveilleuse que le corps d'une femme. Galbé, conçu pour le ravissement. Charnu, radieux, une invitation, une invocation, une respiration. Seigneur, ce qu'il aimait rester au lit avec Eileen, le dimanche matin, de préférence après une soirée folle. Ils regardaient le jour se glisser dans la chambre, le conviaient à les rejoindre, il était une fois d'heureux temps, une corne d'abondance, pour ainsi dire.

Il fait claquer sa canne à nouveau sur le sol. Allons, pressons, Sally. Dieu du ciel. On y va. Les vieux hommes vieillissent vite. Sally-ci, Sally-ça, salmigondis.

— J'arrive, monsieur.

— Je n'ai pas toute la journée, voyez-vous ?

Elle passe la tête à l'angle du mur.

— Tout de suite, monsieur.

Puis il entend un soupir alambiqué. Suivi d'un petit rire.

J'espère vraiment qu'elle ne leur raconte pas mes aventures au rayon couches et protections. Vous consacrez votre vie entière à défendre la communauté et, un beau jour, tout disparaît devant vos yeux.

Il ferait peut-être aussi bien de s'élancer seul sous la neige. Passez-moi la bonbonne d'oxygène. Descendez mon chapeau jusqu'aux oreilles. Sir Edmund et les hauts sommets. Avec Eileen, ils avaient visité les Dolomites en Italie. Superbes montagnes. Séjourné dans un chalet à l'ombre du massif. Le matin après le petit déjeuner, ils avaient traversé une magnifique forêt, main dans la main, puis, encordés avec leurs mousquetons, s'étaient hissés dans le ciel, par la *via ferrata*. Le plus incroyable étant que les Italiens avaient prévu des *rifugi* au sommet. On pouvait manger un bol de pâtes et boire un verre de pinot grigio à trois mille mètres d'altitude. Civilisés, ces gens. Il regrette souvent de ne pas avoir un peu de sang italien, cette grande générosité expansive, la couleur, le style, mais il n'a que du sang lituanien – enfin, un méli-mélo de polonais, de russe, d'allemand, même de viking.

Encore une drôle de chose, le sang dont on hérite. Sang qui bataille à l'intérieur, qui fait de nous ce que nous sommes. Mais le paysage a lui aussi son mot à dire dans le psychisme. À Tobago, sans aucun doute, avec ses plages, son soleil, ses palmiers, la vie ne pousse pas à se presser. Pourtant Sally s'acquitte de ses tâches, il est toujours étonné de constater qu'à la fin de la journée l'appartement est propre, le linge plié, la vaisselle lavée, les lits faits, et elle disparaît dans sa petite chambre où elle a posé sur la table une photo de son neveu, ou de son petit-fils, et une fois ou deux il l'a entendue pleurer, mais la plupart du temps elle va se coucher sans souci, apparemment du moins. « Ô bienfaisant sommeil, doux réparateur de la nature, comment donc t'ai-je effrayé[11]. »

N'empêche, il aimerait bien qu'elle s'active un peu, là. Son regard parcourt le hall jusqu'aux épais flocons qui s'écrasent dehors. La vie ressemble à un télescope : les distances croissent à mesure qu'on vieillit. Il habite dans cet immeuble depuis quasiment vingt ans et le hall n'a jamais été aussi grand. Il lève un doigt pour saluer Tony en train de répandre du gros sel par terre devant la porte. Deux décennies qu'il le connaît maintenant. Il l'a vu vieillir, profiter et, de fait, s'empâter. Le temps nous rend tous égaux. Quand Tony a-t-il dépassé le seuil de la cinquantaine ? Ces choses-là ne se produisent pas d'un jour à l'autre. Le trouvant une fois plongé dans un livre de Kant, il a voulu plaisanter. « J'ai bien essayé Kant, seulement Kant il s'y met… faut dékanter, quoi. » Tombé à plat. Avec Tony, du moins. Ce qui pourrait bien m'arriver à l'instant. La tête la première à force d'attendre dans le hall. Pour l'amour du ciel, Sally !

Dans sa propre existence, à l'approche de la quarantaine, tout s'est mis soudain à chuter : les cheveux, l'aisance, la légèreté. Constamment cette boule d'angoisse dans la poitrine. Crise de milieu de vie, paraît-il. Pour ne reprendre du poil de la bête qu'à l'âge de cinquante. Juste avant son élection à la Cour suprême du comté de Kings. Pas de victoire triomphale, mais le parti l'a soutenu, lui a même offert des badges et tracts à distribuer dans les bureaux de vote de Brooklyn. En vérité, ils avaient besoin d'un juif progressiste et il avait le profil. Ils aimaient bien aussi son épouse catholique. Une pierre deux coups. Pour ne pas déparer, le couple habitait le quartier de Brooklyn Heights. La Boulangerie des Frères Dugan Vous Livre À Domicile. Il se rendait chaque jour à pied au tribunal d'Adams Street. En outre, siéger à la Cour suprême présente des avantages : on peut prendre sa retraite à soixante-dix ans, soixante-seize en poussant un peu. Stipulé noir sur blanc dans le Code de l'organisation judiciaire, État de New York : trois prolongations de deux ans. Bien sûr, ils vous mettent la pression, inévitablement, ils y font allusion, du fait surtout qu'il avait emménagé à Manhattan – ce n'était plus leur petit gars de Brooklyn, il a osé filer ! Mais il s'est accroché jusqu'au bout, surtout après la mort d'Eileen, mon Dieu, cette journée. Dans la salle de bains de la Quatre-vingt-sixième, il avait le visage à moitié recouvert de mousse à raser lorsqu'il a entendu un bruit sourd derrière la porte. Elle était malade depuis un moment, mais il n'aurait pas cru qu'elle s'en irait comme ça – une brève chute en sortant du lit. Comme ça qu'il l'a trouvée, allongée sur la moquette, partie, partie, *a chuisle mo chroí.* Penché sur elle, il lui a caressé les cheveux. Voilà ce qu'il se rappellerait, cette sensation. Il paraît que les cheveux survivent longtemps au reste. Qu'ils continuent de pousser pendant des jours. Pour ça qu'il faut raser les hommes avant de les enterrer.

— N'est-ce pas, Sally ?

Enfin elle est venue le rejoindre. On reconnaît l'ourlet blanc de son uniforme sous le gros manteau noir.

— Quoi donc, monsieur ?

— Je repensais à…

— Oui ? fait-elle, l'air profondément ennuyée, avant de tendre les bras et de lui ajuster son écharpe autour du cou.

— À Mme Mendelssohn.

— Oui, monsieur. Une femme remarquable, Mme Eileen.

— J'avais bien remarqué.

— Pardon, monsieur ?

— Non, rien, ne faites pas attention, Sally.

— Allons-y, monsieur, je vous soutiens.

Les morts sont toujours là. Ils se glissent derrière nous pendant nos interminables voyages, accompagnent les moindres de nos gestes, se serrent dans nos noirs recoins, nous poursuivent même lors d'un court séjour chez Chialli à l'heure du déjeuner. Elle utilisait une brosse à manche doré pour se coiffer. Il adorait la voir devant le miroir se donner des coups de brosse, les cheveux en éventail. Il tirait ses longues mèches entre le pouce et l'index.

— Jolie un jour, jolie toujours.

— Comment ?

— Une vieille chanson.

— Ah, très bien.

— Jolie un jour, jolie toujours, le clair de lune dans ses cheveux.

— Oui, monsieur.

Sally est bien sûr déconcertée. Que peut-elle comprendre à ce qu'il raconte ? À moins que la chanson, empruntant des chemins détournés, soit passée par Tobago. Ce dont il se fiche complètement. Il sent un frémissement dans sa poche, mais il ne va pas s'arrêter ici, maintenant, au milieu du hall, quelle que soit la personne qui l'appelle, Dieu, Job, Elliot ou un autre. Curieux, tout de même, cette petite vibration. *Un grincheux dans ma pocheu*. Il lisait autrefois à Katya les histoires du Dr Seuss. Quand il avait le temps, il aimait faire la lecture aux enfants. Drôle d'affaire encore que le temps. Il y en a tant aujourd'hui, et on passe ses journées à regarder en arrière. Jolie toujours, le clair de lune dans ses cheveux.

— Seigneur, dit Sally, l'œil sur la porte. Vous êtes sûr de vouloir affronter ça ?

Une autre chose qu'il aime chez elle, cette façon, parfois, de lâcher un mot auquel il ne s'attend pas. Affronter, oui. Le front haut, cette chère Sally. Faisons front. Confrontons.

La porte refermée, il s'arrête sur le seuil où l'accueille une rafale d'un vent glacial. Tony vient aussitôt lui prêter main forte.

— Jeune homme.

— Comment ça va aujourd'hui, monsieur Mendelssohn ?

— Ça-va-t'au-restau.

Cette vieille plaisanterie ne manque jamais de faire sourire Tony. C'est un comique de répétition : il la lui ressert tous les midis, qu'il pleuve, grêle ou que le soleil brille. Que se passerait-il si, un beau jour, il s'abstenait ? Le monde ne s'arrêterait sans doute pas de tourner, mais peut-être bégaierait-il une seconde sur son axe ? K-k-k-kant.

— Et qui est cette jolie femme ?

Tony le charmeur. Sally rayonne. Et, oui, il - Mendelssohn - adore ce sourire. Les petits bonheurs d'un monde à ses moments perdus.

— On vient de se marier dans l'ascenseur, n'est-ce pas, Sally ?

— Mais oui, bien sûr.

— Vous avez ramassé les confettis, j'espère ?

— Regardez la poubelle. Celle qui recycle le papier.

— Toujours aussi soigneux, monsieur Mendelssohn.

Les marches sont plus élevées chaque jour entre le hall et la rue. J'ai l'impression de descendre, suspendu par une grue. Katya et Elliot devraient installer des barres et des poignées le long de la Quatre-vingt-sixième : il s'élancerait d'un réverbère au suivant, comme Johnny Weissmuller dans la jungle, et hop, nous voilà !

— Pas trop vite, dit Tony. Qu'ils n'aient pas d'accident, nos jeunes mariés.

Il n'y a qu'une légère couche blanche par terre, mais la neige tombe de plus en plus fort. Mieux vaudrait ne pas traîner, prendre de l'avance. Qui sait combien de temps il faudra rester confiné si cela se transforme en vraie tempête ?

Il plante fermement sa canne sur le sol, s'arcboute sur sa jambe. Le genou craque. La cheville résonne. C'est parti. Merci, Sally, je me débrouille bien tout seul.

Drôle de chose que la neige. Les Esquimaux ont, paraît-il, quatre-vingts mots pour la désigner. Savent s'exprimer, ceux-là. Fondue, poudreuse, pourrie, tôlée. Gadoue, grêle, grésil. Frimas, gelée, verglas, congère, névé. Fraîche, amoncelée, sale, croûteuse, durcie, dure, épaisse, fine, fondante, fraîche, glacée, lourde, molle, souple. Blocs, boules, couche, flocons, linceul, manteau, poussière, tapis. Les dernières, les grandes, les hautes et les petites. L'avalanche, la tempête, les tourbillons, la tourmente. Blancheur, éclat, reflets. La neige comme insulte, une insinuation de neige, un sarcasme neigeux. Une neige Walt Whitman, un bestiaire de neige, un orgue à neige et à vapeur, il neige en morse, trois traits, un point, un trait, il neige comme un télex, comme des nuages de poussière un jour de septembre, comme les confettis à la parade des Yankees, comme une chanson esquimaude.

Un pas deux pas trois pas cinq. Il s'arrête un instant devant un horodateur. Dieu bénisse le temps où l'on pouvait garer son cul, pardon, son véhicule pour un nickel. Qu'est-ce que cela coûte maintenant ? Deux dollars les dix minutes, plus, moins ? Il regarde passer un autobus aux pneus garnis de chaînes. Et une femme à vélo. Ça fait une moyenne. L'ombre de la mort va et vient. Attention, jeune femme ! Un minibus déboule en klaxonnant dans la neige, dangereusement proche de la jeune cycliste.

Les clignotants clignotent. Les klaxons klaxonnent. Seigneur, ne la renversez pas ! Oh !

— C'était moins une, Sally.

D'un poil : la barbiche de son petit menton.

— Hmoui.

Un marché établi, ça : les rasoirs pour dames d'un certain âge. Eileen n'avait pas ce problème. Le menton lisse comme la soie.

Il vérifie que son chapeau est en place et repart doucement. Sa fidèle canne plus que jamais nécessaire. L'embout en acier ne fait pas de bruit aujourd'hui. Assourdi.

— Je commence à avoir faim, Sally.

— Oui, monsieur.

Il s'arrête près de la bouche d'incendie pour reprendre son souffle. Ne peut plus en voir une sans repenser aux nuages de cendres d'un mois de septembre, dix ans auparavant. Tous ces jeunes pompiers qui s'élançaient dans les escaliers. Tous comme un seul homme aux mille bras. Terrible journée, il a vu les images à la télévision. Pendant des semaines ensuite, n'importe quelle petite chose était chargée de sens, jusqu'à la poussière sur le pare-brise. On ne savait pas précisément ce qu'elle contenait : du papier, un CV, un cil.

— Sally, ma chère, vous êtes un ange.

— Vous êtes essoufflé, monsieur.

— Je fais semblant.

Il reste au bord du trottoir devant le passage piéton. Pourquoi les feux rouges sont-ils là pour nous humilier ? Il pouvait jadis traverser sans que le petit bonhomme se mette à clignoter. À peine atteint le milieu de la rue, aujourd'hui, voilà que le bipède rouge repart dans ses singeries. Il n'est rien qu'il déteste plus que de voir les voitures essayer de grappiller quelques centimètres. Vous avez fait votre temps, Mendelssohn. Au revoir et merci, maintenant on file en Floride. Ou en Caroline du Nord. Le bipède, là-bas, n'est jamais pressé, c'est un fait avéré.

Les voilà qui recommencent à klaxonner. La grossièreté intrinsèque de cette ville ne cesse de le sidérer. Collision simultanée de huit millions d'existences. De minuscules atomes qui rebondissent sans cesse les uns sur les autres. Oui, oui, madame, vous allez les bouger, vos fesses, mais du calme, votre altesse, que je bouge d'abord les miennes.

Ce côté purement crâne de New York lui plaisait tant jadis. La ville vous consommait et vous jetait, une fois usé. À mesure que les années passaient, il s'est mis à penser qu'un minimum de respect serait bienvenu. Après tout, il s'était consacré à elle. Avait siégé au tribunal. Assisté aux réunions du parti. Juge à la Cour suprême. Le titre est élégant, plus que la réalité : il s'est tapé toutes les sales affaires. Le tribunal ? Une chambre de compensation, plutôt, à l'usage de tous les assassins, gredins, faisans et malfaisants à l'œuvre sous le soleil de Brooklyn. Coups de couteau aveugles. Homicides avec préméditation. Successions. Injonctions. Annulations. Des rames et des rames de papier. Sans jamais tirer sa révérence ni défaillir, même aux moments les plus durs. Fidèle au système. Juriste dans une entreprise, il aurait doublé son salaire. Alors, après avoir enduré ça, il aurait apprécié quelques remerciements de la part des rouspéteurs. Quelques instants de plus sur le passage piétons, s'il vous plaît. Renonçant à une carrière rémunératrice, il s'est mis au service du public, tout ça pour quoi ? Pour cette jeune *tchotchke* dans un 4×4 noir immatriculé dans le New Jersey, qui ne semble vouloir qu'une chose : l'aplatir d'un coup d'accélérateur. Le regard agressif et le brillant à lèvres derrière la danse des essuie-glaces. Une ex-Juicy. Elle tapote des doigts sur son volant. Ne croyez pas que je ne vous voie pas, jeune femme. Je sais que j'avance à la vitesse d'une tortue, que rien ne vous ferait autant plaisir que coller le pied au plancher, harponner la pauvre Sally au passage et nous tirer tous deux, accrochés au pare-chocs, le long de la Quatre-vingt-sixième.

Un peu de respect, je vous prie. Objection accordée ! Le tribunal s'était une fois prononcé sur un gamin de Bed-Stuy qu'on avait attaché à l'arrière d'un camion poubelle et traîné dans les rues. Ses agresseurs l'avaient ensuite laissé par terre pendant deux heures. Toutes les preuves étaient réunies contre les coupables, pourtant le jury ne les avait pas condamnés. Reformulez. Au suivant. Difficile de mettre ça dans sa poche avec un mouchoir par-dessus. Ce souvenir l'avait poursuivi pendant des années. Un jeune Noir. Ligoté et bringuebalé sur la chaussée. Sale époque.

Et qui a inventé ces 4×4 ? La chose la plus laide jamais apparue sur terre. L'énorme calandre chromée et le bélier sur le capot. Quelle utilité ? Pour partir à la guerre ? Elle ne s'en va pas dans les Rocheuses, cette fille, traverser les rivières en crue ou s'enfoncer dans la jungle.

— Toujours le New Jersey, Sally.

— Comment ?

— La plaque d'immatriculation.

— Prenez votre temps, monsieur. Ne faites pas attention à elle. On reste là jusqu'à dimanche, si on veut.

— On sera recouverts de neige.

Combien de matins, d'après-midi, de soirs ai-je arpenté cette avenue ? Combien de pas, un pied après l'autre, dans le même chemin ? Quand j'étais jeune, svelte et léger, je cavalais dans les rues de

Dublin entre voitures à chevaux, vélos, la camionnette du laitier... Clous ou pas clous sur la chaussée. Aujourd'hui c'est moi qui suis cloué. Un vieux clou rouillé de l'Upper East Side. Beaucoup de volume dans cette vie. D'échos aussi.

— Ça va aller.

Sally lui tient bien le coude. Serre carrément ce qui reste de muscle à cet endroit. De l'autre côté, sa canne lui sert d'appui et le propulse. Pourquoi l'esprit peut-il faire ce qu'il veut, pendant que le corps ne suit pas ? Quel bonheur ce serait de vivre un temps sous la forme d'un pur cerveau. Perché dans un bocal à tout regarder d'en haut. D'oublier le repaire du *meshuggener*. Une existence simple et propre. Sur l'étagère. Une rangée d'étagères. Au lieu d'être coincé ici, à pas lourds dans la neige, entre le bonhomme clignotant et l'enragée du New Jersey, à supporter ses coups de klaxon et New York tout entière qui se joint au concert.

— Ça va, madame, ça va !

— Suffit ! ajoute Sally avec un coup d'œil furieux à la conductrice.

Celle-ci donne un violent coup de volant pour les contourner. Les pneus chassent sur la mince couche de blancheur. Le temps n'attend pas les filles du New Jersey. Surtout si elles sont de Trenton. Ou de Wayne. Pis encore, de Newark. Bon sang, mais c'est qu'elle serait pressée.

Peut-être se rend-elle à un rendez-vous galant ? Avec Elliot, tiens, par exemple ? Pourquoi ne lui a-t-on pas appris à garder son outil dans sa culotte, celui-là ?

Le petit bonhomme ne clignote plus. Il est tout rouge. Le Geronimo de l'avenue. Ils n'avaient pas une autre couleur, dans le temps ? Ce n'était pas une grande main à la place du bonhomme ? Est-elle encore quelque part ? En tout cas, il y avait un *Walk, Don't Walk*. C'était si new-yorkais, l'insistance, l'ordre, l'impératif ! Marche ou… Et ce panneau aussi : « N'imaginez pas que vous allez vous garer ici[12]. » Il y a des lustres, il en avait remarqué un autre à Hell's Kitchen, un avertissement : « Gare-toi là, enculé, et tu vas. » Malgré cette grammaire bancale, c'était drôle. Gare-toi là et tu vas… te garer là ? Ou gare-toi là et va te faire enculer ? Ou les deux ? Ni l'un ni l'autre ? Quelque chose au milieu ?

Aucune importance, votre honneur. Finissons de traverser. Partout les règles sont abolies aujourd'hui, même à Wimbledon.

Encore un coup de klaxon. De l'autre côté de la rue, les voitures ont démarré et s'approchent de lui. Un sikh dans un taxi. Pas si vite, papillon ! Bon Dieu, la douleur surgit dans les genoux. Les épaules se raidissent. Ses hanches sont coulées dans le béton. Nous étions jeunes jadis, Sally. Autant traverser le Styx.

Un pied après le suivant. Ne penser à rien d'autre. Un pas à la fois. Des Alcooliques anonymes pour vieillards. Nouveau trottoir. Lever la grue. Éviter absolument les grilles au sol. Ne pas s'engourdir dans le Styx.

Alléluia, le ciel soit loué, il atteint le bord du trottoir et prend appui sur Sally. Tous deux halètent un peu.

— Les Chinois sont encore pires.

— Hmmmpfff, fait Sally.

— Un fait établi. Les Chinois sont les pires conducteurs qui soient. Je ne sais pas pourquoi. Des gens bien, mais une catastrophe au volant.

— Vraiment ?

— Si vous en rencontrez qui habitent le New Jersey, attachez votre ceinture.

— Ce que vous êtes drôle, monsieur.

À l'évidence, il ne l'est pas. Elle n'ébauche pas même une esquisse de sourire. Frissonne dans le froid. Dont elle n'a toujours pas l'habitude. Une vingtaine d'années à New York, et ses os ne connaissent que le soleil des Caraïbes. Il devrait l'inviter à déjeuner. Chaque jour sans exception, elle l'accompagne au restaurant et il lui rapporte les restes que Dandinho a soigneusement enveloppés. Elle adore ça. Défait l'emballage, les pose dans une assiette, les réchauffe au micro-ondes. Puis elle regarde les feuilletons, tard dans la nuit, sur sa petite télé. Elle mène une vie difficile, Sally

James. Il aimerait beaucoup, à l'instant, qu'elle lui fasse un de ses immenses sourires. Que la lumière entre dans cette journée et chasse le froid. Mais sa mission se limite à l'escorter dans la rue, s'assurer qu'il arrive à bon port.

Comme traîné par un remorqueur. Le fleuriste, le chocolatier, la parfumerie, le magasin d'antiquités, le caviste, le maroquinier, la teinturerie : les besoins humains d'aujourd'hui. Les rideaux de fer bientôt baissés.

Approchez, messieurs-dames ! Le spectacle sera bientôt terminé.

Les passants sont rares dans la rue. Quelques coursiers, une ou deux mamans se pressent avec leur landau. Un courageux joggeur en short qui bondit dans l'avenue comme au mois d'août. Jamais compris cet engouement pour le jogging. Torses poilus et bandeaux au front. Parfois les deux. De la neige en août. C'était le titre d'un bouquin, écrit par un mec bien, comment s'appelait-il, il a été rédac' chef dans un des journaux, et amoureux de Jackie O – enfin, selon la rumeur –, ou est-ce elle qui était amoureuse de lui ?

Sally d'un côté, la canne de l'autre. Mon chapeau sur la tête. Un pardessus bien chaud. Le ventre qui gargouille et l'eau à la bouche. Que vouloir de plus ? Eileen, Eileen, Eileen.

Et ça, je déteste vraiment, les crottes de chien qui se cachent partout sur les trottoirs. De petits sombreros au sommet qui dépasse. Il y en a autant l'hiver. Une honte. On ramasse avec un sachet en plastique et voilà. Au revoir, sombrero, bonjour poubelle.

Terre à l'horizon. La marquise marron et orange. Les grandes vitrines, parcourues d'une élégante calligraphie. Les petits rideaux plissés. Les globes des luminaires. Une deuxième maison. Ah oui, son nom, Pete Hamill.

— Attention à la marche, monsieur.

Ils s'arrêtent un instant devant la maroquinerie et il se penche vers Sally, remarque le flocon de neige posé sur ses longs cils.

— À quelle heure dois-je venir vous chercher, monsieur ?

— Elliot me raccompagnera.

— Vous êtes sûr ?

— Sûr.

— Vraiment sûr ?

— Parfaitement sûr.

Combien de « sûrs » à la suite ? L'amour aime aimer l'amour. Le petit flocon perché sur son cil. Les beautés passagères.

— Je ne vous ai jamais posé la question, Sally.

— La question ?

— Que préférez-vous ? Steak ou saumon ?

Elle cligne des yeux et le flocon se détache. Des cils. Des tours. Pourquoi se contente-t-il de toujours lui apporter des restes ? Pourquoi n'aurait-elle droit qu'aux rebuts, et aux protections ? Il devrait lui offrir un plat entier, demander à Dandinho de l'emballer spécialement pour elle. Mieux encore, lui dire de bien s'habiller pour sortir, lui faire honneur, c'est une bonne fille, Sally James qui prend soin de son neveu, ce bon jeune homme là-bas à Scarborough, si je ne me trompe, oui, ça me revient, bien sûr, c'est Tobago, pas Trinité.

— Ne vous inquiétez pas pour moi, monsieur, dit-elle. Je n'ai besoin de rien.

— Une part de brownies, peut-être ?

— Vous êtes gentil, Mister J.

Elle dépose un baiser sur sa joue froide.

VII

Ô futiles hommes de Haddam,
Pourquoi imaginer l'oiseau d'or ?
Ne voyez-vous pas le merle noir trotter
Autour des pieds de vos femmes ?

LA MOUCHE DOMESTIQUE est un chef-d'œuvre de l'évolution. Son champ de vision couvre pratiquement trois cent soixante degrés et, même dans l'obscurité, elle est capable de reconstituer une image incomplète. Ses yeux ressemblent aux rayons d'une ruche, composés de centaines de facettes hexagonales, qui sont chacune un photorécepteur indépendant. Dotées de cellules rétiniennes, d'une cornée, de pigments, elles recueillent la lumière que le nerf optique rassemblera pour l'acheminer dans le cerveau. Plus les facettes sont nombreuses, plus l'image est nette.

Les mouches perçoivent des mouvements dans les ombres, distinguent les objets distants avec bien plus de clarté et de rapidité que l'homme. Le résultat est une mosaïque de lumière, de couleurs et de formes.

Sur une photo au microscope, l'œil de l'insecte fait penser à une formidable œuvre d'art, ou au carrelage sur les murs des mosquées, ou aux courbes d'une planète encore inconnue.

Avec un tel œil, nous pourrions survoler, en une nanoseconde, toutes sortes d'événements concomitants : les tables disposées en losanges, la porte de la chambre froide qu'on vient d'ouvrir, la danse frénétique d'un couteau sur une carotte, les serviettes pliées en accordéon, le commis de salle en train de régler le levier du percolateur, le patron qui se tourne vers le mur pour ajuster en douce la position de son scrotum, la corbeille à pain qui atterrit sur une desserte, le crayon de la maîtresse d'hôtel sur le bout de sa langue, la table du mort qu'on débarrasse, l'huile brûlante qui jaillit d'une poêle.

À l'heure actuelle, Chialli dispose d'un total de douze caméras, astucieusement cachées dans le restaurant. Le système de vidéosurveillance, installé il y a deux ans, permet d'activer jusqu'à seize caméras – il reste donc quatre entrées. Le matériel est récent, avec une capacité de stockage d'un téraoctet, un logiciel de compression de bonne qualité, comme la résolution de l'image – jusqu'à trente par seconde. Un système assez puissant pour que des techniciens spécialisés puissent s'y connecter et l'utiliser à distance.

Chialli est un restaurant connu, estimé, très Upper East Side. Long comptoir d'acajou, lambris de bois sombre aux murs, un vrai parquet. Suspendues au plafond, des lampes tamisées, de style vitrail, éclairent les tables. Chialli sert des plats italiens avec des saveurs inattendues, empruntées à la cuisine sud-américaine. La carte des vins est bien fournie. Le service, impeccable. La maison a pour spécialité le *branzino*, un loup de mer légèrement grillé, servi avec mangue et poivrons. Préparé avec une touche de cachaça, le tiramisu figure parmi les desserts les plus demandés. La clientèle aisée – des dames au déjeuner – est généralement calme à cette heure.

Sur la grille mosaïque des douze caméras, les limiers de l'électronique sélectionnent chaque enregistrement un par un : la cuisine, le bureau du gérant, la réception, la salle, les vestiaires du personnel, la cour intérieure. Ils les mettent bout à bout, les superposent, les décomposent, à l'affût d'éventuelles incohérences. Vérifient tout décalage grâce au time code. Zooment dans un sens, dans l'autre, créent un dossier à leur usage personnel, se concentrent sur la période entourant le meurtre, 14 h 19, tentent de relever la moindre irrégularité.

Ici, la dame du vestiaire, Laura Pedersen, avec son carnet à souches. Là, l'écailler, Carvahlo, en train d'affûter son couteau à huîtres. Ici, le chef, Chad MacKenzie, rassemble ses cheveux sous sa grande toque blanche. Là, le gérant, Christopher Eagleton, feuillette les pages de son bloc-notes. Ici, Pedro Jiménez devant les lave-vaisselle. Là, quelqu'un à la cuisine a fait tomber une fourchette. Ici, les portes du restaurant s'ouvrent et se referment. Là, Dandinho, le commis, aide Mendelssohn à gagner sa table. Ici, Mendelssohn essuie sa bouche avec sa serviette. Là, Elliot savoure tranquillement son cabernet. Ici, le dernier verre de sancerre que Mendelssohn aura jamais bu. Là, la serveuse, Rosita Oosterhausen, tape une commande sur son petit terminal et, plus tard, se pince le bout du sein à travers son corsage au moment de donner l'addition – une méthode éprouvée pour gonfler les pourboires.

Une séquence commence par l'apparition de Mendelssohn dans le vestibule du restaurant et se termine quand il fait ses derniers adieux.

Les inspecteurs garderont en mémoire un certain nombre de personnes – notamment le fils, Elliot. Massif, emmitouflé dans son manteau et son écharpe, il arrive en retard. Il déjeune avec son père à une vitesse de huit images par seconde – les serviettes un instant collées aux lèvres, les fourchettes qui volent vers la bouche, le vin versé dans les verres, pas de dispute apparente. Les policiers ralentissent la séquence quand Elliot revient d'un pas nonchalant vers l'entrée : on lui remet son manteau de laine, il s'engouffre dehors dans la neige. Toujours rien chez lui qui éveille nettement la suspicion, ni signal ni hochement de tête ou clin d'œil. Il s'en va à 13 h 52, vingt-sept minutes avant le meurtre. Cela étant, les meurtriers font souvent partie de la famille, et la police n'écarte pas l'aide d'un complice : Elliot a quelque chose de franchement antipathique – cette désinvolture avec laquelle il téléphone plusieurs fois, longtemps, pendant le déjeuner.

Puis il y a Pedro Jiménez, qui s'absente de la plonge quatre pleines minutes avant le meurtre, et ne revient que cinq autres minutes après. Âgé de cinquante-sept ans, Pedro a un casier judiciaire vierge, n'a jamais commis d'acte de violence. À 14 h 12, ils le voient tenir une discussion animée avec Dandinho, le commis de salle, devant le grand évier en inox, sous l'affiche de l'équipe de base-ball les Cyclones de Brooklyn. Ils notent avec intérêt que Pedro retire son tablier, le jette par terre, et que Dandinho le prend par les épaules. Les deux hommes se bousculent mutuellement un instant. Pendant les interrogatoires, on apprendra que Dandinho est brésilien, Pedro costaricain, qu'ils ont misé dans un cercle de paris, spécialisé dans le football sud-américain, et qui aurait commis quelques erreurs comptables. Pedro affirme qu'il se trouvait aux toilettes au moment fatidique.

Évidemment, il n'y a pas de caméra aux toilettes, mais les inspecteurs disposent d'une séquence, prise dans le couloir pendant qu'il s'y rend, et l'alibi semble plausible.

Sans trop la croire coupable, ils n'écarteront pas complètement Sally James. Ils remontent dans le temps jusqu'à ce que le couple apparaisse devant chez Chialli. Ils examinent ce vieux monsieur, encore vivant, et son escorte. Mendelssohn avance prudemment. Se méfie de la mince couche de neige sur le trottoir. Les pas hésitants d'un homme qui refuse de trébucher. Le vent lui mord le visage. L'angle de vue étire son corps. Les deux personnages entrent dans le champ comme des comédiens cherchent leurs marques sur une scène. Les inspecteurs arrêtent l'image, l'agrandissent, la maintiennent dans l'espace numérique, la libèrent puis continuent au ralenti. Devant l'entrée du restaurant, l'infirmière embrasse le vieil homme sur la joue, Mendelssohn lâche son bras, se remet lentement en marche, les épaules voûtées, se plante devant la porte. Un flocon se colle sur l'objectif de la caméra, brouille sa silhouette, l'éclipse.

Les policiers n'oublieront pas de vérifier si des changements ont été apportés récemment au testament de Mendelssohn. Ce n'est sans doute pas le genre de Sally James, mais cela se produit parfois, au profit des infirmières et des auxiliaires de vie.

Ce que les flics appellent un shrapnel : les hypothèses volent comme des éclats, à gauche à droite en haut en bas au milieu. Il y a peut-être eu erreur sur la personne. On peut penser à un crime motivé par la haine. On n'est pas à l'abri d'un psychotique livré à lui-même : un SDF dans un moment d'égarement, un voleur désespéré en cavale. Cependant il ne manquera ni le portefeuille ni le téléphone portable. Tout le problème consiste à trouver l'angle de vue, les muscles derrière le coup. Peut-être alors sauront-ils remonter en arrière, suivre les ligaments jusqu'à l'os, déterminer l'élan, la poussée, l'origine.

Plusieurs hypothèses sont toujours moins convaincantes qu'une seule, et donc, pour commencer, ils s'en tiennent à Elliot – assurément, il attire l'attention, bien qu'ils ne sachent pas pourquoi. Il ne serait pas si étonnant que le fils ait tué le père, les parricides sont moins rares qu'on veut bien le reconnaître.

Après le départ d'Elliot, Mendelssohn sirote tranquillement son vin. Puis il se lève, mal assuré, s'en va aux toilettes, revient savourer son dessert. Il paie avec sa carte de crédit, signe le reçu, se fraie un chemin entre les rangées de tables vides. La serveuse et l'employée du vestiaire l'aident toutes deux à enfiler son manteau. Les policiers aimeraient qu'elles s'interposent, changent le cours des choses, s'il vous plaît rasseyez-vous, attendez, qu'elles lui fassent changer d'avis, qu'elles plongent le monde dans le sommeil.

Un clic et il est parti. Cette caméra extérieure, devant la porte d'entrée, a le don de les énerver. Non qu'elle soit mal placée, mais voilà ce qu'ils voient : Mendelssohn se lance sous la neige, remonte son col d'un geste vif, donne un coup de canne par terre, se fige un instant, sans émotion particulière, sort du cadre. Vingt-sept secondes plus tard, son chapeau tourbillonne au-dessus de lui, il tombe à la renverse dans le champ et s'effondre brutalement. L'agresseur le rejoint une fraction de seconde : une silhouette sombre qui se penche sur lui comme pour lui murmurer trois mots. Casquette de base-ball, blouson matelassé. Il est toujours plus aisé de résoudre une affaire l'été – ni chapeaux ni écharpes, des visages à l'air. Mais nous sommes en hiver et c'est un homme de race indéterminée, impossible de savoir, même en zoomant. Une ombre qui se dépêche de filer. Il semble porter un foulard sur la bouche, une casquette sur la tête avec une inscription en lettres rondes : un *B* ou un *8*, suivi d'un *C* ou d'un *O*. Ils agrandissent, recadrent, copient/collent et envoient le résultat au labo vidéo de la police. À une fréquence de trente images par seconde, leur extrait ne dure qu'un quart de seconde, soit 7,5 images pour la casquette. Après quatre heures d'examen, le labo leur apprend que les lettres brodées sont un *B* et un *C*. Aussitôt, ils vont voir sur Google si Elliot a étudié à Boston College. Non, c'est un pur produit de Harvard. Pour autant, l'agresseur a un certain culot : il se promène dans New York, la ville des Yankees, avec la casquette d'un supporter de Boston.

Les policiers dédoublent l'écran et dépouillent les images aussi complètement que possible, ne s'attardant que sur les étapes signifiantes. Le reste défile si vite qu'on croirait voir un film muet : en accéléré, Mendelssohn mange, enfile son manteau, se rapproche de la porte, la canne en main, le pas saccadé, et ils ralentissent lorsqu'il sort, du restaurant et du cadre, puis réapparaît, immobile au milieu de sa chute, paralysé la seconde suivante, le visage figé sur un cri de surprise : « Mais vous n'allez pas me frapper ! » Son crâne se fracasse par terre et libère une mare de sang.

L'entrée du personnel, située dix mètres plus bas dans Madison Avenue, est dépourvue de caméra. C'est une simple porte métallique qui ouvre sur le couloir des toilettes avec la cuisine au bout. Le seul autre enregistrement de l'agression provient d'une caméra de circulation, fixée au feu rouge à l'angle de la Quatre-vingt-sixième et de Madison, qui permet à la police de surveiller l'intersection depuis un poste de contrôle. La définition est mauvaise et c'est un plan large. Un autre jour, il y aurait de quoi compléter les enregistrements du restaurant – marée de taxis, sinistre défilé de camions cabossés –, mais aujourd'hui l'image est voilée par la neige que le vent projette sur l'objectif. Les flocons fondent d'abord sur le verre chaud, puis s'unissent pour créer un rideau de blancheur. Les gouttelettes s'agglutinent un instant et ruissellent. Les bourrasques successives ajoutent de nouveaux flocons. Ils s'amassent, couche après couche, et s'élèvent sur l'écran telle une foule révoltée, décidée à couvrir le criminel. Au moment du meurtre, on ne voit plus, derrière les cristaux de neige, que les phares des voitures à l'approche, de petits fantômes qui remontent l'avenue. Ni silhouettes ni visages. Pas de casquette de base-ball, pas d'assassin en train de courir dans la rue.

Peu après l'agression, les cristaux s'emplissent du tourbillon indistinct des gyrophares bleus et rouges, l'avenue est barrée, et la séquence s'achève sur une nature morte de phares blancs. Malgré l'absence de son, les policiers entendent des klaxons irrités et bientôt la nouvelle du meurtre se répand parmi les véhicules et le silence se fait.

Ils vérifient l'emplacement d'autres caméras dans les magasins et les banques à proximité, mais aucune n'est correctement orientée vers la devanture de Chialli. Ils savent cependant que la solution est incrustée ici ou là dans le flux, que les caméras des boutiques de Madison Avenue révéleront peut-être un secret, voire qu'un œil numérique, encore inconnu, a consigné l'événement. Leur logique est simple : un crime a été commis et l'explication les attend quelque part. Rien n'est par définition insoluble. Aussi élémentaire que les lois de la physique. C'est arrivé, cela peut donc être élucidé. La difficulté réside dans l'examen des enregistrements et la quantité de travail qu'il implique. Même s'ils aperçoivent un homme portant une casquette avec les initiales B. C. – dans le métro à la station de Lexington Avenue, ou s'éloignant rapidement à pied de la scène du crime –, ils n'auront rien pour l'associer directement au coup mortel.

Tout comme le poème fait du lecteur un complice, les inspecteurs deviennent complices du meurtre. Mais contrairement aux poèmes que nous aimons, qui peuvent garder une part de mystère, nous tenons à ce que les enquêtes aboutissent – si, bien sûr, il s'agit vraiment d'un meurtre, ou d'un poème.

VIII

Je connais de nobles accents
Et des rythmes clairs, inévitables ;
Je sais aussi, cependant,
Que le merle noir a sa part
Dans ce que je connais.

UNE BOULE DE NERFS ET D'ANXIÉTÉ quand il entre. Le téléphone collé à l'oreille. Encore des ennuis, certainement. Lorsqu'il quitte son manteau en quelques mouvements vifs, de la neige fondue goutte par terre et forme au sol de vastes constellations. L'employée du vestiaire étudie brièvement le nouvel arrivant. Une fois l'écharpe retirée, son cou paraît assez gras pour être replié plusieurs fois sur lui-même. Imposant et gauche à la fois, Elliot ressemble aux morses préhistoriques. Il ôte prestement son chapeau, découvrant sa grande tête chauve, lève un doigt en direction de la salle : « On ne se figure pas que je vais me presser. On m'attend. » Il tourne le dos à l'employée, empoigne son téléphone. Un appel important, de fait. L'énervement à fleur de peau. Un fond d'Irlandais là-dessous. Les rougeurs, les veines saillantes. Où sont passés les gènes délicats d'Eileen ? Katya serait seule à en avoir hérité ? Curieuse distribution. Nous ne sommes jamais les pères de toute cette aventure, nous devenons plutôt les enfants de nos enfants. Il nous arrive ce qui leur arrive. Alors soit. C'est mon fils, là-bas dans l'entrée, que je regarde, assis derrière mon verre d'eau, mon fils qui crie maintenant au téléphone et, pour dire toute la vérité, je ne pourrais pas l'aimer plus, il ne pourrait pas me déplaire davantage – c'est la malédiction des pères. Quelqu'un voudrait-il discrètement le faire taire, le conduire à ma table bien-aimée, qu'il vienne enfin me serrer la main, peut-être poser un baiser sur mon front tacheté de vieillesse, me saluer, s'asseoir silencieusement et se comporter comme le charmeur qu'il fut jadis ? Peut-être la neige brouillera-t-elle les signaux du téléphone, et nous aurons un instant de paix, et quand nous sommes-nous réellement parlé pour la dernière fois, au-delà des simples civilités ? Quand, mais quand lui ai-je glissé un mot qui signifie quelque chose ?

Mendelssohn tend le bras vers son verre et, Dieu merci, voit Elliot couper la communication. Dépêche-toi, fils, tu en fais des histoires, j'ai encore gâché un quart d'heure de ma vie.

La neige tombe dru dehors, c'est une tempête. Des houles obstinées dégringolent, obliques, dans la rue. *Mach schnell,* fils. Viens ici.

À l'autre bout de la salle, Elliot lève de nouveau un doigt, en guise d'excuse maintenant, du moins pourrait-on le croire, mais en fait il compose un nouveau numéro.

Au diable les bonnes manières, laquelle est ma serveuse ? Je ne me souviens pas, pourtant elle est déjà venue me voir deux fois. Est-ce la grande blonde, la petite blonde, la blonde de taille moyenne, ou la blonde entre-deux-tailles avec la queue de cheval ? Le nouveau patron, dirait-on, a investi dans une marque de teinture.

Il se retourne sur sa chaise, jette un œil dans la salle et – c'est bien elle – l'entre-deux-tailles rapplique aussitôt en souriant. Elles sont plus jolies d'une année sur l'autre. Est-ce la génétique ou les illusions d'optique de la vieillesse ?

— Oui, monsieur Mendelssohn ?

— J'aurais voulu un verre de sancerre, chère amie.

— Tout de suite, monsieur.

— Et un autre de cabernet. Pour le monsieur qui a du corps, là-bas.

— Pardon ?

— Mon fils.

— Ah, oui, bien sûr.

Un sourire espiègle et elle file au comptoir. Dieu du ciel, coupe-moi ce téléphone et arrête de m'humilier, je te prie. La tentation du fruit défendu, la beauté d'Ève, le trouble d'Adam, et qu'est-ce qui me prend, comme ça, de penser tout d'un coup au jardin d'Éden ? Laissez-moi en paix avec mon BlackBerry, qu'il pende sous la tonnelle, et y avait-il des mûres[13] dans ce jardin, je me demande, pour agrémenter les pommiers, et où est-il, au fait, ce téléphone ? Il tapote sur ses poches. Pas là. Dans mon manteau, sans doute. La sonnerie réglée au maximum, si je ne me trompe. Ou seulement le vibreur ? Il serait gênant qu'il se mette à sonner, là-bas. Il n'y a que six personnes dans le restaurant aujourd'hui, mais on l'entendrait d'autant mieux. Faites qu'il ne sonne pas, s'il vous plaît. La musique, Dandinho. Montez le volume. Tiens, c'est drôle : les haut-parleurs diffusent doucement la *4e symphonie* de Mendelssohn. Un son propre, frais, qui n'empêche pas ce fils bouillonnant d'aboyer encore au téléphone. Un charmeur autrefois doublé d'un beau parleur, mais ce don-là s'est évanoui quelque part en chemin. Va te disputer dehors dans la neige, Elliot. Ta mère serait là, elle te rejoindrait tout de suite et te passerait un savon. Que donnons-nous à nos enfants, sinon la faculté de ne pas devenir comme nous ? Quel monde affreux ce serait si nous étions tous identiques. Elliot n'a rien de sa mère, et sans doute dois-je accepter les faits : il me ressemble davantage, si c'est pas malheureux, pour lui, pour moi, pour tous autant que nous sommes, peut-être.

La revoilà, son plateau au bras. Mais c'est bien joliment embué, tout ça : les verres, pas la serveuse. Et les doses sont généreuses, comme les formes de la demoiselle.

— Vous êtes en beauté aujourd'hui, ma jeune amie.

Petite tache bleue à l'intérieur du poignet. Elle doit faire de la peinture quand elle n'est pas à l'œuvre au restaurant. Elles ont toutes un deuxième métier. Peintre abstrait, assurément. Un Brooklyn sur sa toile, net, carré, enrobé d'élégantes volutes.

— Merci, monsieur Mendelssohn. Votre costume vous va à ravir.

Oh, comme les nuages noirs cèdent la place au ciel bleu. Mon costume d'hiver est un costume d'été ! Elle connaît même mon nom. Et elle paraît sincère, ce n'est pas du flan, celui que vous sert chaque jour la moitié du personnel, les belles politesses, enchanté de vous revoir, bonne journée, toujours sur cette affaire, monsieur ? Je viens ici *manger*, jeune femme, pas *travailler*. Mon entre-deux-blondes ne manque ni d'élégance, ni de bon goût, ni de charisme. Pas dérisoire, pas négligeable. Il faudra s'en souvenir au moment du pourboire. De fait, il est aujourd'hui – ah, le mot ? Manque à l'appel, soudain, cette vieille expression yiddish, il m'en reste quelques-unes en stock, ça gigote comme des pommes d'amour sur un stand de foire, mais où est celle-là ? Disparue. Quoi qu'il en soit, oui, il a belle allure. Chemise Brooks Brothers. La cravate Gucci qu'a choisie Sally. Bon costume sur mesure de Frankie Shattuck, le jeune boxeur-tailleur-soldat-marin, rien que ça. Le meilleur à New York, qu'on se le dise. Les plis du pantalon : irréprochables. La finition du col : remarquable. Doublé de soie. L'habit fait le moine, en effet. Après sa nomination au tribunal de New York, quelques décennies plus tôt, il est passé à la boutique pour demander au père de Frankie de lui confectionner une toge correcte. Ce fut fait, dans la plus belle étoffe. Coutures nettes, poches bien dessinées, le tombé impeccable sous les épaules. Suffisamment ample pour lever les bras, saluer, manier le maillet. Ah oui, *farpitz*[14] – le mot. Celle qui a suivi, lors de son élection à la Cour suprême, était mieux coupée encore. Le père de Frankie n'est plus là aujourd'hui. Tous autant que nous sommes, éphémères comme la rosée du matin. Évaporés comme mon yiddish.

— Quel temps affreux, commente la serveuse.

— Quand j'étais petit, il neigeait dix fois plus.

Ce n'est pas vrai du tout. Il ne se rappelle que les étés à Vilnius.

— Je n'avais jamais vu un flocon de neige avant d'arriver ici, explique-t-elle.

— Australie ?

— Non.

— Nouvelle-Zélande ?

— Non.

Voilà qu'elle s'amuse avec moi.

— Afrique du Sud ?

— Zimbabwe, dit-elle avec un geste gracieux.

S'amuse et m'abuse. Quelle ville ! New York ne cesse de m'épater. Une Rhodésienne blonde servant un juif lituanien, né en Pologne, dans un restaurant italien qui emploie - voyons - deux commis mexicains toujours sur le qui-vive dans un coin et, bien sûr, Dandinho, garçon de salle hors du commun, qui se déplace avec grâce de table en table, sans oublier mon gros fils chauve états-unien qui jacasse au téléphone, près du vestiaire de l'entrée.

— Et vous vous appelez ?

— Rosita.

— Eh bien, merci, Rosita.

Un nom pas fréquent pour une Africaine. Elle sourit en reculant. Il fait un signe à Dandinho qui, promptement, traverse la salle pour lui remplir son verre d'eau.

— Vous avez soif, aujourd'hui, monsieur.

— Eh oui, jeune homme. Avec cette canicule, dehors…

Dandinho s'exécute avec panache, une main dans le dos, comme si son corps entier présentait ses respects à mon verre d'eau. Sans craindre de mouiller ses mains. Sait tout faire, cet homme.

Recevoir, accueillir, saluer, presque un maître d'hôtel. Renommé pour sa grande aptitude à envelopper les restes. Un pro du rouleau de papier alu. Pas donné à tout le monde. On ne rit pas. Le sorcier de la feuille. Capable de lui donner la forme que vous voudrez – cygne, marsouin, vache, grue, girafe. En quelques secondes, vos restes élevés au rang d'œuvre d'art. Doggy bag, mon œil. Les enfants adorent, les dames du déjeuner aussi, ainsi que les hommes d'affaires qui rentrent chez eux tard le soir, leur exotique bestiole miroitante au bout du bras. Il y a quelques années, une galerie du centre-ville a même exposé ses sculptures en papier d'argent.

— Comment allez-vous aujourd'hui, monsieur ?

— Je me sens des ailes. Criblées de plomb.

Sourire bienveillant de Dandinho : il la connaît déjà, celle-là.

— Autre chose pour votre service, monsieur Mendelssohn ?

— Tout va bien. En fait, j'attends mon fils.

— Ah. Oui. Un peu de pain ?

— Merci, Dandinho. Je fais attention à ma ligne.

Et le voilà enfin, qui traverse la salle d'un pas pesant, l'antipatineur artistique. Il se cogne aux tables et aux chaises. Range son téléphone en chemin. Dégage tout de même une certaine énergie, à l'évidence ni humble ni docile, trois Mendelssohn pour le prix d'un : le père, le fils, le musicien.

— Papa, dit-il avec une inflexion douce, en serrant l'épaule de son père.

Certes, il est enveloppé, mais il a toujours un regard lumineux, les jolis yeux de sa mère. Parle-moi d'elle, fils, fais crépiter une bonne pluie de mots.

— Elliot, je te présente Dandinho.

— Enchanté, monsieur.

— Très heureux, Davido.

Magnanime, Elliot prend la main du Brésilien et la serre. Il ferait un bon politicien. Même s'il écorche les noms. Pas mal au rayon costumes, lui aussi. Épingle dorée à la cravate. Col classique. Belle coupe, belle étoffe.

— Elliot Mendelssohn, dit-il. Barner Funds.

Comme si Dandinho en avait quoi que ce soit à faire, de son Barner Funds, pourtant il réfléchit une seconde, puis se place derrière le siège d'Elliot, le lui présente poliment, et le pousse, ou plutôt fait semblant, eu égard aux proportions du susdit. Celui-ci prend place sur sa chaise comme on monterait un cheval fougueux. La table sursaute légèrement, les couverts s'entrechoquent.

— Merci, Davido.

Dandinho fait une drôle de tête, quelque chose se cabre dans son esprit – un mustang, un taureau, un ours. Lui, il jouerait en Bourse ? Allez savoir. Les gens les plus improbables se mettent aujourd'hui à spéculer, et une vie peut toujours en cacher une autre. Peut-être le Brésilien est-il propriétaire d'un hôtel particulier à Brooklyn, avec piscine et poignées de porte en or, une Jacintha de son cru, la totale, le NASDAQ en écran à LED autour du miroir de la salle de bains, les choses les plus étranges se produisent, même chez un commis de salle vieillissant.

— Une maison sérieuse, ça.

— Vous y avez placé votre argent ?

— Non, non, monsieur, pas moi. Mais des gens que je connais, oui.

— Eh oui, on connaît tous quelqu'un.

Dandinho hoche la tête et s'éloigne.

Menu ouvert. Serviette dépliée. Habituelles banalités. Content de te voir, fils. Quel temps épouvantable. Désolé d'être en retard. Un bourdonnement d'excuses – plus de bruit que de sens –, surchargé de travail, le métro bloqué à Lexington, un contrat sabordé en chemin, vraiment débordé en ce moment, manque le temps, le temps, le temps.

Cet homme, comme ses excuses, se bonifie en vieillissant. Un grand cru.

— Je me suis permis.

— Merci, papa.

— Votre cabernet, monsieur.

Elliot fait semblant de ne pas trop regarder la serveuse tandis qu'elle se penche et pose son verre devant lui. Les mains jointes sur son ventre, elle énumère les plats du jour. Jolie pose. Et la tache bleue au poignet : un petit détail qui confine à la perfection, comme un nœud qui dépasse sur un tapis persan.

— Merci, Rosita.

Saumon à l'aneth pour Mendelssohn. Chateaubriand saignant, sauce mangue, pour Elliot. Pas d'entrées. Tout de suite à l'essentiel. Rosita note la commande sur son carnet bleu, bat des paupières, s'éloigne, une artiste, oui, bien sûr. Un saumon, voilà. Qui se déhanche dans le courant. Beau médaillon.

— *L'chaim*, dit Elliot.

Souvent le mot opportun, ce garçon. Il a pensé à se présenter aux élections, dit-on, très, très mauvaise idée, même pour un *Macher* comme lui – ils n'en feraient qu'une bouchée, le recracheraient lyophilisé. Mais allez condamner l'ambition. Bien, allons-y, trinquons, replongeons-nous dans ces eaux troubles, père et fils, comment va Jacintha, quoi de neuf à la maison, des nouvelles de Katya, tout va bien avec Sally, tu te sers parfois du fauteuil motorisé, tu manges suffisamment, tu as vu le Dr Marion ?

Ils ont bu la moitié de leurs verres quand le portable d'Elliot se met à sonner.

— Excuse-moi.

Une voix de femme, apparemment. Elliot bref et cassant. Oui, non, je ne peux pas parler ici, absolument pas, elle n'a aucune raison de se plaindre, oublie, j'ai dit que je ne pouvais pas parler.

Il coupe et lâche :

— Bordel de…

De quoi ? Pourquoi toujours un bordel « de » ? *Notre père qui êtes au bordel des cieux.* Pourquoi un bordel de merde ? se demandait Eileen. Pourquoi pas un bordel de beauté ? Mettons-les à la queue leu leu. *Nom de Dieu de bordel de beauté.*

Elliot cale son téléphone sur la table, frappe quelques touches, aisément malgré ses grosses pattes, un pianiste, le Richter du portable.

— Tu es bien occupé, Elliot.

— C'est le boulot. Désolé. Ça n'arrête pas.

— Pas d'ennuis avec les femmes ?

— Ça fait deux synonymes, papa.

Là, il mérite une bonne claque. Une chance pour lui qu'Eileen ne soit pas là, elle lui en collerait une et elle ne le raterait pas. Elle le tirerait par l'oreille aux toilettes et lui laverait la bouche au savon.

— Ma secrétaire.

— Ah.

— J'ai dû la congédier.

— C'est navrant.

— Elle veut m'attaquer en justice.

— Pas bien, ça.

— Donne-leur la main, elles te prennent les deux bras, ces *putaritas*.

Mordant. Cuisant. Un bon coup de Patrón[15]. Du sel sur la plaie. *Putarita.* Une immigrée dans la langue. Derrière ses épouses blondes, Elliot a toujours lorgné les latinas.

— Paraît compliquée, ton affaire.

Il jette un œil au loin. Les paupières s'agitent un instant, la bouche se tord. Impossible d'oublier qu'il eut jadis six ans, son maillot bleu sur la plage de Long Island, un carré de sable séché sur son épaule, un sandwich à la main, collé contre Eileen qui le tenait par la taille, les vagues roulant sur le rivage, quand il était encore celui qu'il était appelé à être.

Et voilà que ça recommence : ça s'agite, ça vibre, danse la gigue sur la table. À quoi joue-t-on, à la caméra cachée ?

— 'Scuse, papa.

— Non, non, ça va, réponds, aucun problème, vraiment.

Sauf que ça ne va pas, loin de là, à des années-lumière, même - réagis comme il faut et éteins-moi ce téléphone, s'il te plaît, mon cher fils, laisse Allen Funt[16] embusqué dans la cuisine, souris, tu es la tête d'affiche, oh, mes idées font du trampoline aujourd'hui, c'était bien Allen Funt, non ? Ce furent de belles années, la vie était simple, du moins le paraissait-elle, on regardait ensemble les émissions du soir à la télévision, Elliot long et mince, vautré sur la moquette, Katya en chien de fusil sur son sacco, Eileen et lui chacun sur un fauteuil, ils étaient bien, le feu était allumé, il y avait ces cendriers à califourchon sur les accoudoirs, et il fumait la pipe à l'époque, je n'ai pas touché une pipe depuis je ne sais plus quand, pas même senti l'odeur d'une cigarette depuis des années.

Un murmure appuyé, déterminé, cette fois :

— Je t'ai dit que je déjeunais. Ne me rappelle pas pour ces conneries.

Il baisse la tête au-dessus de son verre.

— Désolé, papa.

— Tu te souviens de l'époque où on avait le droit de fumer dans les restaurants ?

— Pardon ?

— Tout le monde fumait, je me rappelle. J'ai toujours ma pipe, tu sais, dans ma chambre.

— Plus personne ne fume la pipe, papa.

— Le fourneau a gardé l'odeur du tabac. Quand on met le nez au-dessus. Ça reste.

Elliot baisse les yeux sur son téléphone. Qu'avons-nous d'autre, qui reste ? Tout ce dont j'ai vraiment envie de parler avec toi, c'est de ces temps heureux avec ta mère, quand nous étions ensemble, que la vie s'écoulait tranquillement, jour après jour, et pourquoi s'attache-t-on à compliquer le passé, ou tout ça n'est-il qu'un voile de fumée ? Mais non, il faut que je t'écoute discourir sur tes *putaritas*, t'excuser une fois encore d'être en retard, mais enfin, il y a bien autre chose que ça, non ?

Dois-je essayer de réécrire mes mémoires ? Est-ce une bonne idée d'augmenter Sally ? Aimerais-tu un deuxième verre de cabernet ? Comment vas-tu arriver à le remplir, ton garage à cinq places ? On peut s'intoxiquer au monoxyde de carbone, dans un volume aussi grand ? Non, non, dis-moi ceci et ce sera tout : est-ce que ta mère te manque, mon fils ? Ou cela : te souviens-tu de nos journées à la plage d'Oyster Bay ? Ou ceci encore : tu ne retiens pas ton souffle, juste une demi-seconde, lorsque tu penses à elle ?

Voilà que ce maudit téléphone recommence son rodéo sur la table. Aussitôt les regards convergent depuis l'autre bout de la salle. Ce n'est pas mon fils, je le jure, c'est un extraterrestre – ils les font comme ça maintenant, gros avec des yeux bleus, américains. Une des Dames du Déjeuner pousse un soupir, la serveuse penche la tête d'un air compatissant.

Rosita, Belle Marianne, délivrez-moi, emportez-moi ce fils, plantez-le dans la neige, allez chercher votre arc et vos flèches, visez bien soigneusement, percez la Pomme sur sa tête, comme Robin des Bois, ou même William Burroughs, tiens.

Elliot se penche et, usant un instant de son charme, demande :

— Papa, ça ne t'ennuie pas ? Il faut vraiment que je réponde, là.

Ça me quoi ? Évidemment que ça m'ennuie. On est en train de casser la croûte, et tu persistes à jacasser comme une pie. Il fut un temps où tu travaillais dans l'alcôve à la cuisine, on se battait contre les mathématiques, les quadrilatères, les équations, aussi proches qu'on peut l'être à deux, même multipliés l'un par l'autre. Quand nous sommes-nous réellement regardés pour la dernière fois, dis-le-moi, fils. Je suis un vieil idiot sentimental, je déborde de nostalgie et les cyniques m'exaspèrent, autant parler à cœur ouvert, j'aimerais discuter avec toi sans être constamment interrompu. Tu ne pourrais pas m'accorder ça, au moins ?

— Pas de problème, Elliot.

— Merci.

Il se place de biais sur sa chaise, couvre son téléphone d'une main. Sa grosse alliance en or brille à l'annulaire. Ne rien voir, ne rien entendre, ne rien dire. Un bracelet en argent au poignet. Pour éloigner les vampires. N'a pas trop marché avec Jacintha, ça. Enfin, il y a quelque chose dans l'air, prêt à lui tomber sur la tête, c'est une voix d'homme cette fois, le père assemble les bribes, licenciée, la fille, tout à fait légalement, mais c'est du chantage ! non, impossible ! ce culot, c'est moi qui vais l'attaquer, pour qui elle se prend, une secrétaire, rien de plus, non, elle peut appeler ça comme elle veut, j'en ai rien foutre, écoute, Dave, je suis au restau avec mon père, non, elle peut pas, donne-moi une heure, mais légalement, je te dis – merde, enfin, occupe-t'en ! – c'est pour ça que je te paie, elle veut un procès, elle l'aura, secrétaire de direction mon cul, ouais eh bien, on va voir ce qu'on va voir.

Allez connaître les dessous de l'affaire. Combien de femmes ont porté des accusations contre lui ? Bonjour, Barner Funds, bureau d'Elliot Mendelssohn, à votre service. Faites-moi une place dans la file des chômeurs, s'il vous plaît, mon patron vient de me traiter de *putarita.*

— Excuse-moi, papa, répète Elliot.

Il regarde son portable, lève les yeux au ciel, saisit un bout de pain dans la corbeille.

T'inquiète, fiston, j'attends gentiment mon saumon à l'aneth, j'ai tout mon temps, toute une journée à perdre.

— J'en ai pour une seconde, promis, assure Elliot.

Il recommence avec son doigt, il a ce tic à la mâchoire – la bouche ouverte, il ressemble à un poisson d'élevage –, il recule sur sa chaise, la moitié du restaurant l'observe. Un poisson qui mord tout : l'hameçon, la mouche, le plomb. Pris au piège.

Mon Dieu, mais qu'ai-je fait de travers ? L'ai-je négligé, lui ai-je gâché son enfance, ne lui ai-je pas lu les bons livres ? L'ai-je fait tomber sur le crâne chauve qu'il avait déjà, bébé ? Elliot a passé haut la main l'épreuve de l'adolescence. Jamais trop de problèmes. Un beau petit gars qui rapportait ses trophées de crosse, ses certificats aux oraux, ses médailles d'échecs. Jamais de coup de fil en pleine nuit. Jamais renvoyé. Jamais d'ennuis avec la police. Amherst, puis Harvard, puis Wall Street, travaillé dur deux ou trois ans, joué le jeu de l'argent, fait son beurre et l'argent du beurre, et regardez-le aujourd'hui qui longe les tables vides, direction les toilettes, sous l'œil attentif de Dandinho. Dandinho qui a un air bizarre. Il a sûrement déjà vu un client converser au téléphone, pourtant. Même mentir au téléphone ? Peut-être est-ce interdit ici, on ne confond pas conversation avec malversation.

Je boirais bien un autre sancerre. Où est mon entre-deux-blondes ? Revenez. Comment vous appelez-vous déjà ? Rosita, Rosita ma tige, mon pétale, mon épine.

IX

En disparaissant à tire-d'aile,
Le merle noir a révélé le tour
D'un des nombreux cercles.

SI SEULEMENT LA VIE RÉELLE pouvait avoir la même logique que l'écrit : des personnages qui agissent consciemment, des causes cachées mises au jour, des éléments convergeant tous vers un point unique, un univers qui se révèle totalement stable, l'ensemble formant une image statique, contrôlée, ordonnée, logique. Dans un monde simple, nous aurions eu un enterrement juif classique. Mais à ce qu'il paraît, Mendelssohn était athée, ou au moins agnostique, bien qu'il ne fût pas toujours opposé aux traditions, ni qu'il rechignât à jouer les cartes qui l'arrangeaient. Il avait épousé une catholique et leurs enfants avaient grandi, partagés entre plusieurs religions. Il reconnaissait être juif quand il le voulait bien, lituanien la plupart du temps, polonais si nécessaire – avec un peu de sang russe si on le lui faisait remarquer –, américain d'une façon générale, européen à l'occasion, même irlandais de temps à autre par l'entremise de son épouse. Un vrai hybride, new-yorkais jusqu'au bout des ongles – New York étant une ville où l'on n'a jamais su mourir. Incinération. Exhalaison. Annihilation. Selon la tradition juive, il aurait dû être enterré plus tôt, mais il y avait le problème de l'autopsie, et il fallait attendre que sa fille arrive de Tel-Aviv, il y avait le fils avec ses aspirations politiques, et où était enterrée sa femme, Eileen, et faudrait-il répandre ses cendres, qu'y avait-il dans son testament, qui connaissait ses toutes dernières volontés ?

La cérémonie a lieu en fin de matinée à Amsterdam Avenue, cinq jours après le meurtre. La neige s'est transformée en boue, de profondes flaques d'eau bordent les trottoirs le long desquels se garent les voitures. Les roues projettent de tristes éclaboussures au-dessus des nids-de-poule. C'est un plan large, en plongée, mais les enregistrements sont de qualité. Tous les salons funéraires de la ville ont leur propre circuit de télésurveillance et d'invisibles caméras. Au fil des ans, les inspecteurs ont assisté à quantité d'obsèques. Ils s'étonnent parfois que les émissions de téléréalité ne puisent pas dans les cérémonies funéraires, un registre fascinant, riche en informations. La vie s'y résume dans la mort. Une veuve se jette à genoux. Ou pas.

Le fils est parmi ceux qui portent le cercueil. Ou pas. Le père s'approprie sans partage le décès de sa fille. Ou pas. Ces mystérieux messages qui ornent les couronnes. Ou rien. La pique discrète placée dans l'oraison par le rabbin, le prêtre, l'imam, le pasteur, le moine. Les obsèques donnent la mesure d'une existence, ses modalités. On y compte les participants, les larmes versées et le temps qu'ils restent sur place après la cérémonie. Les costumes ont leurs pleurs, leur mélopée, les corps leur langage. Les flics se sont parfois surpris à définir les goûts sexuels du défunt en fonction des tenues arborées : plus courte la robe, plus hautes les prétentions. Pas vraiment une formule mathématique, mais d'un autre côté, tant de choses sont inexplicables, que pouvons-nous savoir d'une vie – de la nôtre à la rigueur, dont le sens se renforce quand nos proches disparaissent.

Elliot est le premier membre de la famille à arriver. Il sort de la limousine noire et, chose intéressante, ne fait pas le tour du véhicule pour ouvrir la portière à son épouse. Planté au milieu du trottoir, il étudie l'enseigne du salon funéraire comme pour y déchiffrer un sens profond. Pas de signes extérieurs de tristesse, sinon le bout de ruban noir qu'il porte sur la poitrine – mince trait d'union avec la tradition. Sa femme, mille-feuilles décoloré, se dresse à ses côtés. À la fois ensemble et séparés. Les trois enfants de ses précédents mariages descendent de voiture comme s'ils débarquaient sur la lune. Trois adolescents, gauches et aux longs cheveux, qui semblent déjà las d'une veulerie autoproclamée.

Elliot leur fait un signe de tête, consulte sa montre, puis son téléphone. Un homme préoccupé.

Sa sœur arrive dix minutes après lui. Katya Atkinson, en tailleur noir, les yeux cernés par la tristesse et le voyage. Apparemment plus jeune : tout juste la cinquantaine, sans doute. Il émane d'elle quelque chose de farouche et d'intelligent. Mèches grises dans ses cheveux. Elle enjambe avec agilité la flaque d'eau au bord du trottoir pour rejoindre son frère. Elliot se penche et l'embrasse sur la joue d'un air indifférent.

Tous deux se dirigent vers le salon funéraire et sont bientôt noyés dans la foule qui surgit comme une vague et défile poliment : juges, employés de bureau, voisins. Le concierge, les portiers, dont Tony DiSalvo. Sally James. Cent personnes au moins. Également parmi elles, Christopher Eagleton, le patron de Chialli, et Dandinho, le commis de salle. De lourds soupçons se portent aussitôt sur lui : que vient-il faire aux obsèques ?

Les inspecteurs reprennent les enregistrements du restaurant. Mais Dandinho ne quitte pas l'établissement un seul instant. Il tient des propos animés avec Pedro Jiménez près des éviers ; se trouve près du comptoir lorsque Mendelssohn, dehors, reçoit le coup fatal. Quand le vieil homme s'effondre, le commis est le premier à sortir pour lui venir en aide. Pendant l'interrogatoire, il reste calme, maître de lui, sans une once de mauvaise conscience. Fait bien remarquer que M. Mendelssohn était un de ses clients préférés, qu'il emportait toujours des restes pour son infirmière, laissait de généreux pourboires. Un monsieur poli, au charme désuet, l'œil toujours pétillant malgré son âge. Dandinho n'a pas assisté à l'agression. Lorsqu'il a entendu le bruit de la chute, il a d'abord pensé que le vieil homme avait glissé sur le verglas, et il a tout de suite compris qu'il était mort. Quelle fin affreuse, terrible de partir comme ça, il est triste pour lui, venu lui rendre un dernier hommage, en bon chrétien.

Ils garderont un œil sur lui, cependant les policiers l'estiment au-dessus de tout soupçon. Idem pour Eagleton.

Ils fouillent dans les images du salon funéraire, à la recherche d'un visage, d'une attitude sur lesquels porter leur attention – zooment vers l'avant, vers l'arrière, font défiler plus vite, dans un sens, l'autre, mettent des repères sur quelques points intéressants, mais rien n'éveille autant leur intérêt que le vieux commis de salle.

Et donc, comme la neige, ou la fin d'un poème, les hypothèses flottent sur l'écran, s'opposent, se heurtent. Un monde de possibilités offertes aux policiers qui toutes se croisent d'une façon ou d'une autre – tels les diagrammes de Venn et leurs ensembles, le monde réel qui présente ses mystères. Quel mobile pour ce meurtre ? Héritage, jalousie, châtiment, pure amertume, un acte aléatoire ? Les flics ne peuvent exclure tout lien avec une ancienne décision de justice, dont ce serait la date anniversaire. Un détenu sorti de prison après une lourde peine, une rancune tenace, ressassée d'année en année. Mendelssohn a pris sa retraite six ans plus tôt, et les inspecteurs ne lui voient pas d'ennemi à si long terme. Il a jugé des règlements de comptes entre gangs – Screaming Phantoms, Driggs Boys of Justice, Tikwando Brothers, Dirty Ones, Vanguards, Black Hands[17]. Quelques mafieux de second ordre, aussi. Roy DeMeo, il y a longtemps, qui est ressorti libre. Quelques affaires de corruption. Des cambriolages. Piraterie routière. Un cas retentissant de discrimination dans les hautes sphères municipales, à la fin des années 1980. Des milliers de petits procès au fil des ans. Mendelssohn était apprécié dans les couloirs d'Adams Street. Certes, il échangeait parfois des propos vifs avec les avocats, mais il avait la réputation d'un juge assez clément, jamais trop sévère dans ses condamnations. Il n'y a pas d'« anniversaires » à retenir. Pas de récentes levées d'écrou. Qui attendrait plus d'une décennie pour se venger ? Sally James aurait-elle fait un signe de tête à quelqu'un dans Madison, puis un autre vers la victime ? Après tout, Elliot avait posé des caméras dans l'appartement pour la surveiller. Il savait que son père avait prévu qu'une somme généreuse lui serait versée après sa mort, afin de pourvoir aux études du neveu. Ou Elliot lui-même avait-il en tête d'hériter plus tôt ? A-t-il des problèmes d'argent ? Lorsqu'ils évoquent avec lui ses nombreux coups de téléphone au restaurant, il admet avoir eu une aventure avec sa secrétaire, Maria Casillias, qu'il a récemment congédiée. Peut-être un commentaire de son père l'a rendu furieux ? Pas inconcevable qu'il ait frappé après avoir ruminé un instant sa colère. Ou engagé un autre pour frapper à sa place. Peut-être encore y a-t-il un lien avec Katya, quelqu'un décidé à disperser les dernières miettes du processus de paix au Moyen-Orient ? Mais pourquoi agir à New York plutôt qu'en Israël, pourquoi s'en prendre à son père plutôt qu'à elle ? Mendelssohn aurait-il dit quelque chose en sortant du restaurant, une remarque fortuite qui aurait excédé un passant ? Mais on n'a relevé aucun autre incident dans la rue, que ce soit Park ou Fifth ou Lexington Avenue. Et lorsqu'ils visionnent les images du métro, les policiers n'aperçoivent personne qui porte un blouson matelassé ou une casquette marquée B. C. : l'assassin semble s'être volatilisé.

À la lumière de ce qu'ils ont appris, ils rejouent le film entier dans leur esprit. Avec l'espoir que chaque instant – étudié, palpé, lu, relu, moulu, passé au crible – éventera quelque chose du coupable et du monde qu'il ou elle s'est créé. Ils avancent, mètre après mètre, vers après vers, fragmentent de nouveau le temps. Reculent, jugent, reconfigurent. Pèsent, filtrent, font le point. Le passage se trouve quelque part dans les écarts de rythme, l'infime itération d'un mot, l'éclatement de la structure.

Tout ce qu'ils possèdent du meurtrier réside dans les images prises à l'entrée du restaurant, lorsqu'il entre un quart de seconde dans le cadre. Son blouson, sa casquette. Probablement un homme, qui se penche sur le corps de Mendelssohn, au cas où il vivrait encore, ou pour lui murmurer une obscénité. L'agresseur se redresse, sort du champ, terminé. Ce n'est, en définitive, qu'une casquette et une ombre. Quelques secondes s'écoulent, puis Dandinho se penche à son tour sur le vieil homme, suivi par Eagleton, le gérant, la serveuse et la fille du vestiaire. Les minutes passent et Mendelssohn, entouré par des dizaines de passants, perd une rivière de sang, le doggy bag sur le trottoir, son chapeau de travers à côté. La sauce à l'aneth s'écoule dans la neige.

Défilement arrière, et ils figent l'image sur la silhouette à la casquette B. C. Drôle d'idée, quand même, d'être venu de Boston. Du moins de s'afficher ainsi dans une ville rivale. Soudain ils pigent – un de ces moments étranges où surgit une petite tranche de vérité bien nette, qui ouvre les chambres d'écho, active les synapses. Voilà : ils suivent une mauvaise piste depuis longtemps, mystifiés par leurs idées préconçues, tels des archéologues, des critiques, des étudiants en lettres. C'est bien plus simple qu'ils ne veulent le croire, une bonne part du problème vient de la casquette de l'assaillant, pratiquement le seul indice qu'ils possèdent. Sans doute n'a-t-elle rien à voir avec Boston College, elle peut représenter quantité d'autres choses, British Columbia, un groupe de rock, ou la bande dessinée, tout un chapelet de *B. C.*, peut-être même les initiales de quelqu'un, mais aussi les Brooklyn Cyclones, une équipe de deuxième division, certes, mais une figure de l'imaginaire new-yorkais, et brusquement un détail secondaire se transforme en pivot, l'excitation les gagne. En cherchant les Brooklyn Cyclones sur Google, ils constatent que les casquettes de l'équipe ont une texture semblable à celles du Boston College, le *B* et le *C* entrelacé, facile de les confondre, elles sont presque identiques, compte tenu surtout de ces images peu précises. Mais il y a une différence : l'aigle entre les deux initiales sur celles du Boston College, comment ont-ils pu négliger une telle évidence ? Ça les dépasse, oui, bien sûr, il doit s'agir des Cyclones, c'est ici, en terrain connu, et peut-être le tueur réside-t-il à Brooklyn. Ne sont-ils pas tombés sur les Brooklyn Cyclones au cours de leur enquête, le T-shirt de quelqu'un, une référence quelconque, une affiche, oui une affiche des Cyclones s'est glissée quelque part dans leur champ de vision. Ils n'avaient pas noté ça, au passage, pendant leurs recherches ? Figurent-ils dans la longue liste des affaires traitées par le juge, autrefois, à Brooklyn ? L'un d'entre eux lui aurait-il gardé un chien de sa chienne, depuis lors ? Ou n'y a-t-il aucune trace de ces Cyclones nulle part, et les flics imaginent-ils tout ça ?

Le passé ne cesse de s'écouler entre les mains des policiers. Ouvrant leurs carnets à spirale, ils se remettent à l'eau, remontent le courant, reviennent aux premières strophes.

X

En voyant les merles noirs voler
Dans une lumière verte,
Même les maquerelles de l'euphonie
Pousseraient des hauts cris.

TROP PEU D'UN, jamais assez de deux. Un autre verre de sancerre, je vous prie, ma chérie, ensuite ne me servez plus. Alexandre le Grand savait quand et où s'arrêter. Mendelssohn était autrefois capable de siffler cinq, six verres, mais c'est une époque révolue et son armée a depuis longtemps battu en retraite.

Au début de sa carrière, la coutume voulait bizarrement qu'on avale trois Martinis avant le déjeuner. The Queen à Court Street. Luger's à Broadway. Marco Polo à Carroll Gardens. Le meilleur de tous était Gage and Tollner, dans Fulton Street. Vitrines ensoleillées, des grains de poussière en suspension dans la lumière oblique. L'heure du gimlet. Une goutte de soda et du citron vert, s'il vous plaît. Comment le système pouvait-il fonctionner avec tant de gens alcoolisés qui ne savaient plus tenir leur langue ? On ne savait jamais dans quelle direction l'après-midi allait partir. Mais, à l'époque, il a vu de sacrés orateurs à l'audience, des avocats que le gin n'empêchait pas de tourner une phrase, bien au contraire. Se levaient au tribunal, le costume légèrement froissé, la cravate desserrée, la langue un peu lourde après quelques verres, mais toujours prêts à briser des sentences. Dan Barry, le meilleur d'entre eux. Et Dwyer. Cohen. Dowd. Tous des ténors. Certes, ils étaient plus tranchants le matin. Des plaidoiries à découper l'acier. Vers midi, les couloirs commençaient à s'agiter. On prétendait qu'il n'y avait pas de pire moment pour passer à la barre que les fins d'après-midi, quand les juges étaient irritables, impatients de rentrer chez eux. Ou au début de la semaine quand la perspective du week-end, trop lointain, n'était plus là pour les adoucir. Lui, en revanche, reprenait du poil de la bête avec l'assurance d'échapper à l'incessant défilé des chargeurs, barillets, crans d'arrêt, rasoirs, hachoirs à viande, matraques et bouteilles cassées. Toute cette misère. C'était comme si, soudain, des cloches d'église tintaient vers seize heures trente dans la chambre ou dans un bureau, tandis qu'il épluchait dossiers et dépositions, rédigeait un arrêt, signait cette interminable paperasse. Elle aussi une forme de violence gratuite. On se réveille, on se réveille, la journée est finie ! Plus de violeurs. D'escrocs. D'incendiaires. De vols à l'étalage. De harceleurs. De flics illettrés. Sa carte « libéré de prison » à lui. Le soleil se couchait, mais le jour se levait. Il ne suivait pas les autres quand ils allaient le soir faire les pitres dans les bars de Brooklyn, chez P. J. Hanley, ou The Inn, ou Buzzy sur les quais. Il s'est fait joyeusement enguirlander par les hautes sphères du parti lorsqu'il a déménagé dans l'Upper East Side, mais il n'y a pas accordé trop d'importance, habiter à Brooklyn n'était pas une obligation. Il rentrait voir Eileen, franchissait le pont en voiture, pas de métro pour lui. Un banlieusard à l'envers. Si agréable de voir le soleil disparaître complètement, jolie aspirine rouge avalée par la ville. Il laissait la voiture au garage de Park Avenue. Eileen l'attendait à la cuisine, essuyait ses mains sur son tablier avant de l'embrasser. Il se servait un scotch bien tassé et filait droit s'asseoir dans le bon fauteuil de cuir. Comment pouvaient-ils mener deux existences aussi distinctes ? Il se réveillait en flagrant délit de somnolence quand elle lui apportait sa tasse de lait chaud.

Une fois de temps en temps, pour Thanksgiving, Pessa'h ou Noël, il sortait le soir avec les huiles, à Brooklyn ou, chemin faisant, à Manhattan, au Lion's Head, chez McSorley. Beaucoup d'Irlandais dans la bande et ils y allaient fort sur le biberon. Il était leur juif celte : un reste d'accent dublinois, et bien sûr Eileen, les lectures qu'elle lui prodiguait à haute voix, un baume pour le mal aux cheveux. Gais, les chants de guerre des Irlandais, tristes leurs chansons d'amour. Bien sûr, ils répondaient présents, le lendemain matin au tribunal, après un petit déjeuner chez Teresa, dans Montague Street. Les paupières rouges, un rien faux cul, mais pas moins efficaces que d'habitude. Keenan, Rhodes, Potter, McDonald, Jewell. Sacrés personnages, tous autant qu'ils étaient. Qu'on leur réserve le ciel ou l'enfer, ils s'en fichaient un peu. Toujours d'attaque, ils arrachaient la vie à la vie. Qu'importe si la moitié de leurs clients décrochait une liberté surveillée, ou pire, la prison ! Ils avaient fait leur travail. Avaient plaidé correctement. Alors whisky maintenant, l'eau de la vie. Boire ou être bu.

Et pourquoi les personnages foisonnent-ils dans le passé lointain, alors que le présent est si plat, si soumis ? Faulkner ne disait-il pas que le passé ne meurt jamais, n'est même jamais passé ? Drôle de chose que le présent de l'indicatif. N'existe pas à proprement parler. À peine en sommes-nous conscients qu'il s'absente, disparaît. Alors nous résidons continuellement dans le passé, quand bien même nous rêvons l'avenir. Ça devait être le thème d'un sonnet de Shakespeare – je les ai presque tous oubliés –, les vagues se jettent sur les galets de la plage, nos minutes se précipitent vers leur fin, notre labeur secret.

Ah, la tête me tourne. Trop de vin. Les raisins de la colère. Trop peu d'un, jamais assez de deux. Des mots, semble-t-il, que le jeune Elliot a faits siens, là-bas aux toilettes, aux chiottes, aux gogues, au *vanetsimer*, quoi qu'ils disent aujourd'hui, là où l'on va *pishen*. Dix, quinze minutes qu'il est parti. Regarde-toi bien dans le *shpigl*, jeune homme, raconte-moi ce que tu vois. Toujours collé devant le miroir, celui-là, surtout quand il était étudiant, avec ses longs cheveux blonds, à se jeter des coups d'œil dans toutes les vitrines.

L'enfant brillant passe si vite à l'homme perdu. Trop peu d'un, mais deux suffit souvent.

Il avait toujours les yeux rivés sur Katya. Sacrée bout de femme. Elle leur en a donné, du fil à retordre, quand elle était jeune. Une marxiste de l'Upper East Side. S'est rasé la tête à treize ans. L'année suivante, un anneau dans le nez. En T-shirt Che Guevara, les rares fois où ils sont allés ensemble au temple. Elle a imité sa signature pour envoyer des chèques aux Black Panthers. D'abord par tranches de vingt dollars et, la dernière fois, un millier. Ce qu'il a appris dans un article du *New York Post*. Pas franchement amusé. Tout le monde s'est foutu de lui, le dindon de la farce. Surnommé Malcolm X dans les couloirs du tribunal. Pour son seizième anniversaire, elle leur a fait un chèque perso de cinq cents dollars, mais ça commençait à manquer de piquant, alors elle s'est mise à jeter la vaisselle dans la cour. Soucoupes et tasses sur pieds en porcelaine. Assiettes creuses et plateaux à étages. Dehors, tout ça ! Ouste, l'immaculée saucière ! *¡Viva la revolución !* Pour quoi faire, ces beurriers ? Faisons valser l'argenterie fine ! Oyez le chant des plats creux, longs et ronds ! La cour transformée en chambre d'écho. Elle aimait les voir voler en éclats : plus fins les tessons, meilleure la qualité. Comme ils habitaient au cinquième étage, les autres occupants avaient le temps de regarder les verres de Waterford tomber en piqué. Des voisins ont ouvert leur fenêtre, criant d'arrêter, quoique secrètement réjouis, sans doute, par ces averses symphoniques. Suffit, Katya, suffit. Bon, d'accord, si tu y tiens, encore une demi-soucoupe.

Brisé quelques milliers de dollars de vaisselle en deux nuits. La meilleure punition consistait à ne pas punir. Il l'a embrassée sur le font, endormie dans son lit. Un juge ne juge pas, du moins pas sa fille. Elle était à l'époque en plein complexe militaro-industriel. Beuglait, hurlait, fulminait. L'accusait de flirter ouvertement avec Richard Nixon. Calvin Coolidge un gauchiste à côté. Voulait savoir s'il était prêt à acheter une housse mortuaire pour tous les élèves de sa classe. Un vêtement d'État, disait-elle. Les linceuls n'ont pas de poches. Dans les rues avec un mégaphone et son mètre cinquante-deux, à hurler sous les gratte-ciel. « Mort occidentelle », s'amusait-elle. Mais ils finissent toujours par changer d'avis. Certains, du moins. Elle est partie sur la côte ouest poursuivre ses études à Berkeley où, à la grande surprise de son père, ils lui ont inculqué quelques manières. Des études orientales. Rédigé une thèse sur Alhazen et son *Traité d'optique*. La vision est davantage le produit du cerveau que celui de l'œil. N'est-ce pas la vérité ? Puis elle a trouvé une place aux Affaires étrangères. Militait pour la paix pendant qu'ils faisaient la guerre. Pour ce qui est de se battre, les arguments massue ne manquent pas, assurait-elle, mais pour faire la paix... Oublié d'être bête, cette Katya, même si elle a ensuite choisi Israël, le seul endroit au monde où on ne la trouvera pas, la paix, du moins de son vivant. Autant essayer de reconvertir le vin en eau.

— Voulez-vous que je fasse réchauffer l'assiette de votre fils, monsieur Mendelssohn ?

— Ce n'est pas grave, Rosita.

— Le saumon, ça va ?

— Oui, très bon.

Pour dire vrai, il l'a à peine goûté. Un repas qui ne lui tiendra pas au ventre. J'aurais dû déjeuner tout seul sans inviter Elliot. Mieux vaut un silence choisi qu'imposé. Une chose que Katya a certainement apprise : le pouvoir du silence. Le cœur brisé de voir la paix s'éloigner. Il s'en est fallu d'un rien, c'était si près. Comment s'appelait-il ? Arafat. Fat comme fatalité, avait murmuré Eileen. La culture gaélique aime déformer les mots. Ne pas mettre tous ses vœux dans la même bannière.

— Mais il va s'arrêter de neiger ?

— Je crains que non, monsieur Mendelssohn.

Cette façon qu'elle a d'accentuer les *m*. Je parie qu'elle le fait aussi avec les *p* et les *q*. Dois-je lui raconter comment j'étais devenu Quinner ? Je ne m'en souviens plus très bien moi-même. Était-ce juste affaire de sonorité ? Dublin était une bonne ville. Je la revois toujours avec des chapeaux.

Nous bondissons du bord d'une falaise à la suivante. Il arrive qu'on tombe, parfois brutalement, mais c'est un attendu de la vieillesse. La mémoire fonctionne encore bien. Dieu merci, je n'ai pas tourné Alzheimer. Insupportable, la perspective de finir en maison de retraite. La petite chambre sombre au fond du couloir, quelque part dans le Queens, le Bronx, ou à Tobago. Le chauffage réglé trop fort. Les fleurs desséchées dans le vase minuscule et crasseux. Les infirmières et leur penchant pour les gifles sournoises. Imaginer toute vie réduite à ça. Même si certaines de ces maisons sont assez vivantes, dit-on. Pleines de jeunes veuves encore friandes, capables de filer sous les couvertures. Il paraît que les plus forts taux de maladies se trouvent dans ces maisons. Le dernier hourra. N'importe quel port dans la tempête. Qu'importent les bleus et les bosses, à cet âge. Une aventure sentimentale, encore ? Curieuse idée. Je me demande si Sally y a jamais pensé, seule dans sa petite pièce, avec sa petite télé, son petit jeu de cartes sur la petite table. Ses patiences. Tout ce qui lui reste. Un jeu solitaire. Ne ferait pas une belle production hollywoodienne, ça, le grand juge et son infirmière à domicile, Mme Multifonction, qui s'unissent après tant d'années ? Exposition, conflit, dénouement. Approchez, scènes torrides garanties ! Réservez vos places ! Il pourrait lui réserver une partie de l'héritage. Son neveu suivrait de bonnes études. Ce que je devrais faire, non ? Rentrer tout de suite, ouvrir le classeur, ajouter ce petit à la bonne page, et qu'Elliot aille se faire voir avec les autres. Ça ne coûterait pas tant que ça. Qu'est-ce qu'elle gagne, Sally ? Cinq cents dollars par semaine, plus le gîte et le couvert ? Ça lui fait vingt-cinq mille par an, dont elle envoie sans doute la plus grande partie là-bas. Dix mille dollars arrangeraient bien les choses pour ce garçon. Une goutte d'eau dans la mer, franchement. Beaucoup mieux que les donner à Elliot, même si Katya en pâtirait un peu, et ces beaux petits enfants que je vois rarement. Tout compte fait, il lui reste bien assez, à sa Katya, mais au fait, où en étais-je ? Ah oui, Alzheimer. Je ne suis pas atteint, ne le serai probablement jamais. Je l'oublierais, si c'était le cas. N'est-ce pas, Eileen ? Ce serait si affreux d'oublier sa propre femme. Parfois, quand il ouvre une porte ou qu'il se réveille, le matin, il jurerait qu'elle est toujours là. Bonjour, *mo chroí.* Que fais-je ici, tout seul ? Délaissé par mon fils.

Rosita, je vous ai menti, chère amie. Le saumon est caoutchouteux. La sauce à l'aneth trop laiteuse. J'ai l'impression d'être revenu au Waldorf Astoria. Et, franchement, je n'ai envie que d'une chose, retrouver Eileen à la maison. Enveloppez-moi tout ça dans deux linges blancs, Dandinho, que je m'en aille.

— Excuse-moi, papa.

Surprise, surprise. Tuez le veau gras. Elliot parque sa grosse carcasse sur le siège en face, le visage rouge comme un moteur. Tout juste si la vapeur ne lui sort pas des oreilles. Collez-lui le brassard autour du bras pour prendre sa pression artérielle, et l'aiguille trouera le cadran. Qu'il continue comme ça et il le décrochera, son infarctus. Depuis quand on batifole avec son assistante ? Il ne pouvait pas faire comme Spitzer, l'autre Eliot – avec un seul *l* –, qui a eu au moins l'idée de cracher quelques shekels pour un peu de compagnie, avec ses call-girls à deux *l*, même trois ?

Elliot repousse son assiette.

— Écoute, il faut que je m'occupe de quelques affaires…

— Bon.

— Au bureau.

— Tu n'as rien mangé.

— Demande-leur un doggy bag, papa. Emporte ça chez toi. Donne-le à… son nom, déjà ?

— Sally.

— Voilà.

Elliot jette un énième coup d'œil à son portable.

— Est-ce que tout va bien, El ?

Des années qu'il n'a pas employé ce diminutif. El, l'él-u-cubrateur. Est-ce que tout va bien ? Si ce n'est pas la question la plus bête que j'aie jamais posée. Mais Elliot ne semble s'apercevoir de rien - que ce soit la question ou le diminutif. Distrait au-delà des mots. Il pivote sur sa chaise, claque des doigts, frotte le pouce contre l'index. Dans un coin de la salle, Dandinho regarde droit devant lui, à l'évidence préoccupé. Et qu'avait-il fait, Alhazen ? Découvert certaines lois de la vision. Plongé une pièce dans l'obscurité et installé une chambre noire sur le balcon. Le premier homme à projeter une image du dehors dans ses murs. Ce qu'affirmait Katya. L'œil n'émet pas la lumière, a-t-il établi, celle-ci est diffusée par les objets avant de lui parvenir. Le monde extérieur nourrit le monde intérieur. Mendelssohn n'a jamais vu Dandinho oublier d'être poli, mais il a l'air furieux, là-bas. Ses yeux brillent d'un éclat vif à trouer le plancher comme un lance-flammes.

— Dis-moi une chose, Elliot.

Qui claque encore des doigts, par-dessus son épaule, comme un prince arabe. Pas d'accord avec

Aristote, Alhazen. Simulé la folie pour éviter la colère du calife. Qui l'a emprisonné.

— Tu t'es disputé avec Dandinho ?

— Davido ?

— Non, Dandinho. Le garçon de salle. Il est brésilien.

— Je ne l'avais jamais vu.

— Il n'a pas l'air content.

— À son âge, ce métier… On peut comprendre.

Voilà, c'est parti. Monsieur Elliot en colère. Atrabilaire. Jette sa carte de crédit sur la table.

— Où est notre serveuse ?

Alhazen était-il heureux de savoir tout ça ? Katya est-elle heureuse de continuer à se démener ? Sally est-elle heureuse de se lever le matin ? Une chose est sûre, Elliot ne respire pas le bonheur. Il possède femme, voiture, garage, situation, enfants, mais pas une once de joie. Lui a échappé il y a longtemps. Moins d'un tour dans son sac. Sombre sorcier.

— C'est pour moi, Elliot.

Qui continue de claquer des doigts en direction de Dandinho.

— On pourrait ouvrir un restaurant, ici…

— Mais je t'invite.

— Où est-elle ?

— Rosita.

— Hein ?

— Elle s'appelle Rosita.

— Je n'ai pas besoin de son nom, papa, j'ai besoin de l'addition. Pardon. Je sais, je sais. Il faut vraiment que je m'occupe de ces trucs. Je t'ai appelé. Il y a une heure. J'aurais dû...

Ah, le vibreur dans ma poche. Tout à l'heure dans la rue. La sonnerie est donc désactivée.

— Tout le plaisir est pour moi, je te dis.

Dandinho longe un mur de la salle, une carafe d'eau en main.

— Bon Dieu, soupire Elliot.

Sans le bordel des cieux. Vraiment pas drôle.

Nul et que dalle, mon pauvre.

— La semaine prochaine, papa, promis.

Finalement elle arrive dans un balancement de longues boucles blondes. Trente-deux dents parfaites, blanches et brillantes. Deux yeux bleus perçants. Faite pour le cinéma, cette fille, mais n'a-t-elle pas dit qu'elle était peintre ? Ou est-ce une simple présomption ? Elle avait bien une tache de bleu à l'intérieur du poignet, non ?

— Rosita, ma chère, c'est pour moi.

— Pas question, papa.

— Écoute, tu n'as rien avalé. On a une convention, Rosita et moi, n'est-ce pas, Rosita ?

Son beau grand sourire rhodésien-zimbabwéen.

— L'équipe qui reçoit a toujours l'avantage, non ?

— Pardon ?

— Je veux dire, on est ici sur mon terrain, n'est-ce pas ?

Un brin de confusion aux commissures de ses lèvres.

— De plus, je n'ai pas encore commandé le dessert.

Se dandinant d'un pied sur l'autre, Rosita sourit à Elliot – un mince sourire royal.

— Je crois que votre père a gagné, dit-elle.

— Bon, d'accord, admet-il.

Aussi sec, il range sa carte bancaire dans son portefeuille marron luisant, comme s'il n'avait jamais eu l'intention de payer. Il le referme, tapote dessus comme sur la tête d'un bon toutou. Tu n'es pas sérieux, là, fils ? Sans plus de cérémonie ? Pas une once d'ironie ? Un, deux, trois, terminé ? Comme une fusée ? On n'est pas censés faire quelques allers et retours ? Les convenances, quoi. Tu tires, je tire, tu esquives, moi pas. Mais qui t'a élevé ? La porte de la grange s'est ouverte et on t'a fichu dehors ? Je n'ai jamais levé la main sur lui, mais, hé, il mérite une bonne claque sur le poignet. Envoyez-nous Katya, qu'elle nous fasse signer le traité de paix. La dernière fois que je me suis battu avec quelqu'un, c'était près du Royal Canal. Un petit gitan poil de carotte m'a balancé une mandale et je me suis effondré comme un jeu de quilles. Ça m'a valu une dent branlante au fond de la bouche. La langue n'arrêtait pas de passer dessus. Une sonde de la douleur. Comme la paternité. Trouver comment faire taire les petits maux qui apparaissent, jour après jour. La promesse d'une consolation garde l'avantage sur la punition de vivre.

— Alors tu t'en vas ?

— Tu sais bien.

Non, pas vraiment.

— Faut s'emmerder, parfois.

De fait. Pose la question à Sally James.

Que ce matin paraît loin, maintenant. *Gay gazinta hate*. L'art de l'équivoque. Eileen a adopté l'expression dès qu'elle l'a entendue. Elle disait ça tout le temps, ensuite, à la porte, ou au bout de la nuit, elle y retrouvait quelque chose de foncièrement dublinois. « Va en bonne santé » et « va te faire voir » à la fois.

— Navré que tu aies tous ces ennuis.

— T'inquiète, papa. Je vais la briser.

La briser ? Tiens donc ? Sans aucun doute, Elliot a les moyens de briser bien des choses, c'est arrivé, mais de là à en faire ses lettres de noblesse… Le gros riche blanc contre la petite latina ? Pas vraiment un trait de génie. Ni de quoi récrire l'histoire. Combien d'occurrences depuis Christophe Colomb jusqu'à Elliot Mendelssohn aujourd'hui ?

— Eh bien, prends soin de toi, mon garçon.

Pas du tout ce qu'il voulait dire. Plutôt : « Ne sois pas abject, Elliot. » « Fiche la paix aux femmes. » « Tu pourrais être un peu plus chaleureux. » « Arrête de te plaindre. » « Un peu de dignité, tout de même ! » « Comporte-toi en adulte. » « Parle-moi du bon vieux temps. » « Fais de moi un homme fier et heureux. »

Elliot se penche pour finir son vin. Une dernière goutte au fond du verre.

Et n'est-ce pas une main qu'il tend vers lui, comme s'ils venaient de faire affaire ? Il ne se lève pas, ne l'embrasse pas, pas de tape sur le dos, de baiser viril sur la joue. Je me demande, Elliot, si je t'ai jamais trouvé aussi détestable. Ce sera tout ? On en reste là ? Pas de mot aimable, de révélation, de résolution humaine, rien que ce triste substantif anglolatin ajouté au lexique.

Elliot passe sa serviette sur ses lèvres rouge vin, puis la jette, froissée, une boule d'étoffe sur la table.

— Je t'appelle.

— Appelle-moi.

— On déjeunera comme il faut.

Gay gazinta hate. On peut le dire. Mon fils, tu viderais une salle plus vite que la peste noire.

Il part à pas lourds prendre son manteau dans l'entrée. Frappe quelques touches en chemin sur son maudit téléphone. Dandinho ne le quitte pas des yeux. Son dos, maintenant, qu'il menace de trouer. Allez, Dandinho, enveloppez-le dans du papier alu et jetez-le dans la rue.

— Rosita.

Gracieusement accoudée au comptoir, elle se retourne aussitôt.

— Monsieur Mendelssohn ?

— Je pense avoir fini. Voulez-vous prier Dandinho de m'emballer ça ? Et j'aimerais un dessert.

— Oui, monsieur. Que désirez-vous ?

Il devrait s'enquérir de ses tableaux. Quelle vie menez-vous au juste, à Brooklyn ou dans le Bronx, et cette tache au poignet, c'est le ciel que vous peignez ? Car d'un ciel très bleu ne me reste que le souvenir d'un jour de septembre où tout s'est effondré.

— Eh bien, un tiramisu.

— Bon choix, monsieur Mendelssohn.

Merci, chère mademoiselle. Jolie un jour, jolie toujours. Le clair de lune dans ses cheveux. Il fut un temps où le monde foisonnait d'adorables personnes comme vous.

La silhouette d'Elliot longe la vitrine, forme sombre détourée par des nuées blanches.

Laissé en plan. Par mon propre fils.

Et voyez ça. Deux petites flaques d'eau par terre sous la table. Tout ce qui reste de lui.

À propos, il serait temps d'aller pisser.

Il recule sur sa chaise. Comment se frayer un chemin entre ces tables serrées les unes contre les autres ? Une course de slalom. Passer les portes, glisser sur les flancs enneigés, attention aux plaques de verglas.

— Tout va bien, monsieur Mendelssohn ?

Eagleton, le nouveau gérant. Une grande asperge avec une peau épouvantable, abîmée, crevassée. Certainement inutile de le lui dire.

— Oui, merci. Délicieux, le saumon.

— Parfait.

— Et la serveuse.

Le patron fait une drôle de tête. Oh, non, non, non. Pas délicieuse, non. Mais pas le contraire non plus. Une bonne serveuse. Ce que je voulais dire. Pas délicieuse.

— Elle est tout à fait charmante.

— J'en suis ravi, monsieur Mendelssohn. Puis-je vous aider un instant ?

— Ça ira, merci. Un petit besoin.

Il fait un signe vers les toilettes. Maintenant qu'il est debout, c'est plutôt une nécessité. Mon Dieu, oui, il y a des moments où le costume d'hiver conviendrait aux pentes glissantes.

Frappant le sol avec sa canne, il chemine entre les tables. Jette un coup d'œil vers le hublot qui orne la porte battante de la cuisine. De vrais paquebots, ces restaurants. Il devine Dandinho derrière - ohé, du bateau ! - qui tient une conversation plus qu'animée avec un très petit homme en tablier. Ils n'en sont pas aux poings, mais ça a l'air de chauffer entre eux.

Un regard rapide du petit homme, par-dessus l'épaule du garçon de salle. Pas un bonjour pour autant. Plein d'humour, ce monsieur. Où va le monde ? Celui-là qui a préparé mon saumon ? Pas la tête d'un chef. Un portier, plutôt.

Bon, en avant. L'odeur du Clorox. Un bain d'eau de Javel. Purifiez-moi.

Pas de rayon barres et poignées ici, mais au moins, c'est propre et net. Faire vite, de toute façon. Farfouiller, trouver l'engin, évacuer, se laver les mains, repartir, deux minutes chrono, honorer la compagnie des tuyaux d'incendie.

Dans le couloir, il jette un nouveau coup d'œil vers la cuisine. Disparus, Dandinho et l'homme au tablier. À droite, puis la mer de tables. Des bougies en plein jour. Il neige encore dehors.

Oui, le tiramisu est arrivé. L'ordre restauré. Merci, Rosita. Nous avons tous besoin, de temps en temps, d'un petit pick-me-up[18].

XI

Alors qu'il parcourait le Connecticut
Dans une calèche vitrée,
Il fut cloué par la peur :
Il avait confondu
L'ombre de l'équipage
Avec les merles noirs.

DANS PRATIQUEMENT TOUTES LES SALLES D'INTERROGATOIRE, la caméra est installée en hauteur dans un angle, d'où son surnom de caméra « toile d'araignée ». Il vaut mieux avoir la porte dans le champ – la vérité s'offre parfois au regard dès les premiers instants. Les innocents entrent et s'assoient aussitôt, embarrassés, les mains jointes, comme impatients de prier. En revanche, les coupables s'arrêtent souvent un instant pour étudier la pièce, à la recherche d'une protection. Eux, au contraire, vont trahir leur connaissance des faits.

Les meubles donnent clairement à penser qu'on ne pourra compter sur rien : le dépouillement en soi est une accusation. Les dimensions sont réduites, les cachettes inexistantes. Deux ou trois chaises, presque toujours en bois. Une simple table, un unique tiroir, juste assez grand, d'ordinaire, pour contenir quelques feuilles de papier et un stylo. Rien qui puisse servir d'arme : ni chaises pliantes ni crayons pointus. Un miroir sans tain, sans fioritures, enchâssé dans le mur du fond. Pas de tasses ou de machine à café. Pas d'affiches susceptibles de détourner l'attention. Peu probable qu'il y ait un tapis au sol, et s'il y en a un, il sera terne. Les plinthes peintes dans le même ton que les murs. L'éclairage, cru, est fourni par des tubes fluorescents, mais il se trouve parfois une lampe sur la table, que les policiers allument quand la vérité commence à émerger. Cette deuxième source de lumière, plus douce, adoucit les angles, régénère l'atmosphère.

La caméra est située en hauteur afin qu'on ne la repère pas tout de suite, mais ceux qui s'arrêtent en entrant – les coupables, bien souvent – lèvent la tête vers elle. Beaucoup à voir dans leur regard : crainte, défi, insolence, dédain. Ils tenteront de s'asseoir le dos tourné à l'objectif, et les inspecteurs, aussitôt, les placeront de l'autre côté. Ils comptent le nombre de fois que les suspects s'attardent sur elle : plus ils y reviennent, plus ils sont susceptibles de mentir.

D'autres – les innocents, bien souvent – s'assoient immédiatement, comme s'ils voulaient protéger la vérité, la serrer dans leurs bras, la conserver un instant, entière dans leur petit univers. C'est un œil brûlant qu'ils braquent sur l'objectif : mélange de supplique et de terreur.

Il arrive que les policiers laissent leurs proies seules dans la salle. Ils les observent alors derrière le miroir sans tain. Ce sont presque toujours les coupables qui font signe à la caméra, d'un geste qui veut dire va-te-faire-foutre. Certains se réfugient en dessous pour qu'on ne les voie plus. Dans d'autres commissariats, une deuxième caméra est installée symétriquement à la première, mais il peut s'agir d'un leurre, d'un œil mort.

Si la pièce est en général insonorisée, la caméra est cependant équipée d'un micro sensible qui n'omettra rien. Et l'enregistrement servira ensuite.

Lorsqu'on introduit Pedro Jiménez pour l'interrogatoire, c'est un curieux cocktail d'innocence et de culpabilité. Veste de costume sur chemise bleue et pantalon blanc de cuisinier. Triste vide-grenier d'individu. Cinquante-sept ans, un isthme chevelu au milieu du front. Mince, les joues tombantes, et la peau à l'automne. En entrant, il balaie la pièce du regard et ignore la caméra. Il se tourne vers la policière, comme si elle devait lui expliquer l'utilité de cet endroit. D'origine sud-américaine, elle a des cheveux bruns, des yeux noirs et porte des vêtements sombres. Une simple chaîne en or autour du cou. Elle le guide par le coude vers un siège devant la table de bois nue, rejointe quelques instants plus tard par un autre inspecteur, une miche de pain blême, celui-là, qui saisit la chaise en bout de table, la retourne, se rapproche, pose le menton sur le dossier.

Cerné, Pedro étudie rapidement la caméra, comme s'il y cherchait son reflet. Il baisse les yeux sur la table, sur ses mains. Bizarrement, il sort une paire de lunettes de sa poche, alors qu'on ne lui a rien donné à lire.

On dirait un autre homme quand il les a sur le nez, ce n'est plus un plongeur débraillé, mais une sorte de bibliothécaire ébouriffé.

La policière s'adresse d'abord à lui dans un espagnol éraillé qui a roulé sa bosse dans les rues de New York. Elle énonce la date, l'heure, le lieu précis de l'interrogatoire. Comprend-il bien, demande-t-elle, que l'entretien est enregistré ? Il n'est pas en état d'arrestation, cependant le mot « encore » semble planer au-dessus des autres. Elle sait qu'il a une famille. Souhaite l'aider. Qu'il ait ou non une carte verte ne l'intéresse pas. Elle compte beaucoup d'amis dans la communauté costaricaine. Elle-même d'origine insulaire, née en Guadeloupe, arrivée ici à l'âge de deux ans, elle est décontractée, sympathique, ouverte. Assise de biais sur sa chaise. Elle a pris connaissance de ses antécédents, mais qui n'en a pas, hein, Pedro ? Il hoche la tête, une vague lueur derrière ses lunettes. Elle s'interrompt pour chuchoter quelques mots en anglais à l'autre inspecteur. Pedro annonce qu'il comprend très bien, il est disposé à répondre dans la langue qu'ils voudront. Oui, admet-elle, son collègue Rick a un peu oublié l'espagnol. Très aimable de votre part, Pedro, merci beaucoup. Elle conservera un petit accent, comme si son anglais venait de traverser la mer des Antilles à la nage. Elle n'a pas de parti pris, dit-elle. Évite d'employer le mot « meurtre ». Mais c'est une agression, coups et blessures, grave, une tragédie. Se rend-il compte de ce qui s'est passé ? Oui. A-t-il appris quelque chose par la bande ? Non. Il y a des gens qui pètent les plombs, vous savez ? Sans doute. Ça vous arrive, Pedro ? Non, je suis quelqu'un de calme, je mène une vie tranquille. Vous habitez Brooklyn, hein ? Oui. Où ça ? Eh bien, Coney Island. C'est comment, Coney Island, Pedro ? Il y a un peu de vent, parfois. Elle est bien bonne, tu entends ça, Rick, du vent à Coney Island, un comique, ce Pedro. Je ne cherche pas à être drôle, *mami*[19]. Je plaisante, Pedro – alors, depuis combien de temps travaillez-vous à New York ? Vingt ans. Et chez Chialli ? Quatre. Quatre ? Oui. Nourrir une famille sur un salaire de plongeur, un peu juste ? Ma femme, elle est morte. Vous vous en sortez ? Je m'en sors. Vous avez une fille ? Oui, Maria. Elle est mariée ? Elle vient de divorcer, elle cherche du travail. On l'a licenciée ? Ouais, il y a deux mois. Elle a des enfants ? Deux. Pas facile, comme vie, divorcée, deux gosses, au chômage, un verre d'eau, Pedro ? Non. On dirait que vous en auriez besoin, pourtant.

Il ajuste ses lunettes sur son nez. Elle se penche en avant tandis que son collègue recule. Une sorte de balancement est en œuvre dans la pièce, qui anime les corps telles les rimes d'un poème, dépendantes les unes des autres.

Bien, j'aimerais parler du restaurant, Pedro. Comme vous voudrez, *mami*, je n'ai rien à cacher. Vous rappelez-vous quoi que ce soit d'inhabituel ce jour-là, qui vous concernerait, vous et Dandinho, car nous avons eu vent de certaines choses, soyons honnêtes, là, soyons francs, Pedro, paraît que vous avez échangé quelques *puñetazos*[20] ? Il lève les yeux vers la caméra, les lèvres pincées, fait signe que non. Non, cette affaire avec Dandinho, ce n'est rien, *mami*, on tient une caisse entre employés, pour parier sur les matchs de *fútbol*, voyez, et il y a eu un – comment dit-on ? – un doute à propos d'un match des Corinthians, au Brésil, un désaccord, plutôt marrant, rien de spécial. Dandinho ne vous a parlé de rien d'autre ? Non. Vous êtes sûr ? Sûr. Où êtes-vous allé ensuite, Pedro ? Aux toilettes. Mais il ne faut pas donner un coup de collier, au déjeuner ? C'est l'heure où il y a le plus de travail et vous choisissez ce moment-là pour aller aux toilettes ? J'avais besoin de chier. De chier ? Oui. Bon, d'accord, tout le monde a besoin de chier, mais est-ce qu'il n'aurait pas neigé sur votre merde, Pedro ? Neigé ? Vous ne seriez pas sorti par la porte de service, à tout hasard ? Pour prendre l'air ou fumer une cigarette ? Je ne fume pas. Mais vous êtes bien sorti, avec votre anorak, une casquette, peut-être, par la porte de métal qui donne sur Madison Avenue, et vous avez soufflé une seconde ? Je ne suis allé nulle part. Vous êtes revenu tout de suite à la cuisine ? Ouais. La plonge, on appelle ça comme ça, n'est-ce pas ? Ouais, bien sûr. Vous savez d'où ça vient, cette expression ? Écoutez, j'ai mon travail, j'ai deux petits-enfants, je ne sais pas.

Un rythme incessant anime l'interrogatoire, s'interrompant parfois au moment propice pour obtenir une information, ou au contraire s'éloignant du sujet, de digression en digression, un mouvement circulaire pour donner le change.

Justement, c'est un sujet qu'on voulait aborder, Pedro. Quoi ? Maria. Maria ? Oui, son divorce, le travail qu'elle a perdu, le fait qu'elle soit revenue vivre chez vous à Coney Island. Elle voulait économiser de l'argent. Ça a créé des tensions, peut-être ? Non. Parce qu'elle avait une bonne place, Maria – où est-ce qu'elle travaillait, déjà ? Qu'est-ce qu'elle nous a dit, Rick ? Vous avez parlé à Maria ? Bien sûr qu'on lui a parlé. Elle n'a rien à voir avec cette affaire. Quelle affaire, Pedro ? Rien du tout. Ah bon, rien ? C'est une fille bien, c'est tout ce que j'ai à dire. Évidemment que c'est une fille bien. Alors laissez-la en dehors de ça. Pour être honnête, Pedro, elle avait plein de choses à dire, elle. Maria ne dirait rien de mal à mon sujet. À *votre* sujet, non, bien sûr, elle vous adore, *la niña de sus ojos*[21]. Alors, quel est le problème ? Pas de problème, *papi*. Alors qu'est-ce que je fais là ? Vous connaissez Barner Funds ? Quoi ? Maria travaillait pour Barner Funds. Ouais, et alors ? Vous en pensez quoi, de Barner Funds, Pedro ? Elle avait une bonne place, ça lui plaisait, c'est tout. C'est tout ? Oui, c'est tout. Ça vous a pas foutu en rogne, Pedro ? Non, pourquoi ? Même quand elle s'est fait vider ? Il y a deux mois, je vous l'ai dit. Et les patrons de cette boîte, vous en pensez quoi, Pedro ? Rien, c'est pas mes oignons, je pense pas à ces gens. Parce que Maria nous a appris qu'elle poursuivait Barner Funds pour licenciement abusif, vous le saviez ? Ben oui. Et ça, vous en pensez quoi ? *Bueno*, pas de quoi s'alarmer. Et ce type, là, Elliot Mendelssohn, vous le connaissez ? Hein ? Le fils de celui qui s'est fait bastonner devant votre restaurant ? Ouais. Pardonnez-moi, Pedro, mais ce M. Elliot, il a peut-être, je ne sais pas, fait quelque chose dans le dos de votre gendre, avec Mme Maria, il y a quelques mois ? Je ne vois pas de quoi vous voulez parler. Mais si, écoutez, avant qu'on la mette à la porte. Comment ? C'est ce qu'on nous a raconté, il a les mains baladeuses, cet Elliot, et avec Maria – désolée d'en parler, Pedro, vous êtes son père et ces cochonneries-là, les pères, ça n'aime pas, les mères non plus, d'ailleurs, croyez-moi, mais j'ai raison, n'est-ce pas ? C'est quoi, ces conneries ? Eh bien, une fois ou deux, ils ont fait plus ample connaissance dans un hôtel de Stamford, dans le Connecticut où il habite, le gars, avec sa femme et ses gosses, il a un faible pour les hôtels, vous comprenez ce que je dis, Pedro, hou ! hou ! il y a quelqu'un, je vous parle, vous m'entendez, Pedro, vous m'entendez ? Je ne sais pas ce que vous voulez dire. Vous ne savez pas ? Non, je ne sais pas. Peut-être que vous en vouliez à cette boîte, Barner Funds, parce que ce M. Elliot, il l'exploitait, Maria, peut-être qu'il poussait un peu ? Maria n'a jamais fait ça, c'est une fille bien, elle était *mariée*. Comprenez-moi bien, Pedro – cet individu est un connard de première, aucun doute là-dessus. Je ne le connais pas, jamais vu. Peut-être lui a-t-il laissé entendre qu'il lui ferait gagner plein de fric, et puis il change d'avis et il la vire. Je répète, je ne sais pas de quoi vous voulez parler. Peut-être qu'il lui susurrait des bêtises sur l'oreiller. Jamais entendu parler. Vous croyez que ça va plaire au jury, cette histoire ? Quelle histoire ? Comme quoi vous êtes un père, et vous frappez un autre père ? Je n'ai frappé personne. Vous êtes bien sûr, Pedro ? Je le jure devant Dieu, *mami*. Vous pouvez m'appeler Carla. Je n'ai frappé personne. Vous n'aviez peut-être pas l'intention de taper si fort, c'est un accident, en un sens ? Je vous ai dit que je l'ai pas touché. Juste poussé, alors ? Non. Vous le voulez, ce verre d'eau, maintenant ? Vous insinuez que j'ai besoin d'un avocat ? Écoutez, on n'essaie pas de vous coincer, Pedro. J'ai droit à un avocat, je le sais. Certainement, mais on essaie plutôt de vous aider, nous, le type qui est mort, il était juge dans le temps, à la Cour suprême de Brooklyn, et de toute évidence, vous aurez besoin qu'on soit de votre côté. Je n'ai frappé personne. Parce qu'on est de votre côté, Rick et moi.

C'est alors le moment de marquer un temps, de changer de tempo. Ils ne sortiront pas tous deux en laissant Pedro seul, qui risque de se fermer plus encore, d'exiger son avocat, mais il faut changer un peu la topographie, donc Carla se lève, confie Jiménez à son collègue Rick, la grosse miche moite. La pièce paraît soudain plus exiguë, plus virile. Et Rick emploie une autre technique, regard fixe et menaces voilées, il se penche vers Pedro, lui demande s'il veut bien répéter où il se trouvait au moment de l'agression, pourquoi a-t-il quitté la plonge, pourquoi s'est-il disputé avec Dandinho et, quand il est allé aux toilettes, se pourrait-il qu'il soit sorti par la porte de service – pouvez-vous répondre, Pedro ? – et se pourrait-il aussi qu'il soit repassé en vitesse par la même porte, quelques secondes plus tard, tout cela est-il vraisemblable, parce qu'on peut comprendre, mon gars, c'est son fils, c'est votre fille, vous me suivez ? On est là pour aider, franchement, j'aimerais le foutre derrière les barreaux, ce connard d'Elliot, c'est lui qui devrait trinquer, n'est-ce pas ?

Carla revient avec un unique verre d'eau et trois sodas à l'orange en bouteille. Elle pose les Jarritos au milieu de la table, et c'est comme s'ils étaient réunis ailleurs, dans une *cantina*, au chaud, à l'abri, un endroit où l'on se fait confiance, mais Pedro ne touche pas à sa bouteille. Carla se penche à son tour, enchaîne les questions à propos de Maria, quel genre d'enfant était-ce, facile à élever ? A-t-elle évoqué des problèmes à son travail, s'est-elle mise en colère, a-t-elle parlé du Connecticut ? Pedro boit le verre d'eau sans toucher sa bouteille de soda.

Le temps s'échappe, les aiguilles de l'horloge poursuivent leur danse, l'éclairage fluorescent est constant. Les policiers se préparent pour le maelström final.

Alors, Pedro, elle vous en a parlé ? De quoi ? De son histoire avec Elliot Mendelssohn. Quelle histoire ? Son aventure, vous savez, ses minauderies. Je ne sais pas de quoi il s'agit. Comment vous le dire en mots choisis, Pedro ? Dire quoi ? Elle baisait avec ce type, Pedro, et maintenant calmez-vous, *papi*, du calme, *cálmese*. Je suis calme, mais on ne parle pas de ma fille comme ça. OK, OK, que savez-vous de leurs re-la-tions ? Je ne suis pas au courant. Parce que, de mon point de vue, elle avait la belle vie, n'est-ce pas, pendant un certain temps, elle était heureuse, non ? Je n'ai rien à dire. Une fille bien, un bon emploi, sortie d'une école de secrétariat, avec un bon mari, un type bien lui aussi, deuxième génération, vous êtes fier d'elle, vous l'aimez bien, le gendre, les petits-enfants aussi, la vie est belle, ils ont trouvé à se loger à Rockaway, la plage, les petites clôtures, voyez ce que je veux dire, le rêve américain, vous êtes là, Pedro, hou ! hou ! vous m'écoutez, faut tout recommencer ? J'écoute. Elle travaille pour une société d'investissement, s'habille très chic, gagne bien sa vie, assistante du DG, belle promotion, le bureau à Manhattan sur Lexington Avenue, grande tour de verre, et un beau jour, *pouf* ! tout disparaît en fumée, le patron est un con comme il fallait s'y attendre, il la vire sans ménagement. Je ne suis pas au courant. Et alors on vous dit qu'il est dans le restaurant ? On ne m'a rien dit. C'est peut-être Dandinho qui vous le dit ? Dandinho ne m'a rien dit. Vous parliez *fútbol*, c'est tout ? C'est tout. C'est votre meilleur ami, Dandinho, hein ? Qu'est-ce qu'il vient faire là-dedans ? Peut-être lui aviez-vous confié que votre fille s'est fait lourder de chez Barner Funds, alors il fait le rapprochement, vous dit que le père est là, justement – c'est bien ce qui s'est passé, Pedro ? – parce que ça, c'est excusable, mon gars, je vois très bien la scène, quand il vous dit qu'Elliot Mendelssohn est là, Elliot est déjà parti, et vous, vous êtes en train de faire la plonge. On se disputait sur les paris. Mais il n'y a pas que le *fútbol*, n'est-ce pas ? Hein ? Vous aimez le base-ball, aussi ? *Sí, claro*. Vous soutenez quelle équipe ? Aucune en particulier. Et combien on vous paie, déjà, Pedro ? Huit dollars de l'heure, dix et demi les heures sup, pas génial, la plonge, quand même ? Ça va, je fais d'autres trucs à côté. Quoi, comme trucs ? Un peu de vente, sur les stands. Ah ouais ? Ouais. Des cacahuètes à la sauvette, c'est ça ? Je ne sais pas ce que c'est. Et vous les vendez où ? Chez les Cyclones. Les Brooklyn Cyclones ? Ouais, les Brooklyn Cyclones, où est le problème ? Est-ce que, par hasard, on vous aurait donné un uniforme pour ça, Pedro, et une casquette ? Oui, je mets une casquette, des fois, tout le monde en porte une, à la cuisine il faut en porter une. Et c'est une casquette des Brooklyn Cyclones ? Je vois pas le rapport, *mami*.

Lentement ils retirent tous leurs mots, les referment comme un poing qu'ils brandissent un instant avant de frapper.

Parce que, sur les enregistrements, on a un type qui porte une casquette des Brooklyn Cyclones, et c'est votre portrait tout craché.

Où ça ?

Devant chez Chialli, penché sur le vieux.

Ça ne me dit rien du tout.

La caméra de surveillance, Pedro. C'est votre sosie.

Mon quoi ?

Dos gotas de agua[22], Pedro.

XII

Le fleuve s'écoule.
Le merle noir doit voler.

C'EST LÀ QUE ÇA SE CORSE, l'interminable trajet du retour. Que la liberté retentisse, Sally, de chaque colline[23]. Jetez une autre bûche dans la cheminée. Faites chauffer la poêle, bouillir le lait, fondre le chocolat, placez bien le fauteuil, dépliez la couverture, écoutez le bois siffler.

Je ferais peut-être bien de l'appeler et de lui dire que je reviens. D'un autre côté, elle se précipiterait aussitôt sous la neige. Enfin, que faites-vous, Mister J. ? Je rentre, Sally. Mon propre fils m'a laissé tomber. Sèchement. Enfin, sèchement... Maintenant que j'y repense, je ne suis pas si sec que ça. J'aurais pu prendre le costume d'hiver. Il m'a même laissé payer. Alors on a un peu de saumon et un chateaubriand entier. De quoi voir venir jusqu'à la fin de la tempête. Bizarrement, sans le papier d'alu. Dandinho n'a pas fait son boulot.

Pas commode d'avancer avec le sac plastique et la canne en même temps. Mais bon, on y va, là-bas, tout droit.

Enfin, presque.

Encore dans l'entrée, il entend la première porte se refermer derrière lui. « Au revoir, monsieur Mendelssohn. » Douce voix rhodésienne-zimbabwéenne, et un dernier accord de musique. Ferais mieux de rebrousser chemin tout de suite et de commander un grog brûlant. Bien sucré pour faire passer.

Bon Dieu, ce n'est pas des cordes, qu'il tombe, mais des doubles rideaux. Obliques, cinglants, biaisés. Un théâtre, une superproduction, un opéra de neige. Tous les taxis sur scène glissent côté cour, côté jardin, et dans la fosse. Applaudissements des essuie-glaces. Camions, camionnettes, tous phares dehors, et un pauvre idiot à moto. De vraies morsures de neige. Comme les anneaux tranchants des sikhs, un million de chakrams qui fondent sur moi.

Pratiquement pas un chat dehors. Un peu trop tôt pour les mamans et les nounous qui récupèrent leurs petits à l'école primaire de Madison. Pas de vendeurs de fleurs, ni de livreurs. Personne ne déblaie. Pas de déneigeuses, pas de sel.

Vraiment, je devrais sauter dans un taxi, mais il faudrait passer devant la synagogue, monter jusqu'à la Quatre-vingt-huitième, faire le tour par

Park Avenue, redescendre jusqu'à chez moi, au risque d'être bloqué dans les embouteillages. Les klaxons braillent partout. Raffut épouvantable. La neige n'est-elle pas censée étouffer les sons ? Comment se fait-il que j'entende de moins en moins bien, quand les bruits les plus déplaisants retentissent chaque jour plus fort ? Une cacophonie. C'est le mot. Le pianiste à la contrebasse. Le saxo au violon. Le flûtiste au grelot !

On ne colle pas des amendes aux gens qui klaxonnent à tort et à travers ? Écoute ça, Elliot. S'il y en a pour les excités du klaxon, il y en aura pour les fous du téléphone.

Que lui est-il donc arrivé ? Pourquoi n'est-il pas devenu le garçon qu'il promettait d'être ? Il avait brillamment passé ses examens. Le jour de la cérémonie, il a jeté sa toque noire en l'air, pris sa mère par le bras, fait le tour de Cambridge avec elle, tout fier. Heureuse, elle riait, nous riions ensemble. Il était revenu s'établir en ville. S'était trouvé une petite Française. Comment s'appelait-elle ? Il y a si longtemps. Chantal. Et elle savait. Chanter. Eileen était fan d'elle. Un rossignol. Toujours là les jours de fête. Jusqu'au jour où elle ne l'était plus. Une louche qui plonge dans le puits de la mémoire. Les choses les plus étranges apparaissent, disparaissent. Et qui regardait au fond du puits ? Qui cherchait son image dans le noir ?

Noir comme le ciel, à cette heure-ci de la journée. Mais allons-y, allons-y.

Froid au cou. Je n'ai pas bien boutonné mon manteau. Mis une éternité à enfiler chaque manche, chez Chialli, ils ont dû avoir l'impression de me passer la camisole. Enfin, ils étaient tous contents. Laissé un billet de dix à Dandinho, qui paraissait de mauvaise humeur. Et trente pour cent de pourboire à Rosita, pourquoi pas, elle le mérite bien, avec sa tache bleue au poignet.

Une beauté.

Me rappelait quelque chose.

Comme toute beauté, toujours.

Trouvant un semblant d'appui contre le mur de l'entrée, il remonte son col, puis son écharpe contre sa bouche. Une cagoule improvisée.

Viens, Eileen, prends-moi par la main et à nous trois, Madison ! Nous avons tant parcouru cette avenue. Je me souviens mieux de toi au soleil, dans ta robe d'été claire, un simple collier de perles et, pour dire vrai, la mémoire embellit certainement les choses. Elle avait un peu grossi, les dernières années, elle boitait légèrement. Les rides, les plis, les petites boules sur les hanches. Dieu joue un drôle de jeu cruel. Mieux on connaît le temps, moins il en reste. Moins on en a, plus on en veut. Les plateaux de la justice. Ça existe bien, ce mot-là ? Je suis né au milieu d'une chose ou d'une autre.

Allons, du courage.

À l'abordage.

Un pas, deux pas dans la neige qui mord. Les pommettes aussitôt glacées. Il ferme les yeux, tente de chasser la sensation, le choc, la brûlure. Enveloppé par le vent et les flocons, il s'arrête pour mieux agripper son doggy bag. À quelle vitesse passons-nous d'un état à l'autre. Il ne doit pas être beaucoup plus tard que deux heures, pourtant il fait déjà noir comme dans un four. La nuit surgit du sol et déploie ses ailes.

— Elliot Mendelssohn.

Oui. Non. Non, bien sûr. Affirmation ou question ? Que voulez-vous entendre avec ces foutus klaxons, le vent qui hurle, l'écharpe sur les oreilles, la ville et son tumulte, la symphonie qui chante encore dans mes oreilles, tout bonnement impossible de comprendre quoi que ce soit. Mon nom ? Sûrement pas. Pas dans cette vie, du moins. Comme la voix semble parler dans son dos, il tourne la tête, l'écharpe de laine lui gratte les lèvres. Suis-je le fils de mon fils ? Déjà mieux, comme question. Pourtant, j'aimerais autant ne pas y répondre maintenant.

Sortez-moi de ce blizzard, je vous en supplie. Bon Dieu, ce qu'il fait froid, la neige me cisaille, je n'y vois goutte et il n'y a rien derrière moi. Rien que l'éclairage orange de Chialli qui colore les flocons, et les traces de pas de ceux qui me précèdent.

J'aurais dû appeler Sally.

Il retourne lentement la tête et le bout de sa canne crisse dans la neige molle. Il patine du pied droit, fait suivre l'autre, centimètre par centimètre, attention, prudence, pas de barres de soutien dans la rue, si c'est pas malheureux, les deux verres de sancerre qui me travaillent, et quel est ce spectacle qui s'avance à grands pas, ces yeux noirs derrière ces lunettes, la mèche de cheveux gris d'un côté de la casquette, qui est-ce, qui se penche vers moi, quelque chose d'un SDF, mendiant quelques shekels peut-être, une allure vaguement familière pourtant, qui est-ce, et pourquoi cet éclat dans le regard, d'où est-ce que ça remonte, combien de visages semblables ai-je déjà vus, tant d'années là-bas à Brooklyn, les charlatans, intrigants, malveillants, cireurs de chaussures, boulangers, minables escrocs des quatre coins du globe, mais il connaît mon nom, du moins celui de mon fils. Elliot a-t-il eu des ennuis, a-t-il glissé dans la neige, s'est-il fait mal au dos, ou bien a-t-il atterri tranquillement sur son portefeuille bien garni, puisqu'il n'a pas payé la note ?

Le type se contracte comme s'il venait de faire tomber quelque chose, un objet qu'il ramasse, et là encore, quelqu'un dans ce visage a vécu un sale moment, un long moment, je le vois bien, et que puis-je faire pour vous, jeune homme, bien qu'il ne soit pas jeune du tout, quarante, cinquante, allez savoir, de nos jours ?

À trois pas je le vois, les nerfs à vif, en boule, en pelote, comme on voudra. La casquette plus bas sur les yeux, que je ne distingue même plus. Un rictus à la bouche, et pourtant une certaine douceur dans l'expression, une rondeur – c'est Tony ? – on dirait bien Tony, Tony en vadrouille, qu'ai-je bien pu lui faire, mes âneries, mon Kant à soi, Kant il s'y met – qu'est-ce qui ne va pas, Tony ? – un problème avec Sally, peut-être, elle vous envoie à mon secours, comme un saint-bernard, où est le tonnelet, j'y pensais il y a une seconde, le grog, mais pourquoi marchez-vous si vite, sans votre uniforme, sans gants, et ces poings bruns, luisants, je ne vous ai jamais vu en vêtements de ville, mes étrennes étaient-elles suffisantes à Noël, ai-je dit ce qu'il ne fallait pas il y a quelque temps, un de mes jeux de mots idiots, je ne fais que ça, des avalanches dans la tête, et il continue de foncer, il roule des épaules dans son blouson noir, petit, trapu, pas le genre de Tony, ça…

Autrefois, il y a bien longtemps, j'ai patiné sur le lac gelé avec des lames de couteau fixées sous mes chaussures…

Il n'est plus qu'à un pas, et cela n'est pas Tony, non, non, pas assez rond, trop petit, il marmonne quelque chose en espagnol à propos de mon père, ou du sien, ou celui de quelqu'un, mais qu'est-ce qui lui prend, à ce type, à l'aide, oui, au secours, qu'est-ce qu'il raconte, la neige dégringole autour de nous, un cyclorama, impossible d'entendre ce qu'il crie, il postillonne, sa tempête à lui, un feu roulant, combien de mots ont-ils pour ça, il se penche vers moi, mon chapeau ne tient plus, mais que dites-vous, monsieur, je ne distingue rien dans ces hurlements, calmez-vous une seconde, ce n'est vraiment pas Tony, qui êtes-vous, d'où sortez-vous, où vous ai-je vu, les restes vont tomber, c'est le nom de mon fils que vous criez, ce traître d'Elliot, vous n'avez plus votre tablier, et dans la rue entière ce voile de blancheur, même la neige ne sait plus se tenir et…

Le canal était de loin le meilleur endroit pour faire la bombe.

XIII

C'était le soir tout l'après-midi.
Il neigeait
Et il allait neiger.
Le merle noir s'était perché
Dans la ramure du cèdre.

Ç'AURAIT ÉTÉ UN AUTRE JOUR – sans le vent, la neige et la nuit précoce –, ils l'auraient vu basculer avec panache, tel le héros d'une épopée qui s'achève avec lui.

La scène aurait été enregistrée par une caméra de surveillance, juchée sur l'élégante ramure du réverbère de la Quatre-vingt-sixième. Même avec une copie basse résolution, ils l'auraient reconnu à la sortie du restaurant, avec son chapeau de travers et son écharpe bien enroulée autour du cou. Il se serait arrêté pour mieux s'envelopper de son manteau, se serait mis en marche en s'aidant de sa canne. Il serait resté un instant figé après le coup, comme pénétré de la toute-puissance de celui-ci. Il l'aurait pris en pleine poitrine. Son pantalon aurait commencé à plisser aux genoux, tel un accordéon, ses jambes auraient ployé, l'étage inférieur aurait bientôt chancelé, comme avec un temps de retard. En une seconde ou deux, toute l'armature aurait suivi à pleine vitesse : syncope, tassement, effondrement. Son corps aurait cédé, chaviré, quatre-vingt-deux ans réduits à néant. Défiant les lois de la physique, le vieux chapeau mou n'aurait pas quitté son crâne avant la fin de la chute. Le doggy bag lui serait tombé des mains, touchant le sol avec un bruit mat et s'ouvrant tandis que sa tête se fracassait contre le trottoir. La silhouette de l'agresseur, juste après son méfait, serait apparue à l'image, immobile, un personnage doutant de ce qui s'était passé devant lui, regardant son poing, fourrant sa main dans la poche de son blouson, s'éloignant de quelques pas, hébété, baissant furtivement la visière de sa casquette et poussant dans l'ombre une lourde porte de métal. Une part d'anonymat dissoute dans une autre plus grande. La rue serait restée tranquille un court moment, puis un commis du restaurant, le gérant et enfin la serveuse seraient apparus devant le corps étendu par terre ; des poussettes auraient longé l'avenue – il y en aurait eu davantage, bien sûr, sans le vent, la neige et la nuit précoce. Dans le cas contraire, il aurait pu se trouver des témoins oculaires, dans les boutiques voisines, des passants susceptibles d'affirmer qu'un homme était entré et sorti par une porte de service à proximité.

En l'occurrence, c'était comme être projeté dans le meilleur des poèmes, dans un paysage gelé où l'on vous faisait tourner, les yeux bandés, avant de retirer le bandeau et de vous forcer à inventer de nouvelles manières de voir.

Les choses auraient pu être très différentes si les caméras avaient été dirigées dans l'autre sens. Elles auraient filmé Pedro Jiménez en train de repasser la porte, les épaules revêtues d'une légère couche de neige, puis de vite retirer sa casquette, de la fourrer dans sa poche et d'accrocher son blouson au mur. Dans ce cas, elles l'auraient vu revenir sur ses pas, quelques secondes plus tard, et le dissimuler sous plusieurs vêtements secs, pour qu'on ne s'aperçoive pas que le sien était mouillé. On aurait pu le voir enfoncer davantage la casquette dans sa poche. Peut-être l'aurait-on surpris dans le couloir, juste avant les toilettes, en train d'appliquer ses paumes sur son visage angoissé, de tirer sa peau vers le bas, de hocher rapidement la tête, comme pour disperser les minutes qu'il venait de vivre avant de revenir à la plonge. Un autre angle de vue aurait révélé son air épouvanté quand, plus tard dans l'après-midi, le chef, le gérant, les serveuses et les flics, rassemblés dans la cuisine, établissaient un compte rendu des faits. Lui nettoyait la poêle qui avait servi à cuire le saumon de Mendelssohn.

Au moment où les policiers l'ont pris à part pour l'interroger, on aurait remarqué les regards qu'il a échangés avec Dandinho, et l'expression de ce dernier, près de la porte d'entrée. Lorsqu'ils ont quitté le restaurant, tard le soir, on les aurait vus tous deux étudier l'emplacement des caméras dans le vestibule. À cette heure-là, les inspecteurs avaient déjà téléchargé les enregistrements pour les examiner.

Rien de tout cela n'apparaissait : l'homicide, comme le poème, devait encore laisser entrevoir ce qui restait à découvrir.

Les inspecteurs auraient pu éplucher les images de la station de métro où les deux hommes, maussades, attendaient ce soir-là une rame de la ligne 4 pour les ramener à Brooklyn. Mais qui aurait su interpréter leur silence, qui aurait deviné ce que Dandinho aurait pu dire à son compagnon ? Qui se serait douté qu'ils avaient peut-être scellé un pacte ? Qui aurait traduit l'expression de Pedro quand, descendu d'un second train à Coney Island, presque deux heures plus tard, il franchissait le tourniquet en métal ? Qui aurait compris la terreur qu'il ressentait en passant devant la *bodega* de la Dixième Rue ? Qui aurait déchiffré les pensées qui se précipitaient dans son esprit, tandis qu'il s'arrêtait au coin de Coney Island Avenue avant de prendre la direction de la plage ? Même en visionnant son parcours à l'aide des caméras plantées à intervalles réguliers le long de la promenade, qui aurait affirmé sans doute aucun que l'homme en train de jeter blouson et casquette dans une benne était réellement coupable ? Que révèle la façon dont il regarde ses affaires, mises au rebut, que personne ne retrouvera jamais ? Que nous apprend son pas lorsqu'il s'éloigne ? Que déduire de sa posture lorsqu'il contemple l'océan ? Quel pays se cache à l'horizon ? Quel passé ? Combien d'échecs tremblent encore dans ce poing fermé ?

Ou cela est totalement hors de propos. Peut-être triomphe-t-il, en fait ? Savoure-t-il une joie sauvage. Se sent fort, trouve son acte justifié. Peut-être l'a-t-il commis pour venger sa fille et ses petits-enfants – leur pauvreté, leur tristesse, le départ de leur père, les péchés de leur mère. Son allure donne-t-elle à penser qu'il est très content de lui lorsqu'il revient vers la promenade, qu'il longe les attractions, les lumières scintillantes ? Peut-être se dit-il qu'il devrait recommencer avec le fils. À ton tour, Elliot Mendelssohn, espèce de salopard.

Cela arrive, comme dirait le poète, et cela va arriver.

Pedro sera arrêté et inculpé, six jours plus tard. Il plaidera non coupable. Sa fille versera une caution pour le faire libérer. L'État proposera un compromis, que Pedro refusera. Alors l'État demandera le maximum : qu'il soit condamné pour meurtre. L'avocat de Pedro lui conseillera de plaider l'homicide involontaire, moins lourd de conséquences. Mais Pedro dira non, trop vieux pour la prison, il se battra au tribunal. Il sera jugé pratiquement un an plus tard. C'est à un jury qu'il reviendra de décider. Dans une salle haute de plafond d'un immeuble de Centre Street, à la pointe de Manhattan, ses membres pèseront l'affaire. Étudieront le dossier à fond. Rejetteront. Rétabliront. Une façon de creuser avant de reconstruire. Chercheront le moment révélateur susceptible de mener finalement à la vérité.

Il y aura des médecins, du personnel soignant, des cardiologues, des traumatologistes. L'un d'eux affirmera que le coup de poing a suffi à tuer Mendelssohn ; un autre qu'il est mort quand sa tête a heurté le sol. Seront présents deux spécialistes judiciaires de l'imagerie numérique, qui demanderont qu'on tire les rideaux. Ils détailleront soigneusement leur analyse des enregistrements, aidés par six écrans plats : un pour le juge, un pour l'accusation, un pour la défense et trois pour le jury. Ils parleront de compression, de résolution, de flou cinétique, de time code, d'images par seconde, d'analyse contextuelle. Montreront la courbe de la chute. Exposeront la brève apparition de l'attaquant. Zoomeront, recadreront. S'arrêteront sur la casquette et le blouson. Signaleront les traits caractéristiques, distingueront le connu de l'inconnu. Ils ne seront pas en mesure de montrer un visage reconnaissable. En revanche, ils passeront la scène de dispute entre Dandinho et Jiménez à la cuisine. Compteront, en minutes et en secondes, le temps qu'est resté le second aux toilettes. Ils le suivront ensuite, alors qu'il reprend place devant les grands éviers, sous l'affiche des Brooklyn Cyclones. Ils feront alors un arrêt sur image, au moment où il plonge les mains dans l'eau chaude.

Ces mains sont-elles froides ? Tourmentées ? Font-elles simplement leur travail ?

L'accusation invitera Elliot Mendelssohn à témoigner. Il ajustera son veston sur sa poitrine, traversera la salle à grands pas pour gagner la barre des témoins. Il passera de la gravité à la fureur et aux larmes, le tout ponctué de silences prolongés. Le juge finira par lui couper la parole. Sa voix se brisera pendant le contre-interrogatoire. Il affirmera n'avoir jamais rencontré l'accusé. Révélera son habitude de lever l'index en répondant à une question. Son cou sera agité de légers tremblements. La mort de son père l'a profondément affligé, dira-t-il. Il regardera ses mains comme pour vérifier l'exactitude de ses dires. Il invoquera, suppliera, ne se remettra jamais d'un tel choc. Jettera un unique coup d'œil à Pedro et se détournera aussitôt. Il quittera la barre avec deux ovales de sueur aux aisselles, visibles à même le tissu de son veston. Revenu au fond de la salle d'audience, il consultera son téléphone portable, comme si l'appareil détenait les réponses à toutes les questions.

Les journées passeront.

On fera comparaître Christopher Eagleton, le gérant du restaurant, et Rosita Oosterhausen, la serveuse. Sa déposition sera polie, mais cassante. Elle déclarera qu'elle a aidé Mendelssohn à enfiler son manteau à la porte. Que c'était un vieil homme gentil. Elle ne peut imaginer qui a voulu s'en prendre à lui, ni pourquoi. Elle expliquera qu'après un tel choc elle a donné sa démission. Que jamais aucune mort n'avait paru aussi absurde. Elle quittera la barre, crispée et fuyante, comme gênée par sa déposition. Jettera elle aussi un coup d'œil vers Pedro, qui ne la regardera pas. Mal à l'aise, Christopher Eagleton aura l'air de craindre que ses propos nuisent au succès de son établissement. Il desserrera sa cravate, se dira très attristé par le décès de son client préféré. Il n'a aucune idée de ce qui a pu motiver cette agression. Oui, il était à l'intérieur du restaurant, et il a entendu du bruit dehors. S'est précipité pour aider, mais n'a pas vu l'attaquant, pas même sa silhouette, n'a pas grand-chose à ajouter. Il s'est penché sur Mendelssohn, qui semblait déjà mort. Tout ça était pour lui totalement insensé. Jamais, jamais il n'a entendu Pedro prononcer un mot de travers à propos de qui que ce soit. Encore moins de

Mendelssohn. Eagleton repartira la tête baissée et les poings serrés, enfoncés dans ses poches.

La cour apprendra qu'on ignore où se trouve Dandinho – peut-être à Rio de Janeiro, avec sa femme et trois enfants, mais on pense l'avoir aperçu dans un restaurant de Toronto, où il travaillerait. D'autres sources font part d'un gril en Caroline du Sud. Toutes les tentatives de reprendre contact avec lui après les premiers interrogatoires sont restées infructueuses. La défense avancera que, sans lui, les poursuites doivent être abandonnées. L'accusation rétorquera que les preuves sont nettes, précises, que Dandinho a sa part dans l'affaire, ce que confirme sa disparition. La cour fera comparaître Sally James, qui sera revenue de Tobago avec son neveu et passera une semaine à New York pour s'occuper de ses finances. Polie, troublée, elle aura un petit mouchoir pour essuyer ses yeux. On appellera ensuite Maria Casillias, laquelle déclarera que, oui, elle a intenté un procès contre Barner Funds, avec plusieurs millions de dollars à la clé, et que son dénouement est imminent. Elle dira que, oui, elle a bien appris à son père qu'elle était licenciée. Oui, elle a mentionné le nom d'Elliot. Non, elle ne lui a jamais parlé de leur liaison. Elle affirmera que son père n'a manifesté aucune colère, qu'elle ne l'a jamais vu lever le poing devant qui que ce soit, surtout pas un vieil homme, il est tout simplement impossible qu'il ait commis une telle chose. Elle croira plus probable qu'Elliot ait surgi au-dehors et qu'il ait frappé son propre père, ce serait bien son genre. Objection ! lancera une voix. Dans ce cas, poursuivra-t-elle, si ce n'est pas Elliot, le vieil homme a probablement glissé, c'est la logique même, il neigeait, mais vous ne comprenez pas qu'il a glissé ? N'est-il pas établi qu'il avait bu deux verres de vin ? Le juge, calmement, l'invitera à contrôler ses émotions. Elle quittera la barre en regardant rapidement son père, et se détournera lorsque son ex-mari, assis avec le public, viendra lui prendre la main.

Enfin, la cour appellera Pedro qui, sur le conseil de son avocat, refusera de témoigner. Il restera assis, impassible, affable, immobile : un homme difficile à saisir. Les jurés attendront, écouteront. Réfléchiront aux concepts de vérité et de mensonge – la vérité bordée de vide, le mensonge avec ses habituelles conventions narratives. Ils navigueront dans un vaste assemblage de faits, de chiffres, de conjectures. À la recherche de la lumière, ils auront l'impression de creuser dans une mine obscure, avec ses galeries, puits, tranchées, filons. Le juge leur rappellera leurs responsabilités et ils se retireront pour délibérer. Ils visionneront – une fois de plus – la chute de Mendelssohn devant le restaurant. Également la discussion de Pedro et Dandinho à la cuisine. Ils demanderont à revoir cette scène encore et encore. Chaque fois elle leur paraîtra différente. Ils feront un arrêt sur l'image de Mendelssohn en train de tomber, et cette image deviendra l'écran de veille de leur imagination : pendant des jours, des semaines, même des mois par la suite, ils se réveilleront avec elle.

Douze jours pour les dépositions, puis le verdict. Enregistré, bien sûr, par une caméra vidéo – un plan en plongée, dirigé de telle sorte qu'on ne voie pas le visage des jurés. La salle d'audience, lambrissée, est claire et spacieuse. Le juge siège en hauteur sur son banc, le greffier à sa droite, entre le drapeau américain et celui de l'État de New York. Les avocats se font face. La sensation émerge que cet endroit a toujours existé, comme figé dans la gelée, jamais il ne changera.

Pedro Jiménez a derrière lui une fenêtre. Il bloque une partie de la lumière en se levant. L'objectif met un instant à réagir. Un prisme se forme puis l'image redevient nette. Tête baissée, les mains serrées au niveau de la taille, Jiménez porte un costume bleu comme l'espoir. Il attend que la présidente du jury s'avance, ferme les yeux pendant qu'elle lit la sentence.

Le ciel dehors est une immense toile grise. Aucun mouvement dans les nuages.

Les caméras sont plus nombreuses en ville que les oiseaux dans le ciel.

QUELLE HEURE EST-IL, MAINTENANT, LÀ OÙ VOUS ÊTES ?

1

AU PRINTEMPS, il avait accepté d'écrire une nouvelle pour le magazine d'un quotidien, qui serait publiée à la Saint-Sylvestre. Un travail facile, avait-il d'abord pensé. Fin mai, il a commencé à ébaucher quelques images susceptibles de fonctionner, mais il s'est rendu compte qu'il se débattait, qu'il perdait le cap. Pendant une quinzaine de jours au début de l'été, il a couru après les idées, composé quelques paragraphes, laissant plusieurs d'entre eux en suspens. Il a compris qu'il remettait la chose à plus tard, qu'il la repoussait au fond de son esprit. De temps en temps, il revenait sur ses notes, mais les délaissait une fois de plus.

Il s'est demandé comment il arriverait à s'infiltrer dans le territoire d'un conte de nouvel an : créer une série de feux d'artifice, peut-être, descendre une boule à facettes sur la grande place d'une ville[1], ou laisser la neige lentement s'émietter sur un rebord de fenêtre ?

Chaque essai de commencement – griffonné dans un carnet – s'est inscrit dans le noir.

2

L'ÉTÉ ÉTAIT LÀ quand il a décidé de remettre en question ce que, selon lui, ce genre de texte était censé offrir. Il situerait son récit dans l'armée. Peut-être le portrait d'un soldat au loin, un jeune Américain dans un pays étranger, qui pourrait se trouver ce soir-là dans une caserne en Afghanistan. Le thème tout simple d'un marine. Ou plutôt d'une marine : pensons à une jeune femme, presque déjà épuisée par la guerre. Cernée de sacs de sable, assise dans le froid au-dessus d'une vallée, dominant l'étendue calme, les yeux levés vers l'est, sous la maille d'acier des étoiles. Un silence total, sans le *tac-tac* distant des mitrailleuses. Le sinistre périmètre des réalités militaires opposé à un autre lieu, par exemple une maison en Caroline du Sud, dans une banlieue obstinée, indistincte, une baraque légèrement décatie par les ans, à la gouttière cassée au-dessus du garage et, voyons, un garçon dans l'allée, un petit garçon, chemise rayée jean déchiré, son vélo désolé incliné à ses pieds, voilà, celui-là, c'est son frère, ou son cousin, peut-être même son fils, oui, pourquoi pas son fils.

3

DE GARDE DANS LA NUIT AFGHANE – il vaudrait mieux être précis : disons juchée sur une saillie au-dessus du village de Loi Kolay –, elle aurait devant elle la vallée de Korengal, une cathédrale de ténèbres. Elle se dresserait dans le théâtre sauvage de tous les avant-postes. Des couches d'obscurité pèsent sur des montagnes déjà sombres ; une région où les arbres rabougris semblent vouloir se détacher des pentes et se jeter dans la vallée ; partout le givre éclaire la nuit, soulignant les contours des sacs de sable, du fer à béton, de la mitrailleuse. Le Browning M-57, l'impossible étendue au loin, l'énormité du ciel noir, il fait si froid que la jeune marine, appelons-la Sandi, porte une cagoule sous son casque, que les pointes de ses cils ont gelé. Ses poumons lui paraissent imprégnés de glace et, quand elle regarde par un interstice entre deux sacs, elle grelotte si fort qu'elle a peur d'ébrécher ses dents. Sa phobie à elle, car elle a les hanches larges, de petits seins, elle ne se trouve pas jolie ; une impression qui, à vingt-six ans, ne l'a jamais quittée ; mais elle est fière de ses dents blanches, solides, et lorsqu'elle étire sa cagoule jusqu'au bas du cou, le tissu laisse un goût synthétique sur sa langue – râpeux, rêche.

4

SANDI EST SEULE DEHORS. Ce qui est bien sûr improbable, mais il connaît quelques marines chez lui à New York, il a écouté leurs histoires et constaté que, bien souvent, la réalité dépasse la fiction. Donc il explique sa solitude par le fait qu'elle a accepté de rendre service aux autres soldats. Elle montera la garde seule pendant une heure avant le nouvel an, pendant que la boule de cristal descend à des milliers de kilomètres, car les autres dans sa formation savent tous que Sandi est honnête, elle est cool, elle sait de quoi il retourne et, soyons franc, elle aime bien s'isoler parfois. De plus, on lui a prêté pour l'occasion un téléphone par satellite dont elle pourra se servir au douzième coup de minuit – de fait, qui a envie de rester seul le soir du réveillon sans pouvoir au minimum passer un coup de fil chez soi –, mais que va-t-elle leur dire, là-bas ?

(Pour l'instant, il doit l'admettre, il n'en a aucune idée.)

Ce qu'il sait, en revanche, c'est que le froid et l'isolement seront importants : parce que ce récit traite de la Saint-Sylvestre, parce que Sandi sera prisonnière de son cube de solitude humaine, comme la plupart d'entre nous à l'aube d'une nouvelle année, quand nous regardons à la fois derrière et devant nous. En outre, le lecteur devra ressentir le froid qui la saisit, perchée sur cette saillie haute de trois cent huit mètres ; au point qu'elle – ou il, le lecteur – fera partie de ces arbres qui veulent se détacher des pentes. Nous devrions sentir nos propres cils raidis par le gel, nous devrions serrer les dents pour ne pas grelotter, parce que, comme pour Sandi, il y a une chose que nous avons besoin de voir, de comprendre, de forcer à exister *là-bas* – parce que nous espérons obscurément qu'elle aura un message à délivrer au téléphone, peut-être pas une résolution, disons une opinion, un projet, une petite parcelle de sens.

(S'il ignore encore ce qu'elle va déclarer, Sandi commence à prendre de l'épaisseur, devient un personnage complexe, ce dont il se félicite car il se rapproche du terme, il doit avoir fini au plus tard à la mi-octobre. Il s'attelle à son travail pendant trois ou quatre jours, fin septembre, dans son appartement de la Quatre-vingt-sixième Rue à New York, où le froid semble le poursuivre depuis l'Afghanistan. Il voudrait rendre très fidèlement ce que cela signifie d'être si loin de chez soi, d'occuper lui-même deux ou trois endroits, sans oublier cette idée simple que, le soir du réveillon, nous voulons croire à une sorte de retour, que ce soit à Dublin où il a grandi, à New York où il habite aujourd'hui, ou dans la ville natale de Sandi, par exemple dans l'Ohio, même si bien sûr elle a pu naître n'importe où, mais l'Ohio paraît convenir, alors disons Toledo.)

5

CECI EST MAINTENANT ÉTABLI : Sandi Jewell, originaire de Toledo, a vingt-six ans, elle habite dans le sud des États-Unis, elle s'est engagée chez les marines. En tenue de camouflage, casque et cagoule, elle monte la garde à plus de trois cents mètres d'altitude, dans un froid débilitant. C'est la dernière nuit de décembre et, depuis l'Afghanistan, elle va bientôt appeler un être cher à l'aide du téléphone satellite posé à ses côtés. (Il se demande ce qui arriverait si, l'an passé, trois radiateurs portables avaient été branchés dans ce même poste de guet : une lueur s'en est échappée, qui a permis à un sniper de descendre un autre marine, il suffisait de viser au centre, entre les trois, une parfaite triangulation. Sandi était peut-être au courant quand elle s'est portée volontaire. Cela ajouterait du suspense au récit – et la chose pourrait se reproduire, l'éclat de lumière provenant cette fois du téléphone ? Au bout de quelques jours, il repousse cette idée. Toujours bien trop facile de tuer un personnage, plus encore par l'entremise d'un tireur isolé. Et pour fêter la Saint-Sylvestre, ce serait un peu raté.) L'histoire de Sandi a trouvé sa substance, des couches se sont superposées. Cependant, il ignore encore qui est l'être cher, quel type de relation les unit. N'empêche, une forme de mystère lie peu à peu les éléments.

6

CE QUE VOIT SANDI – ou ce qu'il imagine qu'elle voit : le garçon pose son vélo à plat dans l'allée, quelque part dans une banlieue, un pays de maisons en Lego à l'extérieur de Charleston. C'est le milieu de l'après-midi aux États-Unis, huit heures et demie après l'Afghanistan. Le garçon est mince, grand et beau. Disons, oui, finalement, que c'est son fils (le besoin de communiquer doit être immense, et on a là matière à tragédie : qui se passe-t-il si elle n'arrive pas à lui parler ? Si la communication est coupée ? Si un coup de feu résonne dans la nuit ?) Il a quatorze ans – délicat, bien sûr, puisqu'on a établi plus tôt que Sandi en a vingt-six. (Est-il vraiment son fils ? La chose est-elle faisable ? Même seulement possible ?) Le cœur battant sous sa chemise rayée bleu et blanc, le garçon (ce sera Joel) remonte le rideau de fer du garage et entend qu'on l'appelle à l'intérieur. C'est une femme (appelons-la Kimberlee) à la voix chantante : « Vite, Joel, ta maman va bientôt téléphoner. » Il est en retard, il le sait et il est assez grand – en fait, presque quinze ans – pour avoir une petite amie et compris certaines choses, complexes, à propos de la mort. Il a passé l'après-midi en sa compagnie, près du terrain de sport de son lycée de Lancaster Street. Il s'est engagé auprès d'elle, il reviendra ce soir quand l'horloge (en Amérique, celle-là) sonnera les douze coups de minuit. D'abord, il doit parler à sa deuxième mère en Afghanistan, qu'il aura au téléphone dans la cuisine de la première.

(Bien qu'il appelle Sandi sa « deuxième mère », qu'il la connaisse depuis quatre ans seulement, il s'est tatoué lui-même, à l'encre, les lettres K & S sur la face interne du poignet.)

Il court à travers la maison, jette son blouson sur la table de la cuisine, tire une chaise, observe Kimberlee une seconde et lui demande, tout en étudiant les trous dans le plancher : « C'est quelle heure, maintenant, là où elle est ? »

7

ASSISE DANS LE NOIR, une montre sanglée à son poignet par-dessus ses gants marron ignifugés, Sandi attend le début du compte à rebours. Il y a déjà eu des problèmes avec ces téléphones – absence de signal, interruptions, sonneries dans le vide, satellites en rideau.

Il est trop tôt pour appeler mais elle met le téléphone en marche, compose le numéro sans vraiment appuyer sur les touches – elle se prépare.

Autour de l'avant-poste, rien que la nuit et la blancheur du givre. Les étoiles dans le ciel ressemblent à des éclats de balles.

8

IL TIENT ABSOLUMENT à créer une fusillade dans les collines afghanes, ou à placer un rayon de lumière qui ne soit pas seulement une métaphore – celui d'une roquette, peut-être, ou le sifflement d'un vrai projectile qui se fiche dans un sac de sable ; tirer une balle traçante, bien visible pour le lecteur, allumer un feu d'artifice alternatif le soir du nouvel an, augmenter l'effet d'un éventuel chagrin.

Le fait est que, quoi qu'il puisse imaginer, la nuit reste silencieuse, pas de voix étouffées dans l'avant-poste, ni même le hurlement d'un chien errant.

À minuit moins deux minutes, Sandi arrête de mordre le bord de sa cagoule (parce qu'elle grelottait), elle se penche pour saisir à nouveau son téléphone. (Il a maintenant une petite idée de ce qu'elle dira à son fils, ou plus exactement à celui de Kimberlee.) Elle allume la lampe frontale de son casque, réactive le téléphone d'un doigt décidé. Le clavier s'illumine. On lui a donné un code. Elle retire ses gants pour composer le numéro avec précision. Elle a un tatouage salopé sur la petite bande de peau entre le pouce et l'index, les initiales de quelqu'un qu'elle a connu il y a longtemps ; mais elle ne pense plus à lui.

Il est minuit en Afghanistan et c'est l'après-midi en Caroline du Sud.

9

IL ÉCRIT MAINTENANT la (presque) dernière partie en France, où il voyage après un salon littéraire. Nous sommes mi-septembre et cette date limite devient menaçante. Il est sûr d'un certain nombre de choses – Sandi ne mourra pas, elle composera son numéro, obtiendra la communication, parlera à son amoureuse et au fils de celle-ci, leur souhaitera simplement une bonne année, de la façon la plus ordinaire, ils feront de même avec elle et la vie continuera, puisqu'il s'agit bien de ça, ce jour-là, nos relations, nos liens, quel que soit leur peu d'importance, et le récit, tout tranquillement, se glissera lui aussi dans son année nouvelle.

10

DANS SA MAISON DE NORTH MURRAY AVENUE, Kimberlee attend le coup de téléphone à la cuisine. Elle a les doigts en éventail sur le comptoir, et la promesse d'un régal devant elle : poivrons émincés, oignons, deux douzaines d'huîtres, un bol de crevettes cuites, des tomates, du thym, des citrons jaunes et verts, de l'huile d'olive, du sel et trois gousses d'ail pour la *bouillabaisse*[2] qu'elle va préparer.

Elle a placé un deuxième verre à vin au bout de la table. Kimberlee, professeur à l'université, est une femme de trente-huit ans, grande, mince et jolie. Elle n'en peut plus d'attendre que le téléphone sonne. Depuis une semaine, elle n'a rien dit à Sandi – c'était juste après Noël, elles se sont disputées à propos de sa date de retour. Leur discussion n'est qu'un lointain souvenir, un tressaillement presque oublié. Elle écoute son vin chuchoter contre la paroi du verre. Pour elle, la quintessence de l'hiver : la solitude, le désir, l'absence, la beauté. Elle se munit d'une cuillère et commence à mélanger.

11

C'EST LA FIN SEPTEMBRE et le bout du bout, question délais. Il remarque alors que son récit n'a pas de fin. Il peut continuer avec Kimberlee, ou revenir en Afghanistan, ou s'enfoncer dans le passé, ou accompagner Joel sous les gradins, au terrain de sport, lorsqu'il retrouvera sa douce (appelons-la Tracey). Il peut aussi descendre au bas de la colline où réveillonnent les autres marines, ou suivre la trajectoire d'un satellite, ou encore aller chercher l'ex-amoureux de Sandi, voire enjoindre la neige de tourbillonner dans la nuit.

Il a fait étape en Normandie, au bord de la mer. Les vagues forment rubans et boucles sur les plages d'Étretat.

Quelle heure est-il, maintenant, là où vous êtes ?

12

IMPOSSIBLE DE SORTIR CETTE EXPRESSION DE SA TÊTE : les vivants et les morts.

13

COMMENT SE FAIT-IL QU'UNE PARTICULE DE VOIX se déplace le long d'une ligne téléphonique ? Comment se fait-il que Sandi assemble mentalement plusieurs mots simples, et qu'aussitôt ses cordes vocales se mettent à vibrer ? Qu'à peine avoir entendu un bruit, Kimberlee tend le bras vers le téléphone blanc de sa cuisine ? Que Joel éprouve un vif désir pour Tracey ? (À quoi exactement ressemblent les gradins à minuit ? Au fait, qui est le père de Joel ? Et quelle matière Kimberlee enseigne-t-elle à la fac ? A-t-elle rencontré Sandi sur un campus, quelque part ? Que pouvait bien étudier Sandi ? Quand a-t-elle quitté l'Ohio ? S'est-elle engagée dans les marines après une séparation ? Était-elle mariée lorsqu'elle a lié connaissance avec Kimberlee ? Quelles sont ces initiales tatouées sur sa main ? Désire-t-elle un enfant à elle ?) Comment se fait-il qu'une voix puisse parcourir la moitié du globe ? Voyage-t-elle par des câbles sous-marins, ou est-elle retransmise par les satellites ? Comment un quark fait-il pour se combiner à un autre quark ? Combien de secondes de décalage y a-t-il entre la voix de Kimberlee et celle de Sandi ? Une balle pourrait-elle couvrir la même distance à leur insu ? Peut-il maintenant y avoir une mort à la fin du récit ? (Y a-t-il des équipes de recrutement pour les femmes dans la vallée de Korengal ? Et un Browning M-57, ça existe vraiment ?) Leur intimité est-elle garantie pendant la communication ? Qui serait susceptible d'écouter ? Pouvons-nous créer un personnage nouveau à ce stade des choses, disons un agent à Kaboul, les coupes malveillantes d'un censeur en train d'espionner Sandi ? Pouvons-nous le visualiser là-bas, avec son aigreur, ses écouteurs, son absence de cœur ?

Et l'auteur, les Saint-Sylvestre de son enfance à Dublin ? Peut-il revenir se fondre en elles ? Quelle était cette chanson que lui chantait son père ? Les soirs où il courait dans Clonkeen Road à minuit en tapant sur des casseroles pour annoncer le nouvel an ? *Quid* des promesses que, chaque fois, le mois de janvier semblait lui faire ?

Plus important – peut-être *le* plus important –, que se passe-t-il du côté de Sandi quand la communication est établie ? Quelle émotion va lui fouetter les sangs lorsqu'elle entendra la voix de Kimberlee ? Quelle décharge électrique la force du désir produira-t-elle entre les deux femmes ? Ou quel genre de silence se dessinera en creux sur la ligne ? Quelles conséquences si elles se disputent à nouveau ? Sandi décrira-t-elle le bunker de son avant-poste ? Trouvera-t-elle les mots pour décrire l'obscurité ? Ses jolies dents claqueront-elles à cause du froid ? Kimberlee sera-t-elle aussitôt chaleureuse ? Fera-t-elle rire sa jeune amante ? Le vin blanc disparaîtra-t-il de son verre ? Mentionnera-t-elle sa bouillabaisse ? Emploiera-t-elle seulement le mot amour ? Que dira tout de suite Joel à Sandi ? Lui parlera-t-il de Tracey ? Révélera-t-il qu'il la rejoint plus tard, ce soir ? Son père (appelons-le Paul : biologiste, militant pacifiste, il habite dans le Nord, une ville universitaire du New Hampshire) sera-t-il jamais au courant de tout ça ? Depuis quand est-il séparé de Kimberlee ? Sandi l'a-t-elle rencontré ? Combien de temps durera la communication ? Que se passe-t-il si le satellite tombe soudain en panne ?

Où seront les enfants de l'auteur, le soir du réveillon ?

Comment renouer avec la simplicité de l'idée initiale ? Comment accompagner Sandi dans sa solitude ? Comment étudions-nous l'obscurité ?

(Et, au fait, qui était le marine mort ?)

Treize façons de voir

13 version longue

LE TÉLÉPHONE SONNE : il sonne et sonne et sonne.

SH'KHOL

C'ÉTAIT LEUR PREMIER NOËL ENSEMBLE, mère et fils, à Galway. Le cottage aux fenêtres bleues et au toit d'ardoise se trouvait au bord de l'Atlantique, caché par un bosquet de sycomores aux branches courbées par le vent vers l'intérieur des terres. La mer vaporisait doucement ses embruns sur les hautes haies du jardin.

Le jour, Rebecca écoutait les cadences des vagues s'écrasant sur le rivage. Leur bruit semblait redoubler la nuit.

Même dans le froid humide des soirées de décembre, elle dormait avec la fenêtre ouverte. Elle entendait l'eau rouler et résonner contre le flanc des courtes falaises, crisser le long des murs de pierre, s'avancer vers la maison, rester un instant suspendue avant de se briser au sol.

Le matin de Noël, elle posa son cadeau devant la cheminée. Emballé dans une boîte avec des rubans rouges. Tomas déchira le papier et le contenu tomba pêle-mêle à ses pieds. Il mit un instant à comprendre ce que c'était ; il souleva les jambes, la taille, retourna l'objet, serra cette chose noire contre sa poitrine.

Rebecca saisit un deuxième paquet, dissimulé derrière l'arbre : les bottillons en néoprène et la cagoule. Tomas retira ses chaussures, sa chemise : un garçon mince, fort, la peau claire. Elle se détourna quand il ôta son pantalon.

La combi paraissait liquide sur lui. Elle l'avait prise deux tailles au-dessus pour qu'il ait le temps de grandir dedans. Les bras ouverts, il se mit à virevolter dans la pièce : elle ne l'avait pas vu aussi heureux depuis des mois.

Rebecca lui fit signe qu'ils descendraient dans quelques heures à l'océan.

À treize ans, il avait déjà toute une histoire inscrite en lui. Il en avait six lorsqu'elle l'avait adopté à Vladivostok. À l'orphelinat, elle l'avait vu accroupi sous une balançoire. Il était blond, avec des yeux bleu translucide. Des plaies au cou, de longues cicatrices fines au bas du dos. Des gencives très rouges, gonflées. Tomas était sourd de naissance, pourtant lorsqu'elle l'avait appelé par son nom, il s'était aussitôt retourné vers elle : un signe, elle en était certaine.

Pour elle, il resterait toujours dans cette histoire des angles coupants et mystérieux : ses premières années, une ascendance dont elle ignorait tout. Il serait né au bord d'une décharge. Éventuel patrimoine : mercure, syndrome d'irradiation, violences.

Rebecca savait dans quoi elle s'engageait, mais elle était alors avec Alan. Ils avaient séjourné dans un hôtel miteux qui dominait la baie de l'Amour. Des journées partagées entre la panique et les pots-de-vin. Les coups de téléphone angoissés tard le soir. De longues heures en salle d'attente. Un diagnostic d'alcoolisation prénatale les avait fait hésiter. Mais ils étaient repartis, six semaines plus tard, en le balançant entre leurs bras. Dans le vol Aeroflot, le garçon avait posé sa tête sur l'épaule de Rebecca. À la douane de Dublin, elle tremblait en remplissant les papiers. Après la signature d'Alan et le coup de tampon, elle avait pris Tomas par la main et couru avec lui pour franchir le portail des arrivées : elle fêtait aussi son quarante et unième anniversaire.

Ils avaient coulé des jours heureux : un quatre-pièces à Stepaside, une ribambelle de conseillers, thérapeutes, orthophonistes. Elle avait même eu ses parents pour l'aider.

Aujourd'hui, sept ans plus tard, elle avait divorcé, déménagé sur la côte ouest, ses parents n'étaient plus là et elle avait le double de travail. Il fallait faire durer les économies. Les factures glissaient l'une après l'autre dans la boîte aux lettres. Selon la rumeur, l'institution spécialisée de Galway risquait de fermer ses portes. Rebecca n'était pas du genre à s'emporter, à cultiver des aigreurs. Elle gagnait sa vie en traduisant l'hébreu en anglais – vœux de mariage, contrats d'affaires, brochures culturelles. Parfois quelques romans d'un éditeur de gauche à Tel-Aviv, pour un gain dérisoire, mais elle aimait s'immiscer dans l'altérité, et ces livres la préservaient de l'indifférence.

À quarante-huit ans, elle n'avait pas perdu toute sa beauté, son teint d'olive, ses yeux en amande. La courbe fine d'un nez aquilin. Les cheveux noirs comme ses yeux, sa minceur, sa souplesse. Elle était bien intégrée dans le petit village, malgré le contraste offert avec la blondeur éclatante de son fils. Elle s'était attachée au gaélique, au temps changeant, à la lumière crue, au vent de l'Atlantique. Bien couverts dans le froid, ils se promenaient le long de la jetée entre les casiers à homards, les rouleaux de cordes, les épaves de bateaux de pêche. La pluie frappait les volets clos des boutiques. Pas de touristes en hiver. Au supermarché, les habitantes les observaient souvent. Plus d'une fois, on avait demandé à Rebecca si elle était la *bean cabhrach* – la gouvernante, la nounou, la sage-femme. Le mot lui plaisait.

Il y avait une part de pure exaltation dans son amour pour lui. La présence de l'inconnu. Le voyage hors de l'enfance. La route vers l'identité future.

Certains jours, sur le chemin du retour, il lui prenait la main, se penchait sur son épaule tandis qu'ils traversaient le village, passaient l'école désaffectée, les bungalows chaulés. Elle avait envie de le serrer dans son corps entier, de l'envelopper, de s'imprégner de tout ce qui émanait de lui. Plus que tout, elle voulait découvrir quelle sorte d'homme prendrait forme dans cette peau si pâle.

Tomas garda la combi sur lui toute la matinée de Noël. Allongé par terre, il joua à un jeu vidéo, d'un doigt fluide sur la console. Par-dessus la monture de ses lunettes, elle suivit le mouvement de la rayure grise sur la manche. C'était, elle le savait, un jeu qu'elle aurait dû interdire – tanks, fossés, meurtres, balles traçantes –, mais un petit sacrifice pour une heure de tranquillité.

Pas de fureurs ce Noël-là, ni batailles ni larmes.

À midi, elle lui fit signe de se préparer : la lumière viendrait vite à manquer. Ses deux combis à elle étaient rangées dans l'armoire de sa chambre, où elle les laissa. Elle enfila des chaussures de course, un anorak, une écharpe bien chaude. À la porte, Tomas jeta son duffel-coat sur ses épaules, pardessus sa combinaison.

— Tu fais trempette, pas plus, lui dit-elle en irlandais.

Impossible d'estimer son degré de compréhension, dans quelque langue que ce soit. Il maîtrisait les bases du langage des signes, mais c'est elle qui donnait un sens à ses postures, la courbe de ses épaules, la fermeté de sa bouche. Surtout, elle lisait dans ses yeux. Il était d'une beauté un peu canaille, avec des yeux fins, mais agiles. Tomas ne portait pas les autres symptômes d'alcoolisation fœtale – le front haut, l'absence de lèvre supérieure, le philtrum effacé.

Dehors les attendait une trouée lumineuse si vive et claire qu'on l'aurait crue façonnée dans de l'os. Lorsqu'ils atteignirent le muret de pierre, les nuages se refermèrent et le jour devint gris. Quelques gouttes de pluie leur piquèrent le visage.

Une des choses qu'elle aimait tant sur la côte ouest de l'Irlande : le temps était une mise en scène, un cinéma. Un grain pouvait s'abattre n'importe quand et, quelques instants plus tard, le ciel bleu trouait la grisaille.

Un des murs dans le champ à l'arrière avait été consolidé à l'aide de tuyaux de métal. Un ouvrage de la pire espèce, contraire à toutes les traditions locales, cependant le vent qui s'engouffrait dans les tuyaux produisait des séries de sifflements perçants et inattendus. Tomas passa une main sur chacun d'entre eux, comme pour accorder cet orchestre de cuivre. Rebecca était sûre que ses mains entendaient les vibrations du métal. Des moments fugaces comme celui-ci la prenaient par surprise, lui allaient droit au cœur.

À mi-chemin de la plage, il se mit à marcher comme Charlie Chaplin – faisant tournoyer une canne imaginaire tandis qu'il avançait penché contre la bourrasque, les pieds tournés vers l'extérieur. Il poussa une sorte de cri joyeux en apercevant la mer en haut de la côte. Elle lui cria d'attendre : par habitude, puisqu'il lui tournait le dos. Il progressa jusqu'au bord de la falaise, où il marcha sur place. L'imitation était presque parfaite. Où avait-il vu Chaplin ? Dans un jeu vidéo, peut-être ? Une émission de télé ? Quoi qu'en disent les médecins, elle pensait parfois que Tomas la délivrerait un jour des attentes impossibles qu'elle nourrissait à son égard.

Depuis la falaise, ils regardèrent l'aiguille de granite qui se dressait au-dessus des flots. Les vagues pressaient vers le rivage leurs longs gribouillis blancs. Elle tapota le bas de son dos, où la combi gondolait légèrement. Le néoprène encadrait son visage. Quelques mèches blondes dépassaient de la cagoule.

— Tu restes où tu as pied, hein ? Promets.

Rebecca le suivit en position accroupie, les doigts dans l'herbe froide, les pieds dérapant dans la boue. Elle atterrit dans l'éboulis sous la petite corniche. Les algues rendaient les cailloux glissants. Un crabe minuscule détala dans une flaque noire.

Dans la crique, Tomas avait déjà de l'eau jusqu'aux genoux.

— Ne va pas plus loin, ordonna-t-elle.

Enfant, elle avait été bonne nageuse. Elle avait représenté Dublin et Leinster en compétition. Des rangées de médailles dans sa chambre de jeune fille. Un trophée rapporté d'un championnat à Bruxelles. Elle aurait pu décrocher une bourse pour étudier dans une université américaine. Une blessure à l'épaule - la coiffe des rotateurs - l'en avait empêchée.

Elle avait appris la natation à Tomas dans la chaleur de l'été. Il connaissait les règles. Ne pas plonger. Rester dans la crique. Ne jamais se rapprocher de l'aiguille.

Il parut deux fois sur le point d'aller en faire le tour, la première en apercevant un véliplanchiste, la seconde lorsqu'un kayak jaune passa rapidement à proximité.

Elle agita les bras.

— Pas plus loin, mon chéri, d'accord ?

Il revint vers le rivage, remua l'eau peu profonde du bout des doigts. Chaplinesque, il éclaboussa généreusement sa mère en faisant des moulinets avec les bras.

— Arrête, s'il te plaît, dit-elle doucement. Je vais être trempée.

Il continua un instant, fit volte-face, plongea une dizaine de secondes, quatorze, quinze, dix-huit et il réapparut dix mètres plus loin, à bout de souffle.

— Allez, ça suffit. Sors, s'il te plaît.

Il nagea vers l'aiguille, ses bottillons noirs disparaissant dans l'eau. Elle regarda la combi onduler sous la surface, une ombre lisse et allongée.

Moqueur, un vol d'oiseaux de mer s'attarda sur les courtes vagues. Rebecca se raidit. Elle se rapprocha encore, attendit.

J'ai commis, pensa-t-elle, une grave erreur.

Elle jeta son manteau et plongea. Roulant aussitôt sur sa peau, le froid la saisit des pieds à la tête.

Revenue sur terre, elle se rappela soudain qu'elle avait gardé son portable dans la poche de son jean. Elle détacha la batterie et secoua l'appareil pour en retirer l'eau.

Allongé sur le sable, Tomas regardait le ciel. Ses yeux bleus. Son visage rougi. Ses lèvres gonflées. Elle n'avait eu aucun mal à le ramener au bord. Il ne l'avait pas repoussée. Après l'avoir rejoint, elle avait gentiment placé ses mains sous ses aisselles pour le tirer sur le rivage, où il souriait à présent.

Elle secoua ses cheveux par-dessus son épaule et repartit vers la falaise. Un frisson de soulagement lui parcourut l'échine lorsqu'elle se retourna : il la suivait.

Le cottage paraissait si loin de tout, avec ses petites fenêtres bleues, sa demi-porte blanche. Tomas se dressait dans la pièce, la bouche tremblante, une flaque d'eau à ses pieds.

Rebecca fourra son portable dans un sac de riz pour qu'il absorbe l'humidité. Elle agita bien le sac. Il n'y avait pas de deuxième téléphone. Pas de ligne fixe. C'était le jour de Noël et Alan n'avait même pas appelé. Il aurait pu le faire plus tôt. Elle le voyait à Dublin dans sa nouvelle famille, leur maison bien rangée, les décorations, leurs comédies. Un simple coup de fil, pensa-t-elle, pas si difficile.

— Ton père n'a même pas appelé, dit-elle à haute voix en traversant la pièce.

Elle se demanda s'il percevait bien le sens de ces mots et, dans ce cas, faisaient-ils mouche : *ton père, d'athair, abba* ? Qu'est-ce qui s'agitait, dans cette tête ? Qu'était-il vraiment en mesure de comprendre ? Selon les spécialistes de Galway, ses capacités étaient limitées, mais ils n'étaient sûrs de rien ; personne ne savait à quel point.

Elle tira sur la fermeture à glissière, le débarrassa de sa combi puis, délicatement, de la cagoule. Sa peau était dure, chiffonnée. Il posa sa tête sur son épaule. Gémit doucement.

Elle se sentit fondre, l'enlaça. Sa joue glacée contre sa clavicule.

— Tu m'as fait peur, mon chéri, c'est tout.

La nuit tombant, ils s'assirent pour dîner – dinde, pommes de terre, un plum-pudding acheté dans une boutique bio à Galway. Petite fille, à Dublin, elle avait grandi dans la tradition, Hanoucca chaque année. Elle avait été la première de la famille à épouser un homme d'une autre confession. Ses parents avaient compris, il restait si peu de juifs en Irlande, de toute façon. Elle pensait parfois à remettre les vieux rituels au goût du jour, mais les souvenirs manquaient, sinon celui, incertain, des promenades à Rathgar Road au coucher du soleil, lorsqu'ils comptaient les menorahs aux fenêtres. Leur nombre diminuait d'année en année.

Au milieu du repas, ils mirent leurs chapeaux pointus, firent crépiter les papillotes, lurent les blagues et les devinettes imprimées sur les emballages. Un verre de porto pour elle. Orangeade gazeuse pour lui. Une boîte de Quality Street. Ils s'installèrent sur le canapé, enveloppés de silence. Tomas posa la joue sur son épaule.

C'était un vieux livre relié dont le dos craqua lorsqu'elle l'ouvrit. Nadia Mandelstam.

Tomas actionna la télécommande et saisit la manette. Ses doigts voletaient sur les boutons : un pianiste virtuose. Elle se demanda si, contre toute probabilité, les parents avaient eu d'autres talents que leur ivrognerie. Avaient-ils un jour contemplé les hautes fenêtres d'un conservatoire ? Peint des toiles audacieuses, hors des sentiers battus ? Travaillaient-ils une matière poétique ? Sentimental, elle le savait, mais c'était à risquer, à espérer quand même, cette faible lueur dans la trame des neurones.

La soirée s'écoula. Un éventail de noirs à la fenêtre.

Au coucher, elle lui lut en gaélique des extraits du cycle mythologique[1]. Ils formaient une musique. Il battit des paupières. Elle attendit. Les troubles, l'agitation, la colère. Ses rages nocturnes, disaient les médecins.

Tandis qu'elle lui caressait les cheveux, il se contracta et projeta violemment un bras. Elle reçut le coude sur le menton. Posa un doigt dessus au cas où elle saignerait. Elle aperçut la mince trainée rouge. Puis elle passa la langue contre ses dents. Intactes. Rien de très grave. Elle aurait peut-être un bleu le lendemain. D'autres explications à donner à la boutique du village. *Timpiste beag*. Un accident, bénin. *Ná bac leis*.

Se penchant au-dessus de lui, elle fit un triangle de ses bras pour l'empêcher de se taper la tête contre le mur.

Son souffle soulevait les cheveux de sa mère. Il avait la peau tachetée de petits boutons noirs. La préadolescence. Que se passerait-il, les prochaines années, quand, d'un corps plus puissant, il s'opposerait à sa volonté ? Comment parviendrait-elle à le dominer ? Grâce à quelle discipline, quelle méthode ?

Lorsqu'elle se rapprocha, Tomas effleura son sein en bougeant la tête. Un instant plus tard, il se débattait à nouveau sous les draps. Il ouvrit les yeux. Grinça des dents. Cette expression qu'il affichait : elle se demandait parfois si la colère ne bordait pas la haine.

Rebecca dégagea le carton à chapeau rouge qui se trouvait sous le lit. Il contenait un casque en cuir noir matelassé. Elle le retira. *Kilmacud Crokes*[2] *Are Magic !* était inscrit en lettres d'argent sur le tour. Alan s'en servait à l'époque où il jouait au hurling. Si Tomas se réveillait avec une nouvelle crise de convulsions, son crâne serait protégé.

Elle lui releva la tête pour le lui mettre, glissa par-dessous les mèches qui dépassaient, ajusta la sangle sous son cou. Puis elle lui ouvrit gentiment la bouche et inséra entre ses dents le carré de mousse découpé à sa taille, pour qu'elles ne se brisent pas.

Il lui avait une fois mordu un doigt en dormant. Elle s'était fait elle-même deux points – un vieux truc que lui avait appris sa mère. Elle avait toujours la cicatrice à l'index gauche, une minuscule faux rouge.

Elle s'endormit près de lui sur le petit lit, se réveilla désorientée. Les chiffres rouges du réveil brillaient dans le noir.

Mon portable, pensa-t-elle. Il faut vérifier qu'il marche.

Elle alla sortir du frigo une bouteille de vin blanc, ranima le feu dans la cheminée de sa chambre, ajouta quelques bûches, mit un Sviatoslav Richter sur la stéréo, arrangea ses oreillers, remonta la couverture sur sa poitrine, déboucha la bouteille et se servit. Le vin murmurait joliment contre l'arrondi du verre, une invitation au sommeil.

Le matin, Tomas était parti.

Ouvrant deux yeux ensommeillés, elle resserra la couverture autour de son cou. Un corail de lumière gonfla dans les branches nues des sycomores. Rebecca retourna l'oreiller du côté frais. L'heure la surprit. Neuf heures. Elle avait l'haleine chargée, la bouteille verte était vide sur la table de chevet. Elle se sentit vaguement adultère. Tendit l'oreille un instant. Ni jeu vidéo ni télévision. Le vent soufflait fort dans le cottage ; peut-être une fenêtre ouverte. Elle se leva, enveloppée de sa couverture. Le sol glacé cuisant sous ses pieds nus. Elle alluma son portable, qui clignota, émit un dernier bip, s'éteignit.

Personne au salon. Elle poussa la porte de sa chambre. Le drap pendait comme une langue au bas du lit, à côté du casque. Rebecca lâcha sa couverture, regarda par-dessous, ouvrit l'armoire.

Au salon, la combi manquait au crochet.

Le battant supérieur de la porte était encore fermé. Celui du bas brinquebalait, affolé. Elle se baissa, sortit, seulement vêtue de sa chemise de nuit. Le froid suintait entre ses orteils, l'herbe était cassante sous le givre. Tomas ! Les cimes des arbres lui retournèrent son nom.

Plus loin, les herbes hautes lui fouettèrent les tibias. Le vent chantait dans les tuyaux du mur de pierre. Elle perçut un mouvement rapide au bord de la falaise – une forme voûtée qui s'éloignait en bondissant. Lorsqu'elle réapparut, quelques secondes plus tard, elle semblait émerger des flots : un bélier, aux cornes en spirale, effilées aux extrémités. Il fila à travers champs, s'engouffra dans une trouée au milieu des buissons.

Rebecca étudia la crique en contrebas. Pas de chaussures sur les rochers, pas de duffel-coat, rien. Peut-être n'était-il pas descendu. Bon Dieu, la combinaison. Jamais elle n'aurait dû l'acheter. Deux tailles au-dessus, par souci d'économie.

Elle courut le long de la falaise, scruta le tour de l'aiguille. Le vent était féroce, la mer argent et noir, tel un vieux miroir moucheté. Qui y avait-il, là-bas ? Un garde-côte, peut-être. Ou un kayakiste matinal. Un genre de bateau de pêche. Le vent gémissait sur l'Atlantique. La voix d'Alan dans sa tête. Tu lui as acheté *quoi* ? Une combinaison de plongée ? Mais pourquoi, juste ciel ? Jusqu'où était-il capable de nager ? Des filets étaient tendus au large. Il pouvait se faire prendre.

To-mas !

Peut-être l'entendrait-il. Un tintement dans les oreilles. Une vibration, dans l'eau, qui réveille ses tympans.

Rebecca regarda bien les vagues. Secoue-toi. Ressaisis-toi, merde !

Elle se voyait presque du haut du ciel en revenant vers le cottage : sa chemise de nuit, ses pieds nus, ses cheveux défaits, le vent humide qui la repoussait. Merde, merde, pas de téléphone. Il faudrait chercher la voiture. Aller en ville. À la *garda*. Où se trouvait le commissariat ? Pourquoi ne le savait-elle pas ? Des voisins seraient-ils chez eux ? Tu lui as acheté quoi ? Une mère ne ferait jamais ça. Tu as beaucoup bu ? Alcool prénatal.

Le vent couchait les herbes. Elle enjamba le muret, trébucha dans le jardin. Une vive douleur la lança à la cheville. Derrière la maison, les arbres lui firent comme une révérence. Leurs branches projetaient de fines ombres sur le mur. La demi-porte battait sur ses gonds. Elle entra, revint dans la chambre de Tomas. *Kilmacud Crokes Are Magic !*

Le téléphone ne fonctionnait toujours pas.

Elle alluma l'ordinateur sur le comptoir de la cuisine. L'écran s'illumina – Tomas âgé de six ans, à Glendalough, cheveux blonds, short rouge, les manches de sa chemise battant sur ses bras, il bondissait dans l'herbe vers le lac. Elle ouvrit Skype, composa le seul numéro qu'elle savait par cœur. Alan répondit à la sixième sonnerie. Bon sang. Qu'avait-elle fait ? Avait-elle perdu la tête ? Il allait appeler la police, les garde-côtes, et il fallait compter trois ou quatre heures de route depuis Dublin. Rappelle-moi si tu le retrouves. Dépêche-toi ! Retrouve-le ! Putain, Rebecca ! Il coupa brusquement, laissant place à un silence violent.

Lorsqu'elle referma Skype, l'image de Tomas revint à l'écran.

Elle courut dans sa propre chambre, se battit avec sa vieille combi. Le néoprène la grattait partout, lui serrait la poitrine, lui éraflait le cou.

Les nuages menaçants dehors. Elle scruta l'horizon. Ces îles au loin, bossues comme des baleines. L'eau grise et le ciel gris. Très probablement, il avait nagé vers le nord. Évitant les contre-courants. Ce qu'ils avaient fait, cet été, sans jamais s'éloigner du rivage, en déchiffrant le message de l'eau. Là où elle moussait sur les rochers ; où elle se repliait sur elle-même.

Un petit bateau pêchait à la traîne au fond de la baie. Rebecca lui fit de grands signes – ridicule, elle le savait – puis descendit la pente, ses pieds glissant sur la piste mouillée.

Elle s'arrêta avant d'atteindre la plage : les tennis de Tomas étaient là, le bout pointé vers la mer. Comment avaient-elles pu lui échapper tout à l'heure ? Cela, elle s'en souviendrait toujours : elle les tourna dans l'autre sens, comme si, d'un moment à l'autre, il devait revenir les chausser, grimper jusqu'au cottage, se réfugier dans la chaleur.

Pas d'empreintes de pas dans le sable : la croûte était trop dure. Pas de blouson non plus. Avait-il mis son duffel-coat ? L'hypothermie ne prenait que quelques minutes. Avec cette combinaison trop grande, le risque était accru. Où s'arrêterait-il ? Depuis combien de temps était-il parti, maintenant ? Elle s'était réveillée si tard. Ce vin. Beaucoup trop bu.

Elle ajusta le bonnet sur sa tête, remonta la fermeture éclair de sa combinaison. Les bordures étaient raides.

Rebecca pataugea, plongea. Le froid la transperça. Ses bras se relevaient, retombaient. Elle marqua un temps, regarda derrière elle, se força à continuer. La douleur à l'épaule. Elle voyait son visage à chaque nouvelle brasse : la cagoule noire, les cheveux blonds, les yeux bleus.

Au-delà de l'aiguille, elle poursuivit le long de la côte, le bruit des vagues dans les oreilles, une autre forme de surdité, le sang refluant de ses doigts, ses orteils, son esprit.

L'éditeur de Tel-Aviv lui avait fait parvenir un court roman huit mois auparavant, un récit très bien écrit, œuvre d'un Arabe israélien de Nazareth. Un ouvrage important, avait-elle pensé.

Elle avait aussitôt commencé à le traduire : l'histoire d'un couple d'une cinquantaine d'années qui avait perdu ses deux enfants. Y figurait le mot *sh'khol*. Rebecca avait cherché une traduction, mais il n'y en avait pas d'exacte. On avait bien sûr veuf, veuve, et orphelin, mais pas de nom, pas d'adjectif pour des parents aux enfants morts. Pas davantage en irlandais. Rien non plus en russe, en français, en allemand, ni en plusieurs autres langues. Des synonymes n'existaient qu'en sanskrit, *vilomah*, en arabe, *thakla* pour la mère, *mathkool* pour le père. Mais toujours pas en anglais. Ça l'avait contrariée pendant des journées. Elle voulait être fidèle au texte, identifier l'invisible – *déchirés, dépouillés, écartelés*. Finalement, elle avait opté pour *endeuillé*, assez soutenu, trouvait-elle, pas assez précis, sans musique ni mystère, pas fabuleux comme traduction. *Endeuillés*.

Il était presque midi quand on la tira par le col de sa combi. Les garde-côtes. Quatre hommes à bord. Elle s'étala sur le pont, le nez contre les lattes, à bout de souffle. Ils la transportèrent dans la cabine, se penchèrent sur elle. Un masque. Des tuyaux. Leurs visages flous, incertains. Leurs voix. L'oxygène. Une main sur son front. Un doigt sur son poignet. Elle avait encore le poids de l'eau sur son corps. Claquait des dents. Tenta de se relever.

— Laissez-moi repartir, supplia-t-elle.

Le froid lui consumait les entrailles. Son épaule comme démise.

— Restez tranquille, maintenant. Ça va aller, mais ne bougez pas.

Ils l'enveloppèrent dans des couvertures de survie, massèrent ses doigts et ses orteils, lui collèrent deux gifles, gentiment, comme pour la réveiller.

— Madame Barrington, m'entendez-vous ?

Elle voyait Tomas apparaître et s'évanouir dans les yeux bleus du capitaine. Elle voulut toucher son visage. Sa barbe était râpeuse.

Il lui parla d'abord en anglais, puis en irlandais, d'un ton sec. Était-elle sûre que Tomas était parti à la nage ? Avait-il pu se réfugier quelque part ? Était-ce la première fois ? Que portait-il, comme vêtements ? Avait-il un téléphone ? Ou des amis, le long de la côte ?

Elle tenta encore de se lever, mais l'homme la retint.

Le vent frappait sur la vitre de la cabine, blanchissait la crête des vagues. Les mouettes faisaient des figures acrobatiques au-dessus de la surface. Rebecca jeta un coup d'œil aux cartes maritimes sur la cloison, immenses tableaux tout en lignes et couleurs. Le chagrin la cuisait comme un four. Elle regarda la poupe, dehors, le sillage qui s'évasait. La radio grésillait : une douzaine de voix différentes.

Elle produisait – elle s'entendait – les sons d'un animal.

Le bateau ralentit brusquement avant d'accoster. Les embruns, comme des pointes, se plantèrent dans ses joues. Elle ne reconnaissait pas cet endroit. Dans le jour bleu, la faible lueur d'une lampe annonçait l'obscurité. En groupes près de leurs voitures, des badauds tendirent le bras dans sa direction. Des bandes rouges et bleues striaient la cime des arbres. Rebecca sentit une main sur son épaule. Le capitaine l'escorta le long de la jetée. Une des couvertures tomba à terre. Sa combi redevint une évidence : étroite, noire, froide. Des murmures autour d'elle. Le grand calme immobile la frappa, silence, plus un souffle de vent.

Se dégageant, elle se retourna et se mit à courir. *Sh'khol.*

Quand, à nouveau, ils la ressortirent de l'eau, elle aperçut l'homme qui se pressait vers elle, un téléphone à la main. Il la regarda, sur son écran, s'élever au-dessus des minces vagues grises. Il tenait son portable comme une accusation : évidemment, elle serait le soir même sur Internet.

— Tomas, dit-elle tout bas, tandis qu'on l'asseyait dans la voiture.

Chez elle, le sédatif l'engourdit. Une policière occupait un coin de la pièce, l'observait sans rien dire, tasse de thé et soucoupe en main. Par la grande baie vitrée, Rebecca voyait des silhouettes aller, venir, se retourner. L'une d'elles semblait prendre des notes dans un carnet.

Les *gardaí* s'étaient installés au salon. Toutes les deux minutes, un autre téléphone se mettait à sonner. Plusieurs véhicules remontèrent la petite allée vers le cottage. Les pneus crissaient sur le gravier.

Quelqu'un fumait dehors. Une vague odeur de tabac flottait dans la maison. Aller fermer la fenêtre de la chambre. Quelque chose vient de s'achever, pensa-t-elle en se levant. Terminé. Impossible de savoir d'où venait cette sensation.

Elle se figea un instant, se remit en mouvement. La policière décroisa les jambes sans quitter le fauteuil en osier. Rebecca sortit d'un pas vif. Plus d'autre bruit, dans le salon, que la radio de la police et ses parasites. Une bouteille de vin sur la table. Un chapeau pointu. La vaisselle de Noël empilée dans l'évier plein, les restes gonflés d'eau.

— Je veux participer aux recherches.

— Il vaut mieux rester ici, madame Barrington.

— Il n'entendra pas les sifflets, il est sourd.

— Mieux vaut rester ici.

L'impression d'avoir mâché un bout d'aluminium. Sa migraine était soudain froide.

— Marcus. Je m'appelle Marcus. Rebecca Marcus.

Elle poussa la porte de la chambre de Tomas. Deux agents en civil étaient en train de fouiller les tiroirs de l'armoire. Sur le lit était posé un petit sac en plastique marqué d'une série de chiffres : des cheveux blonds et fins à l'intérieur. Les hommes se tournèrent vers elle.

— Je voudrais prendre son pyjama, s'il vous plaît, leur dit-elle.

— Navrée, madame. On ne peut rien vous laisser emporter.

— Le pyjama, c'est tout.

— Je peux vous demander quelque chose ?

L'un d'eux s'approcha, il sentait la cannelle, une odeur intimement associée à Noël. Il lâcha sèchement sa question, comme s'il grattait une allumette sur elle.

— Pourquoi ce bleu au menton ?

Elle se tâta aussitôt, avec l'impression d'avoir la voûte du palais ouverte, fissurée, déchiquetée. Manquait-il un bout ?

Dehors, la nuit avait déjà tout englouti.

— Aucune idée, répondit-elle.

Une femme seule avec un garçon. Dans un cottage sur la côte ouest. Des bouteilles de vin vides éparpillées. Rebecca regarda derrière elle : d'autres *gardaí* l'observaient depuis le salon. Elle entendit un bruit de pilules à la salle de bains. On faisait l'inventaire de ses médicaments. Quelqu'un encore inspectait la bibliothèque. *Les Collines de fer. L'Élevage industriel. Kaddish. House Beautiful. Les Vestiges du jour.* Alors donc on la soupçonnait. Elle se sentit prise au piège. Elle se redressa de toute sa hauteur et revint au salon.

— Demandez à cette personne, dehors, d'arrêter de fumer, je vous prie.

Il arriva au bout de l'allée, klaxonna, baissa sa vitre, fit signe à l'agent.

— Je suis le père de l'enfant.

Alan n'avait plus les bajoues de l'époque où il buvait parfois. Sa minceur lui donnait un air sévère. Rebecca chercha des traces de l'ancien personnage, en vain car il était rasé de près, portait une veste en tweed, une cravate fine serrée au col, un pantalon repassé. Il paraissait si bien élevé, si comme il faut. On aurait cru qu'il s'était habillé à la troisième personne.

Il enfouit son visage dans le duffel-coat de Tomas à l'entrée, tomba dramatiquement à genoux, prit soin quand même de s'essuyer les pieds avant de suivre Rebecca dans sa chambre.

Dans le coin du salon, la policière se leva avec un sourire gêné. Rebecca s'aperçut dans le miroir en pied : visage gonflé, cheveux en bataille. Alan faisait les cent pas.

— J'aimerais être seul avec ma femme.

Elle se raidit. *Ma femme.* Comme un mot resté sur une page, mais une page noircie.

Il déplaça le fauteuil en osier et poussa un long soupir. À l'évidence, il voulait qu'on l'admire d'être si malheureux. Il fallait qu'il revête un masque tragique. Pourquoi n'était-elle pas debout ? Avait-elle fermé la porte de sa chambre ? Pourquoi n'avait-elle pas entendu le réveil ? Avait-il petit-déjeuné ? Jusqu'où pouvait-il nager ? Pourquoi n'avoir pas pris une combi à sa taille ? Tu aurais pu la cacher ! Tu as bien posé les limites ? Tu sais qu'il a besoin de limites.

Elle pensa à sa vie d'avant, sur les collines de Dublin, la cuisine lumineuse, les appareils tout blancs, les voitures allemandes dans l'allée de gravier, les buissons taillés, l'alarme électronique, les caméras de surveillance, les *limites,* oui, et jusqu'où pouvait-on les pousser avant qu'elles vous retombent dessus ?

— Il a pris des gants ?

— Je t'en prie, Alan, arrête.

— J'ai besoin de savoir.

Les chiffres rouges du réveil. Cela faisait maintenant douze heures. Elle s'allongea sur le lit.

— Non, il n'a pas pris de gants, Alan.

Elle ne pouvait s'empêcher de repenser aux deux Arabes d'Israël. Le couple avait perdu deux enfants malades à cinq années d'écart : le premier d'une pneumonie, l'autre d'une rare pathologie du sang. C'était un récit dépouillé : concis, intime, intense. Le père était grutier dans un chantier naval d'Haïfa, la mère secrétaire dans une fabrique de carton ondulé. Leur existence toute simple avait été bouleversée. Après leur décès, le père avait rempli un conteneur de marchandises avec leurs affaires et s'était mis à le déplacer chaque jour avec son immense grue, ses crochets dans le ciel – chaque jour une autre place sur les quais. Soigneusement rangé près de la mer : jaune, brillant, cadenassé.

— Il se croit invincible, c'est ça ?

— Je t'en prie, Alan.

Les secours s'étaient répartis le long des falaises. Leurs sifflets résonnaient inutilement, leurs « Tomas » étaient rapportés par le vent. Rebecca ouvrit les portes coulissantes du balcon. Le ciel injecté de rouge. Sa tête frotta contre une branche isolée d'un sycomore. Elle tendit le bras. Une douleur fulgurante lui traversa l'omoplate : la coiffe des rotateurs.

De la fumée de cigarette flottait en l'air. Rebecca fit le tour du cottage. Une femme. En civil. D'autres coups de sifflet là-bas, brefs, stridents.

Le vide s'était inscrit en elle. Elle indiqua la cigarette, tira une grosse bouffée. C'était fort, écœurant. Elle n'en avait pas grillé une depuis des années.

— Il est sourd, vous savez, dit-elle en recrachant la fumée sur le côté.

Les yeux de la policière s'emplirent de tendresse. Rebecca rentra dans la maison, enfila son manteau, ressortit à l'autre bout par la grande porte, prit le chemin des falaises.

Un hélicoptère fendit l'horizon noir, se maintint un instant au-dessus du cottage, son projecteur scruta les murs de pierre. Puis il vira brusquement, survolant le littoral.

Elle se joignit aux secours. Ils avançaient par groupes de trois en se donnant le bras. Le sol était truffé d'ornières, de bosses, de pierres. De temps en temps, elle entendait une exclamation quand, dans un groupe voisin, un pied avait glissé sur des cailloux, des détritus ou un vieux casier à homards. Les murs de pierre étaient froids au toucher. Le vent gonflait une vieille toile en plastique. De minuscules touffes de laine luisaient sur un fil barbelé, peignant des motifs rouges et bleus.

Le long de la côte et des plages au loin, les petits groupes zigzaguaient au crépuscule. Des dizaines de bateaux parcouraient les flots. La cloche tintait sur les plus vieux d'entre eux. Une hourque de Galway passa, aux voiles blanches déployées. Une flottille de kayaks s'approchait du rivage, revenant au port.

Une lune rousse se leva, d'une beauté crue et insultante aux yeux de Rebecca. Elle fit demi-tour vers l'intérieur des terres. Deux policiers, une femme et un homme, l'accompagnèrent. Elle se sentit suspendue entre eux deux. Les cônes pâles des lampes torches fouillaient la nuit tombante.

Aux abords d'une maison abandonnée, sans toit, étouffée par un immense rhododendron, un appel radio avertit qu'une combi avait été trouvée. Le policier tendit un doigt en l'air, comme pour jauger la direction du vent. Non, non, pas une combi, poursuivit la voix, alerte, alerte, non, il y a quelque chose qui bouge, un remous dans l'eau, urgent, urgent, oui, c'est un corps, un corps, ils ont trouvé quelque chose, à vous, un corps, à vous.

Le policier se retourna, se plaça dans l'encadrement de la porte mangée par la verdure, posa une main sur le walkie-talkie et se tint parfaitement immobile sous les étoiles en attendant que les choses s'éclaircissent : annulez, fit la voix, ils avaient vu un phoque, annulez dernier message, un phoque, à tous, annulez.

Rebecca connaissait bien la légende des selkies[3]. Elle se représenta Tomas, vit l'eau se refermer sur lui comme une seconde peau, noire, luisante, secrète.

La policière murmura dans le walkie :

— Putain, merde, faites gaffe, on a la mère avec nous.

Rebecca retourna plusieurs fois le mot dans sa tête : *mère, máthair, em*. Ils se remirent en marche dans l'herbe dressée sous les tunnels creusés par les torches.

Les affaires d'Alan étaient pliées sur le fauteuil en osier. Il dormait en chien de fusil dans le lit de Rebecca. Ronflait légèrement. Elle lut le mot posé sur l'oreiller. *Ils ne m'ont pas laissé dormir dans la chambre de Tomas. Réveille-moi en rentrant.* Gribouillé au bas : *S'il te plaît.*

Les recherches furent interrompues jusqu'au matin, mais elle entendait toujours les bateaux de pêche et les cornes de brume.

Elle ôta ses chaussures qu'elle posa près de la cheminée. Ne restaient que des braises, un faible rougeoiement. Les ourlets de son jean étaient mouillés, alourdis par la boue. Elle ne le retira pas.

Elle gagna le lit, s'allongea par-dessus les draps, se munit d'une couverture en crin de cheval. Tournant le dos à Alan, sans quitter la fenêtre des yeux, à attendre qu'un trait de lumière s'élève et troue l'obscurité. Le halo d'une torche passa non loin. Peut-être y avait-il du nouveau. Tomas avait fait tournoyer une canne imaginaire. Où avait-il appris à marcher comme Chaplin ? Une surprise totale. Insoupçonnable. Comme s'il se désenroulait tout seul sur le chemin de la falaise.

Au salon, les walkie-talkies crachotaient par intermittence. Presque dix-huit heures maintenant.

Rebecca enfonça sa tête dans l'oreiller. Alan remuait sous les draps. Son bras se plaça sur son épaule. Elle resta immobile. Dormait-il ? Comment pouvait-il dormir ? Le bras se resserra autour d'elle. La main glissa sur l'épaule, les doigts vers le cou, le pouce au bord de la clavicule.

Non, cela n'était pas dormir. Certainement pas.

Elle repoussa doucement ce bras.

Une autre torche dansa derrière la fenêtre. Rebecca se leva. Une brosse à cheveux au manche doré se trouvait sur la coiffeuse. Tout un fouillis de longs cheveux noirs dans ses griffes. Rebecca réunit ses mèches d'un côté pour les brosser. L'ourlet humide de son jean lui glaça les orteils. Elle s'installa au salon dans le fauteuil en osier, s'enveloppa d'une couverture, l'œil rivé sur la fenêtre. La nuit était encore jeune.

À l'aube, elle vit la porte s'ouvrir lentement. La policière jeta un coup d'œil à l'intérieur. Leurs regards se croisèrent avec une sensation de chaleur.

Alan s'étira, blême, en grommelant un genre d'excuse. Ses joues roses, son début de calvitie. Il paraissait prêt à s'effriter, se dissoudre.

La bouilloire sifflait déjà dans la cuisine. Une série de tasses à thé bien alignées sur le comptoir. La policière s'approcha et posa une main sur le bras de Rebecca. Leurs yeux se joignirent, un bref instant de fusion.

— On s'est permis. J'espère que cela ne vous dérange pas... Toujours pas de nouvelles...

Ce « toujours pas » lui fit un choc. Il y en aurait un jour, des nouvelles. Leur annonce était inévitable.

— Nous avons pris une chemise de Tomas dans la corbeille à linge.

— Pour quoi faire ?

— Pour les chiens, dit la policière.

Rebecca eut brusquement envie d'empoigner cette chemise, de s'emplir de son odeur. Elle saisit la bouilloire d'une main incertaine, tenta de verser l'eau. Des chiens allaient donc parcourir le cap à la recherche de son fils. En se regardant dans la glace, elle ne vit que lui, son image se doublant d'une deuxième, d'une troisième. Là-bas, les chiens lâchés sur les terres, suivant un bélier, un faucon, un héron. Elle se sentit perdre pied. Une courbe dans l'air. Plonger. Elle agrippa le rebord du comptoir. La mer, lisse, lente, glissante. Les fonds qui s'obscurcissent. Le froid comme un linceul. Le coroner, la morgue, les fleurs, une concession, l'enterrement. Elle vacilla. Percer la surface. Un selkie, essoufflé, crachotant. On l'aida à s'asseoir à la table. Elle se plia en deux pour verser le thé. Les voix, des vibrations autour d'elle. Ses mains tremblantes. L'issue imprononçable, quelle qu'elle soit. Elle repensa soudain qu'il n'y avait plus de sucre à la maison. On avait besoin de sucre pour le thé. Elle irait tout à l'heure en acheter avec Tomas. Au kiosque. Oui, c'est là qu'ils iraient. Par le petit chemin qui zigzague dans les terres. L'unique feu rouge après le bungalow blanc. Ensuite le boucher, le panneau pour la promenade aux îles, le bureau des paris, l'hôtel aux volets fermés, l'allée bordée de vieux tonnelets de bière, jusqu'au kiosque sur la grand-rue. La clochette qui ressemble à une ancre. Le lino noir et blanc. L'odeur âcre de la paraffine. Après les rayonnages, le stand à journaux monté sur des casiers à homards avec leurs cordelettes bleues, oranges, tout un reliquaire de la mer. Elle passerait devant les gros titres, la nouvelle de sa disparition. Pain, biscuits, soupe. Les paquets de sucre jaunes sur l'étagère. On ne peut pas se passer de sucre. Tomas, la deuxième à partir du bas, écoute-moi, c'est là, mon garçon, allez, prends-en un.

Elle se demanda si elle avait parlé à haute voix et vit en relevant les yeux que la policière, les yeux humides, lui tendait une chemise de Tomas. Les boutons étaient froids : Rebecca les pressa sur sa joue.

Un crépitement de branches dans l'allée. Les portières des camionnettes s'ouvrirent et se refermèrent, suivies d'un glapissement, de pattes qui grattaient sur le gravier.

Elle passa la matinée dans les champs. Des colonnes de lumière filtraient au-dessus de la mer.

L'herbe ondulait sous la brise au bord de la falaise. Rebecca portait la chemise de Tomas, étroite, chaude, sous la sienne.

Les secours si nombreux sur les plages. Des professeurs, des paysans, des écoliers main dans la main. Trois fois plus de bateaux quadrillant les eaux.

À l'heure du déjeuner, on la raccompagna, étourdie de fatigue. Un silence différent s'était glissé dans le cottage. Les policiers allaient et venaient comme au terme d'un long apprentissage. Des fantômes se fondant les uns dans les autres, glissant d'un visage au suivant. Elle les reconnaissait à la façon dont ils buvaient leur thé. On avait porté à manger. Corbeilles de fruits. Lasagnes. Biscuits, thé en sachet. Les petits mots des voisins. Un panier plein de ballons, incroyable. Un enfant avait griffonné une prière pour saint Christophe sur un bout de papier.

Alan s'assit près d'elle sur le canapé. Posa sa main sur la sienne. Il répondrait aux journalistes, dit-il. Qu'elle n'ait pas à se soucier de ça.

Le grondement sourd de l'océan résonnait au loin. Dans l'allée, le ronronnement pesant du camion de la télévision.

Un journal du dimanche donna un coup de fil, offrant de l'argent contre une photographie. Alan partit à l'autre bout du cottage, couvrit son téléphone d'une main, se mit à murmurer. Elle crut l'entendre pleurer.

Plusieurs pages du roman israélien étaient éparpillées sur son bureau – des notes griffonnées dans les marges, le livre de Nadia Mandelstam ouvert à côté, lu jusqu'au quart. La Russie, Vladivostok. Il faudrait qu'elle leur apprenne ce qui s'était passé, remplir des papiers. L'orphelinat. Les marches brisées. Les hautes fenêtres et les murs ocre. L'unique grand tableau dans le hall : la baie de l'Amour, l'été, un voilier sur l'eau, l'eau, toujours l'eau. Elle irait trouver la mère, le père, expliquerait que leur fils était parti nager, il avait disparu sur la côte ouest de l'Irlande. Un petit appartement au centre-ville, une table basse, un cendrier plein, la mère blafarde et renfermée, le père trapu et crapuleux. Ma faute. Je lui avais acheté une combinaison. Tout est ma faute, pardonnez-moi.

Elle aurait voulu que ce jour revienne au point de départ, qu'il retrouve sa clarté initiale, ses éventualités, ses tasses de thé vides, mais elle ne fut pas surprise à l'heure du crépuscule.

Assis dans un coin, Alan était recroquevillé sur son téléphone. Elle était presque triste pour lui – ses murmures, ses *chérie,* ses suppliques et justifications auprès de ses jeunes enfants.

Elle fit le compte des heures : quarante-huit. Cette nuit-là, allongée près de lui, elle le laissa poser un bras sur sa taille. Simple réconfort. À nouveau, il chuchota son nom, mais elle ne se retourna pas.

Le matin venu, elle se leva, sortit à l'arrière, mouillant ses tennis dans la rosée. Le camion TV ronflait, invisible, plus loin dans l'allée. Elle traversa la barrière canadienne[4]. Les tubes d'acier imprimèrent leurs formes dures sur ses semelles. Un sentier boueux menait en haut de la colline, l'herbe au milieu verte et intacte. Le mur de pierre était recouvert de mousse.

Un bout de plastique s'était planté en haut d'une haie. Elle le cueillit sur la pointe des pieds et l'enfonça bien dans sa poche, sans savoir pourquoi.

L'eau gouttait sous les branches des arbres alentour. Quelques oiseaux marquaient leur territoire du petit jour. Rebecca n'avait jamais remonté l'allée aussi haut qu'en voiture. Elle avait appris quelque temps plus tôt que l'endroit faisait partie de la route de la famine.

Elle s'immobilisa un instant : le bruit du camion TV occultait les rythmes de la mer.

Elle poursuivit, courbée, le long de la pente, ouvrit la barrière rouge, évita de s'enfoncer dans la boue. Quand elle referma la barrière, le pêne s'inséra parfaitement dans la gâche. Elle marcha au milieu sur l'herbe, jusqu'au deuxième tournant où le camion était garé contre une haie. À l'intérieur, derrière les voilages, trois ombres chinoises jouaient aux cartes. Les rideaux flottaient sur les trois silhouettes. Un homme avachi dormait à l'avant sur la banquette.

Groupé derrière le véhicule, quelques adolescents partageaient une cigarette. Leur souffle répandait des traînées blanches dans le froid. Ils se donnèrent des coups de coude en la voyant approcher.

Elle s'arrêta net, tressaillant, stupéfaite. Seul, désinvolte, indécis, il passait derrière le groupe sans se faire remarquer. Il portait une veste de chasse marron sur un sweat-shirt à capuche. Les jambes du pantalon retroussées, les lacets de ses bottes défaits et la languette de travers. Il dégageait de la vapeur, comme s'il venait de marcher longtemps.

Il avait la bouche entrouverte, les lèvres luisantes de mucus. De la boue et des feuilles dans les cheveux. Un paquet noir sous le bras droit, qui lui échappa et qu'il récupéra en avançant. La longue rayure grise sur la manche. La combi. Il avait sa combinaison avec lui.

Sh'khol. Il ne l'avait pas encore vue. Son corps semblait tirer son ombre derrière lui : lente, réticente, mais distincte. Elle trouva alors le mot. *Des ombres*.

Le hayon du camion TV s'ouvrit derrière elle. On l'appela. Madame Barrington. Elle ne se retourna pas. Elle avait l'impression de déraper dans une voiture.

Elle sentit de l'agitation dans son dos, deux, trois, quatre personnes qui bondissaient hors du camion. L'impossible répétition de son nom : Tomas. Tomas, c'est toi ? Par ici, Tomas. Un ado poussa un cri. Regarde-moi ! Ils avaient sorti leurs portables. Tomas, Tomas ! Par ici, Tomas.

Rebecca vit un micro à bonnette passer devant ses yeux. Il se cala devant elle et elle le repoussa. Un cameraman la bouscula. Un autre cri s'éleva. Elle s'avança. Son pied glissa dans la boue.

Tomas se retourna. Elle le prit dans ses bras. Une éruption de joie.

Son visage dans ses mains. La pâleur, le blanc de ses yeux. Son regard celui d'une autre personne, un garçon qui avait vécu autre chose.

Il lui donna la combinaison. Elle était froide et sèche.

La nouvelle les avait devancés. Des acclamations retentirent dans le jardin quand ils apparurent dans le coude de l'allée. Alan courut vers eux en pyjama, s'arrêta net en voyant les caméras, ferma la fente du pantalon de coton.

Rebecca se fraya un passage dans la foule en le tenant contre elle, le bras bien serré autour de son cou, jusqu'à la porte d'entrée.

À l'intérieur, des poussières de lumière recouvraient le sol. La policière se dressait au milieu du salon. Son badge étincelait ; son nom : inspectrice Harnon. Rebecca s'aperçut qu'elle était à nouveau capable de nommer les choses, les personnes, les mots, les idées. La chaleur renaissait au bas de son dos.

Les vêtements de Tomas sentaient la tourbe. Un des rares indices à disposition, penserait-elle plus tard.

Des gens accouraient sans arrêt. Elle aperçut un photographe derrière la grande baie vitrée. Les téléphones sonnaient tout autour d'elle. La bouilloire sifflait sur le feu. Tomas se raidit, angoissé. Il fallait l'isoler. Le photographe pressa son appareil contre la vitre. Rebecca écarta son fils avant l'éblouissement du flash.

Le soleil dessinait de petits rectangles sur le plancher de la chambre. Elle baissa les stores. Le casque était sur le lit, un pyjama bien plié sur une chaise. Elle ne répondit pas quand on frappa. Tomas s'était mis à trembler. Elle prit son visage dans ses mains, l'embrassa. Il se détourna.

La porte s'entrouvrit lentement.

— Laissez-nous tranquille, s'il vous plaît.

Elle lui caressa la joue, le débarrassa de sa veste. Une veste de chasse. Elle fouilla les poches. Quelques bouts de fil. Une petite boule de fourrure. Une boîte d'allumettes mouillée. Il leva les bras et elle lui retira son sweat-shirt. Il avait la peau tendue, gercée.

Un morceau de feuille se détacha de ses cheveux et flotta jusqu'au sol. Rebecca le fit se retourner, étudia son dos, son cou, ses épaules. Ni coupures ni éraflures, aucune trace de rien.

Le pantalon ensuite. Un jean d'homme, beaucoup trop grand. Maintenu à la taille par une ceinture violette à boucle dorée. Un accessoire d'une autre époque, d'un genre voyant, dépassé.

Un frisson lui parcourut les bras.

— Oh non, dit-elle. Non, pas ça.

Elle voulut le toucher, mais il repoussa brutalement sa main. La porte grinça à nouveau derrière elle. Alan : la peau tirée sur ses petits yeux.

— Fais venir un inspecteur, tout de suite. Un homme, pas une femme.

Le matin clair à l'hôpital l'air immobile dans les couloirs bas les empreintes de pas boueuses au sol les murs jaunes oppressants et l'odeur âcre de l'antiseptique la poussèrent à la fenêtre dehors les arbres semblaient figés les mouettes criaient par-dessus les toits et elle se préparait à l'inimaginable – faits et rumeurs entremêlés – en attendant les médecins les minutes se prolongeaient les infirmières passaient dans les couloirs les chariots cliquetaient les aides-soignantes poussaient de lourdes dessertes et toute la misère humaine tel un flot inépuisable entrait et sortait de la salle d'attente chaque histoire chaque nuance tout le pouls de la ville se pressait les yeux ouverts contre les fenêtres grillagées.

L'eau coulait dans un grand jet clair. Elle passa le poignet sous le robinet pour vérifier qu'elle était assez chaude. Tomas entra dans la salle de bains, jeta son chandail rouge par terre, retira son pantalon de treillis, commença maladroitement à défaire les boutons de sa chemise blanche.

Elle s'apprêta à l'aider, mais il recula et lui fit signe de le laisser pendant qu'il enfilait son maillot de bain. Bon, il ne voulait pas qu'elle le lave tout nu ? Fort bien, rien d'inconvenant, d'accord.

La maison avait retrouvé le silence. Ne restait que le bruit des vagues. Elle alluma son nouveau téléphone. Une douzaine de messages. Elle s'en occuperait plus tard.

Elle revint à la salle de bains les mains sur les yeux.

— Ta-da ! fit-elle.

Il se dressait, maigre et pâle, en face d'elle. Le maillot était beaucoup trop petit. Elle remarqua sur son ventre plat la mince traînée de poils minuscules qui poussaient sous le nombril. Sautant d'un pied sur l'autre, il cacha son intimité de ses deux mains.

Intact. Ce qu'avait affirmé Mme Harnon. Légèrement déshydraté, mais intact. Ni violences ni attouchements ni plaies. On avait procédé à toutes sortes d'examens. Plus tard, l'inspectrice avait posé des questions au village. Personne n'avait rien signalé. Aucune piste.

Ils voulaient le revoir la semaine suivante pour une évaluation. Un psychologue, avait-elle dit. Quelqu'un qui tente de reconstituer ce qui était arrivé. Rebecca savait déjà qu'il n'y aurait jamais de réponse, qu'aucune sorte d'investigation n'éclairerait les choses, ni aucune photo, carte ou fouille le long de la côte. Elle retournerait bientôt nager avec lui. Ils ne s'aventureraient pas trop loin. Elle veillerait à ce qu'il s'approche prudemment de l'aiguille, le détournerait des courants forts. Peut-être décèlerait-elle un jour un vague indice, mais elle avait conscience qu'elle ne comprendrait jamais vraiment.

Le simple bonheur de son retour suffisait. *Je vis, je respire, je vais, je reviens.* Rien de plus. *Je suis ici maintenant, c'est tout.*

Elle vérifia de nouveau la température entre ses doigts. Aida Tomas à enjamber le bord de la baignoire. Il avait la chair de poule. Les côtes blanches et saillantes. Il recula et se serra contre elle. Gémit. Elle sentit ses orteils mouillés tout frais sur ses pieds nus, lui jeta une serviette sur les épaules pour le réchauffer, le fit rentrer dans l'eau. Les deux pieds dans la baignoire, il laissa la chaleur remonter le long de son corps. Une fois de plus, il cacha son entrejambe. Elle lui posa une main sur l'épaule et, gentiment, fermement, le força à s'agenouiller.

Il s'allongea dans la baignoire.

— Allons-y, dit-elle en hébreu. Que je te lave cette tignasse.

Assise sur le rebord, elle le saisit par les omoplates, lui passa la pierre ponce dans le dos, fit mousser le shampooing. Sa peau était si transparente. Son dos suivait la courbe de son souffle. Elle appliqua un peu d'après-shampooing. Il faudrait bientôt faire couper ces cheveux longs et épais.

Il grogna, se pencha en avant, tira sur le tissu de son maillot. Elle sentit ses épaules se raidir. Et comprit soudain ce qui se passait. Il se pencha encore pour tenter de déguiser son affaire. Rebecca se leva sans le regarder, lui donna l'éponge et le savon.

On ne peut rester un enfant toute sa vie. Une mère, si.

— Je te laisse, lui dit-elle.

Elle sortit, referma la porte et, dans le couloir, écouta sa respiration saccadée, le clapotement obstiné de l'eau ajoutant sa rythmique aux sourdes percussions de l'océan.

TRAITÉ

1

INSIDIEUSEMENT, elle prend de l'âge. Ce n'est pas la lenteur du réveil chaque matin, ni ses yeux fatigués, ni encore ces douleurs à la poitrine qui reviennent plus régulièrement. C'est surtout sa mémoire fragile qui la perturbe maintenant, le passé qui se dérobe si aisément, le présent qui flotte – ou leur télescopage parfois. Donc lorsqu'elle voit son tortionnaire à la télévision, elle se demande si son imagination ne lui joue pas un tour. Si, trente-sept ans plus tard, cet homme ressort du bac à sable des souvenirs pour de nouveau la tourmenter, ou si c'est vraiment lui, élégant, posé, indolent, dans le journal de la nuit en espagnol.

La chemise bleue est impeccable, les dents blanches sur la peau mate. À la fois nonchalant et sûr de lui, il participe à une conférence. Ils sont plusieurs, ils ont une rangée de microphones devant eux.

Son apparition est si inattendue à la fin du journal télévisé qu'en s'adossant brusquement à son fauteuil, elle réveille les deux autres sœurs sur le canapé.

Beverly lève une main pour les rassurer. « Pas d'inquiétude, ce n'est que moi. Désolée, rendormez-vous. »

Elle se penche pour monter le volume avec la télécommande, mais trop tard, le reportage est terminé, la jeune journaliste blonde fixe la caméra avec assurance. Suit un point de vue de la Tamise. Comment est-ce possible ? Peut-être a-t-elle tout mélangé, les images, les séquences ? Rien qu'au plan géographique, c'est déjà un casse-tête.

Les trous de mémoire s'accumulent depuis peu. Phrases déformées, clés égarées, noms oubliés. Des averses de mots, puis la sécheresse. Pas plus tard que la semaine dernière, elle s'est perdue en se promenant sur la plage, le long de la baie, s'est trompée de chemin en remontant dans les dunes. Le vent fouettait l'herbe sous ses pieds. À cinq kilomètres de la maison, il a fallu qu'elle demande à quelqu'un de lui appeler un taxi. Et elle ne se rappelait pas l'adresse exacte.

Des confusions sans cesse, de sorte que les certitudes absolues – le jour de la semaine, lacer ses chaussures, la cadence d'une prière – sont remises en question. Pourtant le visage de cet homme, même une demi-seconde, lui a glacé les os. Un seul gros plan, très bref. Cette façon de se présenter à l'écran, parmi d'autres officiels. Quoi d'autre, exactement ? Un aplomb remarquable, conquis avec l'âge ? Le droit de s'exprimer devant un micro ? En tout cas, une apparition soudaine et scandaleuse. Ce gros plan, oui, trop bref.

Son tortionnaire. Qui l'insultait. Son violeur.

Sous un demi-clair de lune, derrière la maison, Beverly sort son briquet de la poche de son cardigan.

Elle est la seule à fumer parmi les sœurs. Une habitude qu'elle a gardée de son enfance en Irlande, sans s'en départir au fil des années, en Belgique, à Marseille, en Colombie, à Saint Louis, à Baltimore, au foyer de filles à Houston et aujourd'hui sur la rive sud de Long Island.

Une petite retraite, lui avait-on dit. Un ou deux mois de tranquillité. L'air frais de la mer. Le temps de se reposer. Mais elle avait senti la présence du destin : à soixante-seize ans, elle arrivait avec son unique valise dans son dernier lieu de culte.

Elle tasse une cigarette, actionne le briquet, aspire une longue bouffée. La fumée lui monte à la tête. La boîte de café en métal, accrochée au-dehors, est déjà pleine au quart de cendres et de mégots. Les autres sœurs ont fini par tolérer cette sale manie, l'admirant même à contrecœur – leur grande Irlandaise maigre, solitaire, non-conformiste.

Elle regarde le froid et la fumée prendre des formes dans l'air. Une par une, les lumières de la maison s'éteignent derrière elle. Les religieuses vaquent à leurs prières.

Les arbres se dressent sévèrement contre le ciel. C'est l'arrière-saison, peut-être l'automne ; parfois elle ne sait plus quel mot correspond à quoi. Qu'importe, c'est le moment de l'année où le soir tombe plus tôt.

Beverly fume sa deuxième cigarette, l'écrase, se penche pour chercher le filtre dans l'herbe fraîche, le jette dans la boîte.

C'était lui. Sans doute possible.

Un coup de vent fait claquer la moustiquaire dans son dos. Elle tend les bras comme ferait quelqu'un qui vient de perdre la vue. Ses yeux s'habituent et percent l'obscurité.

Elle s'arrête au salon devant le grand écran numérique. Une rangée de diodes lumineuses brille sur les appareils en dessous : le boîtier de réception pour le câble, un lecteur de DVD. Elle glisse la main sur la télévision sans trouver aucun bouton. Tâtonne dans le noir à la recherche de la télécommande, se cogne contre la table basse. Une odeur de moisi s'élève de la moquette. Une cuillère et un journal sont tombés par terre.

Elle pense alors seulement à se servir du briquet.

À la lumière de la flamme, elle repère la tête de la télécommande, qui a glissé entre les coussins du canapé. Toutes sortes de touches : HDM1, HDM2, PC. Juste pour allumer un appareil, il faut être ingénieur en physique nucléaire, de nos jours. Elle clique de chaîne en chaîne. Vampires. Base-ball. Séries policières. Elle hésite un instant à suivre l'émission sur les épouses mormones.

Trois chaînes en langue espagnole sont calées à la suite l'une de l'autre. Il y aura sûrement une rediffusion à un moment de la nuit. Elle serre un coussin contre son ventre. L'horloge numérique clignote. Elle sait qu'il y a moyen d'enregistrer l'émission, même de faire un arrêt sur image – une des sœurs l'a fait, la semaine dernière, au cours d'une soirée spéciale CBS sur le suaire. Mais elle peut également tout rater et perdre l'image.

Quand enfin le JT est rediffusé, elle quitte le canapé pour s'asseoir par terre, tout près du récepteur. Londres. Des pourparlers de paix. Des représentants de tous bords se réunissent. Une série de micros sur une table. Il y a cinq hommes, deux femmes.

Les poils se hérissent sur son bras : « S'il vous plaît, Seigneur, faites que ça ne soit pas lui. »

Les mots s'enchevêtrent, se nouent. *Guérilla, accord de paix, droits fonciers, discussions préliminaires, réconciliation, traité.*

Et c'est lui. Trois courtes secondes. Elle tend la main vers ce visage, recule aussitôt. Ses paupières épaisses. Sa bouche pixelisée. Il est rasé de frais, bien net, bien coiffé. Un peu plus épais, compact.

Il ne parle pas, mais impossible de se tromper. Même s'il a aujourd'hui l'allure d'un diplomate.

Elle s'adosse au canapé, cherche ses cigarettes. « Manifestez-vous, Seigneur. Aidez-moi. »

Quand il la giflait, il la traitait de *puta*. Dans la cage, au milieu de la jungle, il lui tirait les cheveux si fort que sa nuque lui donnait l'impression de se briser. Un chuchotement à l'oreille. Comme s'il ne pouvait se permettre d'entendre le mot. *Pendeja*[1]. Au refuge où elle resta prisonnière quatre semaines, dans la pièce blanche où elle regardait les chenilles ramper dans les fentes du mur, il lui lisait le journal à haute voix, puis il lui déchirait son chemisier et lui mordait le sein jusqu'à ce qu'il saigne.

Tôt le matin, sœur Anne vient la réveiller et s'assoit doucement près du lit. Les rideaux sont entrouverts.

Beverly repousse les draps, se redresse, pivote et pose les jambes par terre, cherche ses pantoufles. Voyant le soleil déjà haut, elle comprend qu'elle a raté les prières du matin.

— J'ai trop dormi, pardonnez-moi.

— Il faut que nous parlions d'une chose, Beverly.

— Bien sûr.

Sœur Anne aurait vieilli avec grâce si elle n'avait ces fines rides en accordéon qui semblent se presser sur ses pommettes et disperser son expression.

— Devant la télévision, dit-elle. Hier soir.

Beverly a besoin d'un moment pour que la soirée reprenne forme, comme sur les vieux postes de son enfance à Galway. L'image se révélait lentement après une brève illumination. Le souvenir de ce visage. Le frémissement qui s'est emparé de son corps. Cet assemblage à l'écran, les minuscules carrés de couleur, nouveaux atours, nouveaux atouts.

— J'ai dû me réveiller de… enfin, je rêvais peut-être.

— J'en suis navrée, mais je vais devoir vous demander d'arrêter.

— Bien sûr.

Arrêter quoi, elle ne sait pas bien. Cette maison est pour elle une retraite. Aucune des sœurs n'a été informée de son parcours, sinon qu'elle a vécu un temps en Amérique du Sud, qu'au bord de l'épuisement elle est ici pour réapprendre à dormir, rien d'autre.

Elle a besoin pour l'instant de dépasser les meurtrissures du réveil. Faire son lit, prendre une douche, dire ses prières quotidiennes.

Quand sœur Anne quitte son siège, Beverly remarque seulement qu'elle lui a apporté une tasse de café et un biscuit sur une soucoupe. Douces attentions.

— Merci.

La sœur se retourne à la porte, baignée de la lumière du couloir.

— Bien sûr, on ne vous fera rien payer, dit-elle gentiment.

— Payer quoi ?

— Beverly, il y a deux brûlures de cigarette sur la moquette.

Au foyer à Houston, les filles avaient été surprises de tomber sur une religieuse avec qui elles pouvaient fumer. Et elle était si grande. Sœur Ficelle. Situé à proximité d'une clinique, le foyer était ouvert à toutes. Les filles défilaient. Les couloirs débordaient d'activité. Les matinées à la cuisine, les après-midi en salle de consultation, les soirées à écumer les rues mal éclairées : Hermann Park, Montrose, Sunnyside, Hiram Clarke, Fifth Ward. Des nuits entières au couvent sans dormir. Les manifestations dehors. Les cris, les affiches, les porte-voix. Beverly et les autres sœurs condamnées par le clergé. Des dissidentes, des gauchistes. Elles ne s'étaient jamais prises pour rien de tel. C'était simplement un foyer, une structure d'accueil pour les filles. Elle les conseillait. Des enfants avec des enfants. Pas de prise de position. *Avortement, pour, contre, droit à la vie, droits des femmes*. Ces mots ne la concernaient pas. Une langue conçue, semblait-il, pour le seul commerce de la chair. En tout, elle voulait le silence, et parler par ses actes. Offrir une épaule. Soutenir un coude. Sentir ses pieds fouler le sol. Elle travaillait tard le soir. Écoutait à l'église le prêtre fulminer contre elle. Sa voix aiguë, indignée. Elle baissait la tête. Acceptait l'invective. Communiait toujours. Par principe, jamais elle n'accompagnait les filles à la clinique, mais elle les regardait partir et elle allait ensuite les chercher, les prenait par le bras, les protégeait sur le chemin du retour, souvent parsemé d'embûches. Parfois les mêmes revenaient, à peine quelques mois plus tard, de nouveau enceintes. Elle finit par être épuisée. Trois fois, elle s'évanouit dans la salle commune. Ils la trouvèrent un jour effondrée dans la chapelle, un filet de sang sous le nez. Ce fut un choc quand, à l'hôpital en ville, une infirmière lui tendit un miroir. Sous ses yeux, les cernes paraissaient tatoués à l'encre noire. Les médecins des urgences l'avaient prise au départ pour une SDF. Ils durent lui arracher ses vêtements. Elle se débattit pour remonter le drap. Ils ne savaient que penser des cicatrices qu'elle avait aux seins, son entêtement à les cacher, leur curieux dessin.

Dans les dunes, l'herbe ondule sous le vent. Elle porte une jupe longue bleue, un cardigan noir, un K-Way orange. Des vêtements civils, toujours. Cela fait quarante ans qu'elle évite les tenues religieuses. Elle garde une simple croix en bois sous son corsage.

Un silence pur et clair se déploie sur le rivage, plus pur, plus clair encore quand les mouettes l'interrompent. Elle pense qu'une main immense, derrière les dunes, jette comme un peintre les oiseaux dans le ciel de l'Atlantique. Qu'au-dessus de l'horizon le tanker tombe au bord du monde avant de disparaître.

Beverly a effrité ses dernières cigarettes dans la poche de son cardigan. Elle aime sentir les grains de tabac s'échapper de ses doigts, tomber en poussière sur le sable froid. Il n'est pas un instant qu'elle se rappelle, même prisonnière dans la jungle, où elle ait manqué de cigarettes. Des grains qu'elle dispose sur sa langue, âpres et amers. Ceux-là ne la réconforteront pas. Qu'y avait-il dans son allure qui l'a mobilisée si vite ? Pourquoi a-t-elle veillé si tard avec les autres sœurs ? Regardé les nouvelles en espagnol ? Cette vieille pie bavarde de la mémoire. Rien n'est jamais fini, alors ? Le passé revient, ressurgit. Bâtit son nid aux endroits les plus inattendus.

Elle s'est battue tant d'années avec l'absolution, la fermeté de ses vœux, pauvreté, chasteté, obéissance. Travaillé avec des médecins, des spécialistes, des théologiens pour dénouer ce qui s'était passé. Chaque jour, elle est allée à la chapelle pour prier, supplier. Des centaines d'heures à décomposer, recomposer, viser le cœur des choses. Il faut d'abord se pardonner à soi-même, lui a-t-on dit. Pour ensuite lui pardonner à lui. Sans orgueil ni charité feinte. Psychothérapie, examens physiques, direction spirituelle, prière. Épouser l'agonie du Christ. L'abandon de la dernière heure. S'offrir à la compassion. Compter sur la grâce du temps pour mettre ça derrière soi. Les journées qui filent. Longues heures, chambres exiguës. Rideaux fermés, ouverts. La lumière disparue. Les miroirs noircis. Des jours à pleurer. La culpabilité. Ses cheveux tondus. Le rosaire, sur la table de nuit, jeté par terre. À prendre des bains toute habillée. Ni buisson ardent, ni lumière étincelante. Plutôt un seau d'acide dans lequel elle aurait voulu se dissoudre. Et le voilà qui revient, une fois de plus. Ou peut-être a-t-elle simplement rêvé ? Une de ces brèves répliques, loin après le séisme ? Un frisson dans la plaie, remplaçant la brûlure ?

On l'avait prévenue, des années auparavant, que cela pourrait se produire. À Saint Louis, dans l'hôpital du couvent, près des eaux sombres du Mississippi. La colère. La honte. L'orgueil mal placé. Le déshonneur. Cela reviendrait. Elle bâtit un mur de prière. *Ni la mort ni la vie, rien ne peut me séparer de ton amour et de ta miséricorde. Et même dans une mer démontée, Seigneur, je ne sombrerai pas*. Répétée, sans arrêt. Pierre après pierre. Un mur complet. Alors pourquoi lui a-t-elle aujourd'hui permis de l'escalader ? Ce n'est, après tout, qu'un homme à la télévision, l'image d'une image. Mais si bien habillé. Si posé. Si public. De quel droit parle-t-il de paix ? Qu'a-t-il fait pour obtenir cette grâce ?

Sur le sentier le long de la route, elle remarque un vestige de l'été, une chaise longue dont les entrailles flottent au vent. Le sable tourbillonne. Elle baisse la capuche sur sa tête, serre l'arête de son nez entre deux doigts.

Trois kilomètres de marche jusqu'au couvent. Au moins, elle a chaussé de bons souliers.

Des tongs. Confectionnées dans des pneus de voiture. Qui claquaient sur la plante des pieds. On l'avait tirée hors de la jeep, enlevée, les yeux bandés. Un chemin de terre détrempé puis une clairière dans les bambous. La première nuit, ses pieds avaient gonflé à cause des piqûres d'insectes. La deuxième, ils avaient saigné, suppuré. Ils avaient fini par lui donner des bottes en caoutchouc. Toujours en marche. D'une clairière à la suivante. Ils l'avaient d'abord prise pour une activiste des droits de l'homme. Elle portait des vêtements civils. Travaillait seule. Un renseignement était arrivé par radio : c'était une Maryknoll, une religieuse. Il n'y avait pas cru. Lui avait arraché sa croix de bois. Elle n'avait rien dit. D'autres sœurs avaient été assassinées. Elle n'avait rien d'exceptionnel. Il crachait là où elle priait. Si jeune à cette époque. Vingt-deux, vingt-trois ans au plus. Déjà commandant, la haine durcie au fond de lui, et pourtant elle croyait trouver un point sensible. Elle imaginait que ses mots iraient chercher, derrière ses yeux, le bon endroit de la mémoire, une prière, une parole, un souvenir maternel qu'elle saurait réveiller. Il avait grandi sans bréviaire, sans comptines enfantines, ignorait tout de leurs rythmes. Ne connaissait que les hymnes paramilitaires, des hymnes de droite, dont elle ne savait rien. Elle était sûre de parvenir à l'émouvoir – mais il demeurait distant, hors d'atteinte. Même quand d'autres personnes l'avaient rejointe en captivité : des travailleurs humanitaires, des militants, des professeurs, ainsi que, quelques jours seulement, un candidat sénateur de gauche. Cinq mois dans la jungle, quatre semaines dans un refuge, six mois en tout. Le regard fixe de cet homme, toujours à mille mètres. Il avait un grain de beauté sur la joue. Y était-il encore ? Hier soir, elle a touché le fantôme de son visage, l'écran chargé d'électricité statique. Enfin, elle aurait dû remarquer s'il ne l'avait plus. Comment n'y avait-elle pas pensé ? Pourquoi n'avait-elle pas enregistré l'émission ? Elle aurait pu la détruire, se débarrasser de lui. Qu'ai-je fait ? Pardonnez-moi, Seigneur.

Un jour, il lui avait retiré son foulard et le lui avait fourré dans la bouche pour ne plus l'entendre, de sorte qu'à la fin elle était restée allongée, docile, un vague sentiment de liberté dans l'humiliation, avec la pensée d'un ailleurs, l'ouest de l'Irlande, les murs de pierre, la pluie constante sur les champs, le visage de sa mère, rouge de honte, la silhouette de son père avançant dans l'allée, son frère dans la rue, qui s'éloignait d'elle, l'enfance disparue, une goutte de sa sueur à lui sur son nez à elle, *puta*, il lui avait collé le nez à terre, *puta*, le son de sa voix, calme, contrôlée, *puta*.

Elle sursaute quand le klaxon retentit derrière elle. Des pneus crissent. Il tombe un léger crachin.

— On rentre à la maison ?

Comme un seul homme, sœur Anne et sœur Yun se penchent vers elle, sérieuses, attentives. *À la maison*, si bizarre, cette expression. Elle s'efforce de parler, mais les mots restent coincés quelque part à l'intérieur, moins dans la gorge qu'au fond de l'estomac, et lorsqu'elle répond, les sonorités l'étonnent en sortant de sa bouche : *sí, gracias, a casa, es un poco frío*. Incongrues, déplacées. Beverly ignore pourquoi elle repasse ainsi à l'espagnol, pourquoi elle le laisse reprendre pied aussi vite dans sa vie. Elle était sûre qu'il était mort, ou de nouveau tapi dans la jungle, disparu de la circulation.

Carlos s'était échappé. On a parlé d'un châtiment, d'un peloton d'exécution. Elle se tenait au courant de manière sporadique, tout en le maintenant loin de ses pensées, depuis Saint Louis du moins. Il y avait eu ensuite le refuge de Baltimore, et le foyer à Houston. D'autres blessures, plus profondes, d'autres existences. La vie d'une Maryknoll. Certains, au fil des ans, avaient tenté d'en faire une héroïne, une figure de proue, une signature politique, elle savait ce qui se tramait dans son dos : contrats d'édition, projets de cinéma. Même son frère en Angleterre avait voulu produire un documentaire pour la radio, mais elle préférait se rappeler autre chose : les activités au village avant son enlèvement, la quantité de ciel bleu, les enfants dans l'école, la pluie sur le toit de tôle, la poussière qui s'élevait du sol, dans sa cabane, le tonneau jaune au fond de la salle de classe, la louche en bois pour prélever l'eau, son morceau de craie dans le paquet de cigarettes, le carburateur de la jeep, encore en panne, qu'elle s'échinait à réparer, penchée sur le moteur, et la craie avait fondu sous la pluie.

— Allez, dépêchez-vous, Beverly.

Elle sort les mains des poches de son cardigan, se glisse sur la banquette arrière. Les vitres remontent toutes seules.

— Vous allez attraper la mort.

Avec ses longs doigts fins, sœur Yun produit un petit roulement de tambour sur le tableau de bord.

— Il nous faut être rentrées à quinze heures.

Le chapelet de la Divine Miséricorde, la plus fervente de toutes les prières, l'heure de la mort du Christ en croix. Dans la jungle, elle entendait la radio du gardien et, peu à peu, elle devint capable de dire l'heure d'après l'angle des rayons du soleil à travers les arbres.

— Vous êtes sûre que ça va, Beverly ?

— Vous n'avez pas grand-chose sur le dos.

— Vous devez être gelée.

Elle remarque sœur Anne qui règle son rétroviseur.

— Qu'avez-vous dit ?

Sœur Anne tient son rosaire en même temps que son volant. Les grains s'entrechoquent lorsqu'elle tourne.

— Non, rien du tout. J'ai parfois l'esprit ailleurs. *Frío*. J'ai dû dire qu'il faisait froid, oui.

Les deux religieuses âgées s'observent un instant. Berverly regarde par la fenêtre, remerciant le silence, jusqu'à ce que sœur Anne règle la radio sur NPR[2] : attaque de drone en Afghanistan, typhon aux Philippines, feu de forêt en Australie.

La voiture glisse dans la ville tranquille, devant les petites boutiques, les cafétérias, l'agence de voyages, les compositions florales, la *pastelería*.

La maison est une donation récente à l'Église. Pas encore tout à fait rénovée, ni consacrée, elle a conservé tous ses miroirs. Beverly se voit partout. Il y en a un dans le hall, au cadre sculpté, doré, qui réfléchit les quelques marches, dehors, de sorte qu'à la porte on a l'impression d'entrer et de sortir en même temps. Un autre en haut de l'escalier circulaire, à côté du Sacré-Cœur, un vase de fleurs fraîches posé en dessous. Le couloir est garni d'une série de couleurs à l'huile, sous verre, si bien qu'en passant elle aperçoit son image sous certains angles. À la salle de bains, un miroir encore occupe un mur sur toute sa largeur.

Elle a pensé d'abord à le couvrir entièrement, tendre un tissu par-dessus, mais elle craignait d'être impolie, mieux valait simplement l'ignorer, ne toucher à rien.

Beverly se dresse, blanche, nue, avec ses cicatrices, se détourne rapidement, se place sous la douche, ferme la porte coulissante. L'eau jaillit d'abord froide, puis la chaleur pénètre le jet puissant qui épouse son ventre, ses épaules, son cou. Elle se lave les cheveux, se rince, recule, savonne ses chevilles, ses orteils. Pose la tête sur le mur contre le carrelage frais. Sent les dernières gouttes couler le long de son dos.

Elle pose les pieds sur le sol froid, fait un turban de sa serviette. Il lui avait grossièrement suturé le sein après l'avoir mordu, il avait rabattu les bords de la plaie, il avait introduit une aiguille chauffée à la flamme pour faire suivre le fil. Il lui avait donné un flacon d'antiseptique, emballé avec un ruban autour, comme un cadeau. Quand le sein s'était infecté, il l'avait emmenée à l'infirmerie du camp où on le lui avait rouvert. Après quoi, il l'avait évitée pendant des semaines. Deux fois, elle avait elle-même ravivé la plaie pour l'éloigner.

Le dos au miroir, elle se sèche, se rhabille. Le journal télévisé du soir. Derniers moments de la journée. Le monde en ce qu'il a de moins réconfortant. La nuit tombe dehors. Tout conflue vers le sommeil, ou son absence. Les deux vieilles sœurs d'Argentine assoupies ensemble sur le canapé, un exemplaire de *Clarín* déployé devant elles. Plateaux et tasses de thé. Magazines. On n'a pas changé la moquette, simplement avancé les fauteuils pour cacher les brûlures de cigarette. Pourquoi ne s'en était-elle pas aperçue ? Pas une mais deux. Quelle désinvolture. Elle aurait pu mettre le feu à toute la maison. Elle ne se rappelle même pas les avoir allumées.

Le besoin fourmille, palpite. Pas de drogue plus addictive que celle-là, paraît-il. Elle ira demain à la pharmacie du quartier acheter des patchs de nicotine. Des chewing-gums. Une question de volonté.

Elle aime bien cet endroit, son caractère informel, ouvert, ces sœurs vieillissantes, le long travail qu'elles ont accompli, la sensation de pouvoir se retirer à présent, de contempler le temps qui passe, sans cesser de prier pour un monde toujours brisé de chagrin.

Les deux femmes s'agitent, se redressent comme attachées l'une à l'autre.

— On peut regarder les... *a ver las noticias ?*

— *Sí, sí, por que no ?*

Un reportage sur la disparition des jaguars de l'Amazone. Une mine effondrée près de Valparaíso. Les élections au Guatemala. Un bref compte rendu, à la fin du programme, de la conférence de Londres – peu d'avancées dans les discussions, un mot sur les narcotrafiquants, les droits miniers, le calendrier de nouveaux pourparlers à La Havane, mais aucun signe, aucune image de Carlos.

Elle devrait consulter l'Internet, qu'elle a pourtant réussi à éviter toutes ces années, le laissant de côté. Elle n'est même pas sûre de savoir comment s'y prendre : l'idée est vaguement terrifiante.

— *Demasiada tristeza*, déclare sœur Maria en se levant.

— *Buenas noches.*

Les deux vieilles femmes s'engagent dans l'escalier, deux ombres accolées, leurs cardigans enlacés.

Beverly attend un long moment la deuxième rediffusion du journal de la veille, juste au cas où. Comme si les nouvelles allaient changer, qu'il pouvait réapparaître sous une forme différente.

Est-il devenu une sorte d'homme de paix ? A-t-il tendu l'autre joue, Seigneur ? Tourné casaque ? Combien d'autres choses aujourd'hui démentent sa vie d'avant ? Qui est-il, alors ? Un homme élégant vêtu d'une chemise bleue ? Le participant d'une mission de paix ? Quelles étranges circonstances ont inspiré cette conférence à Londres ? Comment a-t-il pu se débarrasser de son passé ?

Une fois seulement, elle l'a vu sur le point de craquer. Au refuge près de Puerto Boyacá. Les fenêtres étaient scellées et peintes en noir, un mince rayon de lumière passait sous la porte. Les bruits restaient derrière, dans le vague. Une radio au loin. Elle tentait de se rappeler de vieux poèmes, prières et psaumes, jusqu'à l'aspect des mots sur les pages. Il lui a porté un verre de lait de noix de coco et l'a libérée de ses chaînes. Elle n'imaginait pas pourquoi. Il boitait légèrement sur le sol de terre battue. Les jambes du pantalon de camouflage rentrées dans les bottes noires à lacets. Le couteau dans sa gaine à la ceinture. Il s'est agenouillé devant elle, pas rasé, les paupières lourdes, brunes. Sa torche l'a éblouie un instant. Elle a reculé. Carlos lui a placé une main sous la nuque, lui a relevé le menton entre le pouce et l'index et l'a fait boire : le lait était froid, il n'y avait pas de frigo dans le refuge. La fraîcheur contenait une enfance qui s'écoula en elle. La pluie sur la plage de corail à Galway. Les balles de tennis blanches dans le court laissé à l'abandon. Son frère devant sa radio ondes courtes. Un nid de voix et de fils électriques. Les bêtes de son père blotties dans l'allée, la verdure sur les bas-côtés, la cloche brisée de l'église. Les hautes fenêtres à l'école, inaccessibles, même debout sur une chaise. Du lait de coco dans de petites cannettes argentées. Elle s'est retenue de pleurer ou de gémir. Lui avait toujours refusé ça. Carlos est allé s'asseoir contre le mur et l'a regardée. Ses lèvres tremblaient. Elle y avait vu le présage de nouveaux sévices – un coup de poing à l'oreille, le couteau sous la gorge, une bourrade contre le mur –, mais il l'a simplement fait boire avant de boire dans le même verre, marmonnant ce qui ressemblait à une excuse. En partant, il a refermé l'épaisse porte d'acier derrière lui. Une mince bordure de lumière filtrait par-dessous.

L'horloge du lecteur DVD affiche deux heures du matin lorsqu'elle se relève pour aller se coucher. Elle traverse la cuisine à pas lents, cherche l'interrupteur pour éclairer le perron. Toujours accrochée dehors, la vieille boîte de café oscille légèrement sous le vent.

Beverly ouvre la moustiquaire. Elle incline le cendrier, encore plein, qui dégage une odeur infecte.

Elle gagne l'extrémité du perron dans le froid piquant. Les étoiles telles des têtes de clou plantées dans la nuit. Quelques nuages défilent. Les arbres se détachent du noir. Elle se masse le front avec les deux pouces : non, je ne vais pas tomber si bas. Il faut que je résiste.

Le silence est alarmant. À Saint Louis, des années plus tôt, elle ne supportait tout bonnement pas de se trouver dehors. Les bruits des insectes la transperçaient.

Adroitement, elle sort de la boîte une cigarette difforme, la défroisse, la rallume.

Tel un cadre de tableau jeté au sol, un carré de lumière s'imprime soudain sur la pelouse, provenant d'une fenêtre à l'étage. Elle finit son mégot en trois bouffées nerveuses.

L'écœurement lui soulève le ventre, elle vacille, étourdie de regret.

Une fois rentrée, elle verrouille la porte, pose la tête sur le cadre. Est-ce cela qui m'attend, Seigneur ? Est-ce ainsi que je finis ? Est-ce là que vous m'avez conduite ?

Une ombre s'anime en haut de l'escalier. Suivie d'un craquement. Des taches de lumière s'assemblent dans un sens, dans l'autre. Beverly traverse le salon plongé dans l'obscurité, prend appui sur la rampe.

En pantoufles et robe de chambre, sœur Anne est assise au milieu de l'escalier. Pas de moue réprobatrice sous son grand front lisse. Elle ne hoche pas la tête, ne serre pas les lèvres.

— Impossible de dormir ?

— Un peu agitée, voilà tout.

Beverly sait qu'elle porte sur elle l'odeur rance de sa cigarette. Elle retient sa respiration, se tourne vers le mur, se glisse devant le miroir de la cage d'escalier. Elle a l'air d'un fantôme au visage émacié, au cou strié.

— Je suis disponible à tout moment, Beverly, si vous avez besoin de parler.

— Oui, merci.

— Nous sommes, en grande partie, la matière de nos prières.

Beverly s'écarte en vitesse de son image, s'arrête en haut des marches dans la lueur rouge du Sacré-Cœur.

— À vrai dire, je pensais faire un petit voyage.

— Pardon ?

— À Londres. Je pensais faire un petit voyage à Londres.

Vague de panique : l'idée est si soudaine, si spontanée qu'elle a l'impression de se faire renverser par son ombre.

— Et pourquoi donc ?

Une cave, un lieu sans air, un puits de mine, une chenille qui rampe, une chaîne en travers du sol, l'unique bulle de lumière sous la porte.

— J'ai un frère là-bas.

— Mais vous venez juste d'arriver. Les docteurs n'ont-ils pas dit que vous aviez besoin de repos ?

Forcer, fausser, dissoudre la vérité. Suis-je la menteuse que je ne voulais jamais être ? Pourquoi ne pas révéler simplement à sœur Anne qu'elle est déstabilisée ? Qu'elle a reconnu un vieux personnage, qui refait surface... Qu'elle doit attester que c'est bien lui. Qu'il se présente comme un homme de paix. À Londres, en ce moment. Qu'elle doit partir. Qu'elle n'en sait pas plus, ne peut rien affirmer pour l'instant.

— A-t-il un problème ?

— Comment ?

— Votre frère. Quelque chose qui ne va pas ?

— Il est malade.

Survivre à une erreur qu'elle a commise jusqu'à la suivante et encore la suivante. Elle déplace légèrement son pied sur la marche.

Enfant, son frère, atteint du mal de Pott, était resté alité un an. Sa chambre était encombrée de cristaux de galène, de ressorts, de fils : il avait appris tout seul à assembler des radios. Ian avait six ans de moins qu'elle, mais elle était restée à son chevet, à écouter les communications entre les bateaux naviguant sur l'Atlantique. Les années passant, ils s'étaient écrit, chaque semaine, jusqu'à ce qu'il parte à son tour – d'abord à Dublin, puis à Édimbourg, pour finir à Londres où il était devenu critique littéraire pour la BBC. Ils avaient maintenu des liens malgré l'éloignement : les cartes à Noël, un coup de téléphone de temps en temps, les obsèques de leurs parents. La distance s'était creusée encore, puis elle avait été kidnappée. Alors il avait fait signer des pétitions pour elle. Des manifestations devant le Dáil, devant la Chambre des communes, l'ambassade de Colombie. Il avait voulu produire cette émission pour raconter ce qui lui était arrivé, mais elle était incapable de collaborer. « Enchaînée ? Ils t'ont frappée à coups de planche ? Enfermée dans une pièce ? Te donnaient à manger dans un bac en métal ? » Pétrifiée par la vérité. Il avait accepté son silence. Leurs relations avaient repris leur cours habituel, ils se parlaient une ou deux fois l'an, non par négligence ou embarras, simplement parce que les familles semblent se distendre ainsi.

— Malade, vous dites ?

— Oui.

— Est-ce qu'il fume, lui aussi ?

Rien de malveillant dans la question, tout de même mordante. Vous m'épiez alors ? Vous avez ouvert vos rideaux quand la lumière est apparue sur la pelouse ? Vous m'avez vue piocher dans le cendrier ? Senti la fumée depuis votre chambre ? Suis-je de nouveau retenue en otage ? Est-ce ici que j'échoue, après tout ce temps ? Une chambre à Long Island, au bout du continent, devant l'écume silencieuse des vagues ?

— Je prierai pour lui.

— C'est gentil de votre part.

— Vous devrez obtenir la permission de votre ordre.

— Ils prieront avec moi aussi.

— Dieu considère attentivement ce que nous sommes.

— C'est exact.

— Est-il autre chose que vous ayez besoin de me dire, Beverly ?

Il a mis une chaîne autour de mon cou. Il m'a déchiré un sein. Il m'a violée.

— Non, répond-elle, coupant un instant la lueur rouge du Sacré-Cœur qui vacille sur le palier.

Elle s'arrête à sa porte, entend celle de sœur Anne se refermer.

Le silence se fait et les ombres se replient dans le noir.

2

VICTORIA STATION. La foule des visages. Les touristes à contre-courant. Sa longue jupe balaie le sol. Sa valise est dépourvue de roulettes et la poignée s'est détachée. Elle doit la tirer derrière elle comme un fardeau indocile. Elle aimerait un moment de répit. Se poser, soulager ses jambes. Un abri. Un espace de prière, comme dans les aéroports. Ou un petit café avec un coin tranquille.

Un pigeon bat des ailes près d'un piano et la fait sursauter. Un concept artistique, apparemment, un piano dans la gare à la disposition de tout le monde.

Le pigeon se pose sur la tranche du couvercle, puis se met à marcher sur la surface oblique.

Au snack, Beverly achète un croissant et une tasse de thé. Terrible de boire du thé dans une tasse en carton avec l'étiquette du sachet qui pend à l'extérieur. Pas de siège à proximité, donc elle se dirige vers le piano, s'assied sur le coin du tabouret.

Une douleur vive au bas du dos. Le voyage a été pénible, deux heures de retard à JFK, un incident sur une piste à Heathrow, et elle a pris le métro dans le mauvais sens à Paddington – ne s'est réveillée qu'au terminus.

Le pigeon vient picorer à ses pieds. Il est extraordinairement gras, remarque-t-elle, d'une couleur qui exclut toute couleur. Curieux de penser qu'il puisse vivre à l'intérieur de la gare, dans un nid quelque part sous la toiture, toute une vie sans arbre d'aucune sorte.

Elle pose la tête sur le bord laqué du piano et se réveille, quelques instants plus tard, lorsqu'un petit garçon pâlot la secoue légèrement. Sa mère se tient près de lui, l'air vaguement de s'excuser, il a envie de jouer. Beverly a besoin d'un moment pour se rappeler où elle se trouve, comment elle est arrivée là.

— N'oubliez pas votre thé, madame.

Elle lui tapote gentiment la tête. Le Seigneur soit avec lui. Il y a bien longtemps, on pouvait faire le signe de croix. Plus de nos jours. C'est peut-être aussi bien : comment réagirait la mère si elle s'avisait de bénir cet enfant ?

Dehors, la lumière est dure, jaune, crue. Le thé a refroidi, mais elle boit tout de même les dernières gouttes. Pas de poubelle en vue. Elle aplatit le gobelet, le fourre dans la poche de son cardigan, se dirige vers la file des taxis en poussant sa valise.

À distance, elle est sûre d'entendre la chanson du piano, une rumeur à présent. Le garçon joue avec assurance, un doigté étonnant pour son jeune âge.

Elle avance peu à peu avec la file, fouille dans ses poches, tourne les pages de son passeport où doit se trouver l'adresse de son frère. Un ticket usagé, quelques reçus, rien d'autre. Oh, mon Dieu, aidez-moi. J'ai besoin de cette adresse. C'est près de la gare de Victoria. Je me souviens de ça.

Elle pose sa valise à plat par terre, ouvre les fermoirs métalliques. Trois robes, un pardessus, des chaussures de rechange, un livre de Thomas Merton, une biographie du nouveau pape. Et un sentiment d'impuissance qui la submerge, la nausée qui sourd dans le creux de l'estomac, grandit, se répand.

— Vous ne vous sentez pas bien ?

Le chauffeur de taxi a un tatouage qui dépasse du col de sa chemise, l'extrémité d'une plante grimpante, un lierre ou quelque chose. Elle referme la valise, prend appui sur le couvercle pour ne pas basculer, se redresse tant bien que mal.

Il lève vers elle deux yeux légèrement inquiets. Beverly le dépasse d'une bonne tête. Si elle devait tomber, elle l'entraînerait dans sa chute.

— J'ai perdu l'adresse de mon frère. Je l'avais notée et... Des rouages dans ma tête qui ne fonctionnent pas toujours.

— Désolé, mon amie, je ne peux rien faire pour vous.

Il ouvre la portière à un autre client. Un lierre. Vert foncé. Une direction à travers les arbres. Les sons d'un poste de radio. Un petit cadenas à la porte. S'échapper. Il était assez simple de taillader le bambou : une fois avec un cintre affûté, une autre avec un bout de tôle. Elle s'est glissée dans la fente, a fui sans bruit avec ses tongs en caoutchouc, jusqu'à la rivière, tellement gonflée par les pluies qu'elle a pris peur. Elle est tombée à genoux, puis elle a attendu, affaissée contre un tronc d'arbre. Quand ils l'ont retrouvée, elle était couverte de piqûres de fourmis des pieds à la tête. Elle a repris connaissance et ils l'ont frappée. Il lui a recouvert la tête d'une cagoule. Le noir autour d'elle. Le tissu puait le fruit pourri. Elle a vomi et il lui a laissé la cagoule quelques minutes, pour qu'elle mijote dedans. Elle n'avait plus ensuite qu'à marmonner ses prières, rosaire après rosaire. Mal partout. Elle saignait. Le sang suintait de sa robe. Carlos lui a permis de se laver. Cette gêne effroyable. Toujours se détourner, se baisser, cacher ses seins, son sexe, se réfugier dans la moindre parcelle d'ombre. Quelqu'un la surveillait dans les hauteurs. Elle s'est demandé ce qui arriverait si jamais elle tombait enceinte. Elle a eu un retard de règles de deux mois. Terrorisée, puis elles sont revenues. Dieu ne l'avait pas abandonnée. Elle était propre, lessivée. *Plonge-toi dans la prière où que tu sois.*

Beverly se dégage de la file d'attente, revient se placer sous l'auvent de la gare. Les guets-apens de la mémoire. Elle ne peut même plus se fier à elle-même. Virages, dérapages. Le piano résonne toujours à l'intérieur. Ou bien est-ce la musique d'ambiance ? Quel est le nom de la rue de mon frère ? Comment suis-je arrivée là ? J'avais son adresse à l'aéroport. Dans le train. Dans le métro. Peut-être le papier a-t-il glissé quelque part, a-t-il voleté jusqu'au sol ?

Elle aimerait un instant se retrouver avec les filles du foyer de Houston. Se créer un abri comme par magie. Revenir dans le connu, facile, inoffensif. Sœur Ficelle. Avec elles à l'arrière du bâtiment, à fumer une cigarette en haut des marches. Agenouillée dans la petite chapelle du sous-sol avec d'autres religieuses comme elle. Ou même la simplicité du couvent de Long Island. Marcher le long de la plage, regarder les mouettes annoncer l'aube. Sœur Anne. Sœur Camille. Comment s'appelait-elle déjà, celle d'Argentine ?

Elle s'arrête au carrefour de Vauxhall Bridge Road. Les rouages. Elle se souvient. John Islip Street.

Il a maintenant un peu de ventre, les yeux gonflés comme si depuis peu le sommeil le fuyait, mais il est grand, élégant, avec des cheveux argentés, le genre d'homme qui continue de porter une cravate en fin d'après-midi, même seul.

— Bev, dit-il.

Son diminutif de petite fille lui rappelle le pont de pierre sur la rivière à Oughterard, les flots bas, peu profonds, veinés de lumière, qui filaient en dessous.

— Mais qu'est-ce que tu fais là ?

Il s'empare aussitôt de sa valise. Elle reste un instant sur le seuil, comme au bord d'un précipice. Le courant était rapide, la rivière ondulait vers l'ouest. Elle avait la couleur du cuivre, l'été. Les hommes pêchaient à la mouche, dans le coude sous les chênes penchés, les basses plaines d'un ciel rouge comme une voûte sur leur tête.

Par le bras, il la guide jusqu'au salon. Un manteau de livres à l'ancienne mode couvre les murs : romans, art photographique, épreuves d'éditeur, poésie. Il y en a aussi des piles un peu partout par terre.

Ian en retire cinq ou six du canapé marron avec ses creux et ses bosses. Ils ricochent sur la moquette et vont rejoindre leurs semblables.

— Une collision, dit-elle.

Il lui prend la main. Les doigts d'Ian paraissent froids. Comment remplit-il ses journées ? À quoi réfléchit-il ? Y a-t-il quoi que ce soit, les livres exceptés, qui bouscule ses pensées ? Tout jeune, déjà, il ne croyait pas vraiment en Dieu, les notions de pauvreté, de pureté, de piété lui étaient étrangères. Il est arrivé, ces dernières années, qu'il s'emporte au téléphone contre l'Église catholique. Abus sexuels. Scandales. Les couvents de la Madeleine. Les fourberies de la paperasserie. Des vies achetées, disait-il, sur la base de l'ignorance. Les failles, la honte atroce, l'évidente cupidité, elle était au courant. N'a pas vu l'intérêt de défendre l'Église, de protester. Elle-même a douté de l'Église – peut-être plus profondément que son frère ne l'imaginait. Pas tant dans la jungle que, plus tard, dans les draps impeccables de l'hôpital de Saint Louis, où enfin elle s'avouait ses terreurs, comme jusque-là remises au lendemain. Qu'avait-elle désiré au départ ? Quel miroir le ciel lui avait-il jeté ? Certains jours, le reproche était si accablant qu'elle avait peine à se lever. Elle s'est dit que c'était sa faute : son corps, son esprit, son échec. Elle l'avait soumis à la tentation. Avait demandé, mérité ce qui était arrivé. Les jours retenaient la lumière. Son esprit était une graine vide. Le désespoir enflait dans une coque de noirceur.

— Ça va ? Que se passe-t-il, Bev ? Tu as parlé d'une collision.

— J'ai dit ça ?

— Je fais du thé. Je te prépare une tasse.

— Oui, avec plaisir.

Un bruit de vaisselle. Il repasse la tête dans le salon.

— Je reviens tout de suite, ne t'endors pas.

Le sifflement aigu de la bouilloire et le soupir étouffé de la porte du frigo.

Sur l'étagère se trouve une photo de leurs parents, assis sur le pare-chocs d'une vieille voiture. Avec ses gros phares blancs, ses formes rondes, son klaxon en trompette, elle semble dater d'une époque impossible. Ils restent au loin, davantage une photographie, pour elle, qu'un souvenir. Quelque part dans les profondeurs de l'appartement, Beverly perçoit une voix, puis un mouvement de musique classique. Un piano de radio.

De retour, Ian pose soigneusement son plateau sur la table. Deux tasses en porcelaine, une assiette de biscuits, la théière est couverte. Fidèle aux usages. Il s'était marié, il y a longtemps, avec une Écossaise, et ils n'ont pas eu d'enfants. Elle était psycholinguiste, portait les cheveux courts, des lunettes. Ils ont divorcé. Ian avait eu peur, au départ, de l'annoncer à sa sœur. Comment s'appelait-elle, déjà ? Ces mots qui s'échappent, comme de l'air qu'on prélève peu à peu des poumons.

Il sert le thé au moyen de la petite passoire, lève un instant le pot de lait non pour demander à sa sœur si elle en veut, mais pour vérifier qu'elle décline poliment.

— Je crois que je suis peut-être en train d'oublier les choses, Ian.

— Oh, mon Dieu, non.

— Ce n'est pas Alzheimer, ce n'est pas ça.

Elle maintient sa tasse à hauteur de sa bouche.

— Ou plutôt, je ne les oublie pas. Je ne sais comment formuler ça. C'est une façon de se rappeler, je pense.

— Que veux-tu dire ?

— Il est revenu, tu comprends ?

— Qui est revenu, Bev ?

Un voile s'ouvre dans le visage d'Ian tandis qu'elle lui raconte : Houston lorsqu'elle est tombée d'épuisement, l'apparition à la télévision, la confusion, le doute, les mots dans l'escalier avec sœur Anne. Le visage de Carlos qui ne cesse de ressurgir lorsqu'elle marche sur la plage, devenu un homme de paix, ça la travaille, impossible de s'en débarrasser. Il fallait qu'elle vienne voir, vérifier que c'était vrai, comment peut-on trouver la paix quand depuis toujours on s'est employé à la miner, est-il possible de changer aussi radicalement, de quand date la conversion, quel est ce mot qu'elle cherchait, *réconciliation* ?

— Et il participe à une conférence ?

— Dans un institut, oui.

— Et tu veux le voir ?

— Je ne suis pas certaine que ce soit lui.

Les yeux d'Ian vont et viennent rapidement, verts comme les siens. Un frère, alors. Pourquoi pas ? Peut-être Carlos a-t-il un frère ? Un cousin. Elle n'avait pas envisagé ça. Un jumeau, même. La peur lui serre la gorge. Un double – l'erreur la plus simple du monde. Un sosie parfait qui serait son contraire.

Ian saisit un biscuit, mord doucement un bout qu'il laisse fondre sur sa langue.

— Quel jour sommes-nous ?

— Dimanche, bien sûr.

Elle pousse un cri muet.

— Han, j'ai raté la messe. La première fois de ma vie. J'ai raté la messe, Ian. Je n'arrive pas à le croire.

— Tu as fait un long voyage.

— Je suis fatiguée, tellement fatiguée.

Elle place la soucoupe sous sa tasse pour stabiliser sa main qui tremble.

— Il doit bien exister une sorte de dérogation, non ? Il n'y a pas un mot pour ça dans le vocabulaire catholique ?

Il pousse d'un pied un livre ou deux comme si la réponse se trouvait dans son fouillis par terre.

— Indulgence, dit-il en claquant des doigts. Ça n'est pas ça ? Une indulgence ?

Elle se réveille dans le lit de son frère : elle n'avait jamais dormi dans un lit à deux places. Une indulgence, oui. Tout habillée, elle gagne la fenêtre d'un pas incertain, écarte les lamelles des stores, la nuit est jaune dehors. Un voile mouillé sur la chaussée. Des plaques mouvantes de lumière sur le trottoir. Deux jeunes femmes rient en titubant, bras dessus bras dessous. Un taxi noir navigue lentement dans la pluie. Lundi matin. Indulgence plénière.

Elle entend dans le couloir le ronronnement d'une imprimante. La porte du salon est entrouverte. Elle aperçoit son frère baigné de bleu, des livres éparpillés autour de lui, absorbé par un travail.

Elle revient dans la chambre, s'agenouille devant le lit pour les laudes. *Pour les désorientés. Ceux qui n'ont pas d'espérance. Ceux qui n'ont personne qui prie pour eux.*

Il fait encore nuit lorsqu'elle entend des couverts cliqueter et la bouilloire siffler. Assis à la cuisine, Ian a les yeux las.

— C'est pour toi, dit-il, faisant glisser une chemise cartonnée sur la table en formica.

Elle passe un doigt sur la pliure, puis lit la première page. Ian a imprimé toutes les informations qu'il a pu trouver sur le Net. Trois photos de Carlos, une en gros plan : son visage, une avec un groupe de ministres, une devant l'Institut pour la paix.

— Il se fait appeler Euclides Largo. Son nom actuel.

— Euclides.

— Cinquante-neuf ans. Membre d'un petit parti de gauche.

— C'est impossible.

— J'ai fait des recherches toute la nuit. Ils ont beaucoup de soutiens dans les campagnes, apparemment. Ils sont à gauche.

— Mais il est de droite. Je veux dire…

— Va comprendre.

— C'est un parti catholique ?

— Je n'ai pas l'impression. Enfin, je n'en sais rien. Difficile à établir. Désolé, Bev. Tout ce que je peux dire, c'est qu'il a gravi les échelons au fil des ans.

L'indignation, la rancœur la tenaillent.

— Il a travaillé comme avocat avant de s'engager en politique. Son cheval de bataille, c'est le charbonnage. Il défend les mineurs. Les gisements de cuivre, les droits d'exploitation, l'accès aux industriels, ces choses aussi. Son argumentaire pour la paix a un fondement économique.

Beverly place la chemise plus près d'elle, glisse un doigt autour de la photographie. Elle a brusquement besoin d'une cigarette : elle n'y pensait plus depuis des jours.

Fumer, tousser, brûler et disparaître.

— C'est lui.

— Tu es sûre ?

L'idée la tourmente qu'il puisse s'agir d'une mise à l'épreuve, d'un tour de passe-passe destiné à ébranler sa foi.

— Aussi sûre que Dieu.

— Si tu t'adressais aux journaux ?

— Et après ?

— Je peux appeler quelques amis à la radio. Et l'ambassade, tu devrais contacter l'ambassade.

— Pour dire quoi ?

— Il t'a violée, Bev.

— Il y a trente-sept ans.

Un trapèze de lumière s'imprime sur le sol de la cuisine. Un cri retentit au-dehors, suivi d'un éclat de rire, puis une bouteille se brise sur le trottoir : si tôt, si tard.

Ian se lève pour écarter les rideaux à la fenêtre, et il examine la rue sur toute sa longueur.

— Vandalisme.

Il attend un instant, ouvre entièrement les rideaux et les referme, comme pour une annonce en code morse à l'intention d'en bas.

— Tu ne fumes toujours pas ? demande-t-elle.

Il s'en va lentement au salon, revient un instant plus tard, muni d'une petite poche bleue et de papier à rouler. Enroule maladroitement un peu de tabac, lèche la feuille, lisse le bord, donne la cigarette à sa sœur, sort une boîte d'allumettes d'un tiroir. L'odeur du soufre la réveille brutalement.

C'est un hôtel particulier de quatre étages sur la rive est du fleuve, derrière une grille en fer forgé noir. Les murs de l'Institut, parfaitement blancs, semblent avoir été récemment repeints. Devant les fenêtres, des jardinières plantées de fleurs rouges, d'hortensias. Une grande plaque de cuivre près de la porte. Elle s'était attendue à quelque chose de plus majestueux, de plus impressionnant. Pas de rassemblement au-dehors, pas de mères brandissant leurs pancartes, pas de journalistes ni de limousines à l'arrêt.

Il tombe une petite pluie fine. Beverly s'arrête, lève la tête, aperçoit les contours noirs d'une lampe derrière une fenêtre. Des silhouettes imprécises traversent la pièce dans un sens ou dans l'autre. L'endroit lui paraît davantage imprégné de silence que de paix. Elle est à la porte avant de pouvoir se retenir. Le doigt sur l'interphone. La sonnerie retentit. Beverly glisse un œil sur la caméra de sécurité. Pas de réponse, et elle sonne plus longtemps. Insistante, impatiente.

— Que puis-je faire pour vous ?

Quelle vanité, quelle suffisance m'ont conduite ici ? Elle distingue une forme à la vitre, qui l'observe.

— Excusez-moi, dit-elle à l'interphone.

Elle cache son visage dans son fichu humide, descend les marches, s'éloigne en vitesse, une vieille femme, le prix payé dans chaque tendon.

Au coin de la rue, elle ralentit devant le snack. Des journaux, dehors, sur un présentoir. Même un journal irlandais : elle n'en a pas vu depuis des années. Le voyant rouge clignote sur la caméra lorsqu'elle entre. Elle achète le journal avec un café, s'assied pour lire au comptoir.

Beverly observe à distance la façade de l'Institut, les allées et venues silencieuses, les contours des silhouettes.

Les heures s'échappent. L'endroit est calme. Elle lit le journal avec attention, même les pages des sports, sans garder un seul mot en mémoire.

En fin d'après-midi, elle pénètre dans l'église de Westminster. D'après son accent, le prêtre est jeune, africain. Cérémonieux. Comme il faut. Maniéré. Dans l'obscurité, elle devine qu'il est du genre à empeser son col. Elle a, dit-elle, échoué de la manière la plus banale dans sa quête du pardon. Donné de fausses indications sur l'endroit où elle se trouvait. Manqué à ses engagements envers le Seigneur. Elle s'est laissée aller à la paresse. Depuis son arrivée à Londres, elle n'a pas recherché la compagnie des sœurs de son ordre, ni le réconfort auprès de sa famille dans l'Église. Elle s'est soustraite à ses obligations : la messe, la prière, le saint sacrement. Elle ne sait même plus dans quelle mesure elle consacre encore sa vie à Dieu.

La plus creuse des confessions, pense-t-elle à la fin : la vérité entière, mais aucune honnêteté.

Après sa pénitence, elle se promène dans la ville, sur les bords de la Tamise. Le fleuve roule, gonfle, turbulent et pourtant muet.

À l'appartement, elle quitte la chambre d'Ian, lui rend son grand lit. Emporte une couverture sur le canapé. Et dort, entourée de livres.

Beverly accomplit le même rituel trois jours de suite, elle se place devant l'Institut, elle attend, elle observe, elle s'éloigne, son fichu bien serré autour de la tête. Au snack, elle s'assied au comptoir sur un tabouret pivotant d'où elle voit, derrière la vitrine, toute la rue. Toujours beaucoup d'activité le matin. Des voitures noires. Des silhouettes se pressent en haut des marches. Les lumières s'allument et s'éteignent à l'intérieur. À l'heure du déjeuner, hommes et femmes redescendent. De loin, il pourrait être n'importe lequel d'entre eux. Le soir, à la nuit tombante, il serait plus difficile de savoir, la pluie ruisselle sur le trottoir, les réverbères chassent les ombres.

Elle a l'impression de pouvoir rester là, de saison en saison, à regarder la rue s'habiller et se dévêtir.

Des décennies plus tôt, à Bogotá, elle avait dû attendre un autocar pour rentrer au village. Elle avait moisi deux jours et demi dans la gare routière. Les vapeurs du diesel. Le crissement des freins. Assise sur un banc en bois, cramponnée à son billet. Sans rien à manger, munie d'une petite flasque d'eau. Elle avait lu les Écritures. L'apôtre Pierre, attaché à un pieu. La Mamertine.

Le cinquième jour, elle le voit.

L'après-midi touche à sa fin, elle est assise dans son coin, les mains autour d'une tasse de café tiède, un journal déployé devant elle. Les grands titres d'un pays étranger. Pas de bruit dans le snack, surveillé par des caméras installées en hauteur dans les angles.

Elle va terminer son café et rentrer chez Ian quand la clochette retentit au-dessus de la porte.

Un souffle de vent froid. Une toux imperceptible. Elle se penche en avant, empoigne le comptoir. Il glisse dans son dos. Elle a besoin d'un instant pour se rendre compte que c'est lui. Ses cheveux bien peignés dans la nuque. Le costume élégant, bien que froissé. Ses talons claquent sur le sol. Il choisit une boisson au café dans l'armoire réfrigérée. Il a un journal en langue espagnole sous le bras. Pourquoi ne l'a-t-elle pas aperçu dans la rue ? D'où surgit-il ? Il parle, sans aucun doute, au Pakistanais qui tient la boutique, mais elle n'entend pas bien. Il dépose une pièce sur le petit plateau près de la caisse.

Elle retire son cardigan noir, le plie sur ses genoux, pivote sur le tabouret, place ses mains dans le creux de sa jupe, observe l'image de cet homme dans la vitrine, à l'envers, la droite à gauche.

En repassant, il laisse une odeur d'après-rasage dans son sillage. Est-il suffisant de l'avoir vu ? D'être seulement là ? Sans déroger à ma foi, je devrais laisser l'amour de Dieu parler à travers moi. M'absenter dans la prière.

Elle tend le bras et tire un pan de sa veste. L'ourlet, près de la hanche. Ce tissu a l'air particulièrement cher.

Il se retourne. Beverly sent une brûlure envahir tout son corps. Les poils se hérissent sur ses bras. Pour les siècles des siècles. Le grain de beauté sur la joue. Le regard oblique.

— Euclides Largo ?

— Oui ?

À l'évidence, il est devenu cette sorte d'homme qui aime être reconnu. Sa peau est plus claire, comme si, rentré en lui, il avait tiré les rideaux sur son autre vie. Il lève un sourcil, tend une main politicienne, qu'elle ne saisit pas. Elle referme les siennes sur son cardigan. Il n'est aucun langage. Lui pardonner, le bénir, le laisser partir ?

— Vous travaillez avec l'Institut ?

— Oui.

— Je vous ai vu à la télévision. Une chaîne en espagnol. À New York.

— Une ville merveilleuse.

Il aimerait mieux prendre la porte, jette un coup d'œil au-dehors, mais il se retourne.

— Et vous êtes ?

— Une simple observatrice. Intéressée.

Un petit mouvement de recul pour mieux la considérer.

— Journaliste ?

— Je suis bien trop âgée pour ce type de travail. J'observe les choses à distance, monsieur Largo.

— Mais vous parlez espagnol ?

— Un tout petit peu.

De la paume de la main, il soupèse son gobelet, retire le couvercle de cellophane. Elle remarque bien : ni bagues ni alliance. Pas marié, donc, pas d'enfants.

Lorsqu'il porte le gobelet à ses lèvres, Beverly sent sa poitrine se serrer. Sa gorge émet un son :

quelque chose de caché, d'emprisonné. Un signe de tête, il est prêt à partir, mais elle se penche vers lui, sans quitter le tabouret. Suis-je censée accorder mon pardon tout de suite, Seigneur ? Dois-je me réconcilier avec le mal ? Voilà ce qu'on me demande ? Ce que vous exigez de moi, après tant d'années ? *Apokatastasis pantôn.* Le rétablissement de toutes choses. Alors où me rétablit-on ? N'y a-t-il aucune sagesse ? Ce qu'il me faut apprendre ? Que, finalement, cela n'existe pas, la sagesse ?

Elle voit qu'il a commencé à pleuvoir, l'eau tambourine contre la vitre.

Les mots émergent lentement, de petits cailloux de sens :

— Selon la télé, vous travaillez sur un traité ?

— En effet.

— Vous soutenez les mineurs ?

— Et leurs familles, *sí.* Il faut se battre, mais... Comment vous dites... On avance, de peu en peu. Nous aurons une déclaration...

— *Poco a poco.*

— Vous parlez espagnol, donc ?

— Ça me revient, oui. Et vous, anglais ? Vous avez fait des progrès.

— Comment ?

— Vous parlez mieux anglais, Carlos.

Elle se lève. Le domine d'une bonne tête. Ne lui tend toujours pas la main.

— Quoi ?

— Des progrès, Carlos. En anglais.

— Euclides, dit-il. Largo.

— Sœur Beverly Clarke.

Il regarde, derrière lui, la voiture qui attend au-dehors. Un court éventail de fumée s'échappe du pot, la pluie rebondit sur le toit. Deux jeunes garçons se réfugient dans le snack, baissent leur capuche. L'un d'eux ressemble terriblement à celui qui jouait du piano dans la gare Victoria.

— Vous êtes maintenant un homme de paix, Carlos.

— Je crois - excusez-moi... Je crois que vous me confondez avec...

— Non, je ne crois pas.

— Vous m'excuserez. Ma voiture m'attend.

La scène lui paraît à la fois ordinaire et extraordinaire, cette boutique à l'intersection d'une petite rue, Londres, la pluie, son violeur, trente-sept ans plus tôt, les notes lointaines d'un piano, un pigeon battant des ailes au bout des quais, son frère, les livres par terre, une collision, la rivière d'autrefois à Galway où elle a décidé d'entrer dans les ordres, si jeune alors, la lumière étale sous l'arcade du pont qui reflète les eaux cuivrées de l'Owenriff.

— Je ne suis pas venue vous faire du mal, Carlos. Vous avez des choses importantes à faire. Je ne suis pas là pour ruiner vos efforts.

— Vous vous appelez comment, déjà ?

— Sœur Beverly Clarke.

— Eh bien, sœur Beverly Clarke, heureux de vous avoir rencontrée, mais je pense que vous me prenez…

— J'aimerais quand même savoir comment vous avez fait.

— Écoutez, vous perdez votre temps.

— Où l'avez-vous trouvé, Carlos ? Le salut ?

— *Encantado*. Lâchez-moi. Ma veste. Vous êtes accrochée à ma veste.

Beverly s'étonne de la force qui anime ses doigts, et c'est vrai, elle l'a tiré plus près d'elle, son haleine sent légèrement le café, elle s'étonne d'avoir franchi le pas, de l'avoir pris si aisément au dépourvu.

Elle desserre son emprise, entend le tintement aigu de la caisse, un bruit de monnaie, le rire d'un des garçons au moment de partir.

— Vous me reconnaissez ?

— *Por supuesto no le…*

La main sur le premier bouton de sa blouse, qu'elle détache. Il recule, tente d'afficher une mine tranquille.

— Vous êtes sûr, Carlos ?

— *No me llame Carlos.*

— J'aimerais savoir ce que cela signifie pour vous. Pendant vos pourparlers de paix, là-bas.

Le deuxième bouton, le pendentif en bois sous ses doigts. Le patron du snack n'a pas bougé, ses mains mates bien à plat sur le comptoir.

— Je serais ravi de vous parler dans mon bureau, madame…

— Sœur Beverly.

— Voyez ça avec ma secrétaire.

— Vous faites du bon travail, Carlos.

— Arrêtez.

— Je n'y ferai pas obstacle.

Il se penche vers elle.

— *No sé quién diablo eres, tu.*

Elle ouvre le troisième bouton de sa blouse. La chair paraît froide au toucher. Affolé, il se tourne vers le patron, puis de nouveau vers Beverly.

— *No puedes hacer esto.*

— J'ai fini par guérir, voyez ?

— *Soltame.*

Sans gêne, sans honte. Elle est surprise par la banalité du geste, ce sein nu, si ordinaire pour elle, son sein, petite épave dans sa main.

— *Que quieres conmigo* ?

— Rien.

— Dites-moi ce que vous voulez.

— Rien, Carlos. Je tiens seulement à ce que vous sachiez que je suis là, que j'existe, c'est tout.

Paniqué, il recule vers la porte. Un embarras dans sa démarche. Il s'empare de la poignée. La porte pivote lentement dans son dos.

Elle le voit tirer d'un coup sec la portière arrière de la voiture. Le moment a valeur d'apparition. Un homme immunisé contre lui-même. Elle le voit reprendre place dans le caisson de sa solitude. Il claque la portière. La vitre teintée s'abaisse.

Beverly commence à reboutonner sa blouse.

Il regarde au-dehors, assis sur sa banquette. Un geste des cinq doigts, et la voiture démarre sèchement, une ficelle de fumée se disperse dans l'air.

Cinq mètres plus loin, le véhicule s'arrête et la portière s'ouvre. Il saute sur le trottoir, les mains au-dessus de la tête comme pour arrêter la pluie. Sa veste virevolte dans le vent.

La clochette retentit. Ses chaussures dégoulinent, trempées. Il a le visage rouge, les veines du cou luisantes, quelque chose de mobile qui grésille dans ses yeux.

Il regarde le plafond, tourne le dos à la caméra. Ne veut donc pas être vu. Depuis combien d'années marche-t-il dans cette jungle ?

Le front luisant de sueur ou de pluie – elle ne sait –, il se penche vers elle. Flotte un instant autour d'elle, son souffle court dans son oreille.

— *Puta*, murmure-t-il.

Le mot est aussitôt docile, aussitôt inutile. Le mot la frôle à peine, se dissout, dégringole, presque gracieux dans sa chute.

Elle lui tourne le dos, rejoint le comptoir, son thé, le journal. Ses mains sont calmes, ses doigts ne tremblent pas. Elle ajuste le dernier bouton de sa blouse.

Beverly a toute conscience de ce qu'il est devenu. Nulle paix en lui. Nul changement d'orientation. Il a poli tous ses mensonges.

Elle pourrait à présent faire toutes sortes de choses : tenir une conférence, le dénoncer à la presse, se venger avec la justice. Que l'on sache, qu'on le remette à sa place. Mais elle a décidé de rester au comptoir, de boire son thé lentement, laisser le temps filer, replier son journal, se relever, s'en aller, flâner le long de la Tamise, rentrer chez son frère, parler avec lui, la nuit s'évanouira, et elle prendra un bon bain chaud, se relèvera, se séchera, se verra dans la glace et se détournera, une fois de plus, elle se rhabillera, dormira sur le canapé, écoutera la chanson du soir cogner contre la vitre, se relèvera encore, rentrera à Houston, de longues heures par-dessus l'Atlantique, un retour, une deux trois marches, ces jeunes filles, cette petite boulangerie d'amour et de mort.

Un silence se pose derrière elle, puis la porte se referme, la portière claque, le moteur vrombit, Carlos a disparu.

Beverly glisse un doigt autour de la soucoupe, plie le journal, défroisse les petites crevasses, s'approche de la caisse. Rangées de cigarettes, billets de loterie, bonbons. Elle place le journal sur le comptoir. Elle va le laisser là, au patron, qui le revendra s'il veut, pourquoi pas ? Il ne lui est plus d'aucune utilité.

Elle revient à son tabouret, noue son fichu, suspend son manteau à son bras.

Le patron reste immobile, les mains toujours à plat. Elle remarque l'exemplaire du Coran près de la caisse, corné, usagé. Sur l'écran noir et blanc derrière lui, elle reconnaît l'entrée du snack, les allées pleines de denrées, son début de calvitie à l'arrière du crâne.

Il a l'air d'avoir souvent des bleus, des entailles sur la peau. Une tache brune au milieu du front, la marque de la prière. Elle tressaille brusquement. Se rend compte qu'elle a transgressé ses lois, elle s'est montrée impudique.

— Pardon, monsieur.

— Madame ?

— Je vous prie de m'excuser, lui dit-elle.

— Je n'ai rien vu, madame, je vous assure. Rien vu du tout.

Un prompt mensonge qui le lui rend très sympathique. Elle lève les yeux vers la caméra au plafond.

— Les bandes ?

— Oui ?

— Je ne pense pas que vous puissiez me les donner ?

— Comment ?

— Je ne voudrais pas que d'autres personnes les voient.

Il semble réfléchir un instant, peser ses paroles. Tend le bras, tapote sur le comptoir par-dessus le journal, secoue la tête.

— Je ne peux pas vous les donner, parce qu'il n'y en a pas. C'est enregistré sur disque dur.

Le ton est sec mais cordial.

Il pose une main sur sa poitrine, là où une rangée de stylos orne la poche de sa chemise.

— Mais personne ne verra ça, je vous le promets.

Beverly arrange son cardigan sur ses épaules, enfile son manteau, aperçoit son image dans la grille vidéo, sous plusieurs angles, debout dans le magasin, de face, de dos, prise dans la danse des clairs-obscurs.

Elle se dirige vers la sortie, marque un temps, aperçoit le reflet du patron sur la vitre. Au-dessus de la caisse, le voyant rouge clignote sur la caméra, inflexible et presque sacré.

— Merci, dit-elle sans se retourner.

Cet homme a juré sur sa foi, reconnaît-elle, et elle ne sait même pas son nom.

Elle actionne la poignée, relève le col de son manteau et sort dans la rue froide où la pluie tombe à verse.

COMME S'IL Y AVAIT DES ARBRES

JE RENTRAIS DE MON SERVICE au Well Pub quand j'ai vu Jamie sur le terrain de sport. Le soleil se couchait et les immeubles faisaient des ombres par terre. Jamie avait la petite avec lui, un bambin de trois ans. Elle avait que ses couches. La tétine dans la bouche. Un tout petit bout de chou.

Il était à cheval, pas le sien, non, Jamie l'a vendu y a longtemps à un autre gamin de la cité. Celui qu'il avait là était noir et blanc, et il se penchait pour brouter les derniers brins d'herbe entre les buts. Torse nu, Jamie, c'est sûr qu'il faisait maigre. On lui voyait les côtes, et celles du cheval aussi, même celles de la petite. Le cheval piochait ce qu'il pouvait et on aurait dit que, tous les trois, ils cherchaient de quoi manger. Y a rien de pire qu'un gosse affamé. Elle se collait à son ventre, à Jamie, pendant qu'il regardait au loin.

Avec le soleil rouge, tout était rouge aussi, les tours, la clinique, les carcasses des voitures avec leurs fenêtres vides, jusqu'à la rampe de l'autoroute derrière le terrain. C'est vers là qu'il regardait, Jamie. Le chantier était pas fini, la nouvelle bretelle s'arrêtait au milieu du ciel, à dix ou quinze mètres du sol.

Jamie faisait partie de l'équipe, mais il s'est fait virer quand on a trouvé de l'héro dans ses poches, un jour au boulot. Il s'est plaint au comité de quartier parce qu'il était le seul gars de la cité sur le chantier, mais ils ont rien pu faire à cause de la drogue. Ils auraient bien voulu, mais impossible. Ça fait déjà deux semaines, et depuis il traîne sa tristesse dans le coin.

Avec ses grosses chaussures de sécurité, il s'est mis à talonner le cheval. On voyait bien l'empreinte qu'il laissait sur les flancs. Je me suis mise à la place de la pauvre bête, se prendre des coups comme ça.

J'étais devant les ascenseurs, chaque fois que les portes s'ouvrent, ça pue la colle, la peinture et la merde. Sur le point de rentrer et de retrouver les petits avec mon mari – Tommy les garde depuis les licenciements chez Cadbury – mais je sais pas pourquoi, quelque chose me retenait là, il fallait que je regarde. Jamie pressait son cheval, mais rien à faire. Il a secoué la tête, il a henni, et il a pas bougé. Jamie faisait la gueule, les dents serrées, ses yeux brillaient drôlement. On aurait dit qu'à part les yeux son corps avait arrêté de grandir.

J'en ai vu, des gars comme lui, au pub. Tout ce qu'ils ont de vivant, c'est leurs yeux. Et des fois même pas.

La petite se cramponnait à lui pendant qu'il bastonnait le cheval, qui a fini par obéir et se tourner vers la bretelle. Alors Jamie a arrêté. Il regardait les gars qui faisaient des heures sup, en hochant la tête comme s'il parlait à son ombre par terre.

Ils étaient quatre sur la bretelle, trois en haut, la clope au bec, et un autre en dessous, attaché en rappel à une corde. Il devait vérifier les boulons ou quelque chose, et il était drôlement agile, comme Tarzan dans la jungle, à danser au milieu des arbres, sauf qu'évidemment des arbres, ici y en a pas, autant chercher des lingots d'or.

Le gars se balançait en se poussant par les pieds sur les piliers et son ombre se balançait partout en dessous. C'était beau de le voir faire, vraiment. Un gars maigre au teint mat que j'avais peut-être aperçu au pub, mais enfin je pouvais pas dire, j'étais trop loin pour bien voir sa tête.

Il y en a pas mal, des types du chantier qui viennent déjeuner au Well, et même le soir boire quelques bières. De Dublin pour la plupart, mais aussi des gars de la campagne, et même un ou deux étrangers. Les étrangers, on les sert pas, ou alors on les fait attendre, parce qu'il y a toujours des ennuis avec eux. Comme dit Tommy, on a suffisamment de problèmes comme ça pour pas les servir en plus, ceux-là. Quand on sait le mal qu'on a déjà avec nos gars ici.

Pas Jamie, quand même. Quand il venait au Well, il s'asseyait dans un coin et ça lui arrivait de bouquiner bien tranquille. Il buvait aussi beaucoup d'eau, des fois, je crois savoir pourquoi, mais moi, je juge pas. Ça nous a étonnés quand on a su qu'il se shootait au chantier. C'était pas son genre, on aurait pas cru, voyez. À dix-sept ans, on aurait dit un bon petit gars.

Quand j'ai regardé vers le terrain, encore, le soleil a disparu derrière les tours, les ombres ont poussé par terre et le terrain était noir.

Jamie observait toujours le type suspendu à sa corde. Le cheval faisait plus la tête. Jamie lui a donné un petit coup avec l'intérieur du talon, et il s'est mis en marche, il est passé entre les buts, il a longé les carcasses des bagnoles, il a contourné le tas de vieux pneus. Même, il a gentiment envoyé bouler le colley qui essayait de lui mordre les pattes. Ensuite, il a longé la clinique au bout du terrain. C'est qu'il monte bien, Jamie, même sans selle. Il tenait sa petite fille contre lui pour qu'elle remue pas trop, même s'ils allaient pas trop vite. Le type se balançait toujours sous la rampe d'autoroute.

J'arrêtais pas de me dire, je le connais celui-là, mais impossible de me rappeler. Les gens entraient et sortaient de l'ascenseur, et deux voisins m'ont demandé, qu'est-ce que tu regardes, Mary ? Je leur ai dit la nouvelle bretelle, comment ça prenait forme, là-bas. Très bien, ils ont dit, et ils m'ont laissée. Ils ont dû penser que j'étais un peu nase, mais non. J'avais pas bu un verre de la journée, même après le service.

Je me demandais, mais bon Dieu, Jamie, qu'est-ce que tu fous ?

Il avançait doucement vers la rampe, en rythme avec le cheval, la petite contre lui avec ses couches et peut-être encore la tétine dans la bouche, je voyais plus. Des gamins jouaient au foot pas très loin, et Jamie est passé près des chandails posés par terre pour délimiter les buts. Le cheval en a déplacé un avec son sabot, alors les buts étaient plus grands, et un des mômes lui a fait un doigt d'honneur, mais Jamie s'en foutait.

Les ombres allaient pas plus loin que là. Il restait juste un tout petit peu de soleil, sur le dos de Jamie, et sur le cheval, et c'était pour rire ou quoi ? mais juste à ce moment-là, le cheval a lâché en chemin une grosse merde bien molle.

Jamie arrivait devant le grillage qu'ils ont mis autour du chantier à cause des vols, mais il est troué de partout, et il a posé une main sur le cou du cheval pour bien lui montrer par où passer.

Maintenant, il était gentil avec lui, penché sur l'encolure, il avait la petite contre son ventre, on aurait dit que c'était une seule personne, tous les trois.

Ils sont passés impeccable, pile-poil, sans une égratignure.

Et là, j'ai vu le couteau. Il l'a sorti de sa poche arrière, un cran d'arrêt avec le bouton. Je l'ai vu parce qu'il le gardait dans son dos, et quand il a sorti la lame, elle a brillé juste une seconde sous ce qu'il restait de lumière. Merde ! je me suis dit, et je me suis mise à courir à travers le parking jusqu'au terrain de sport vers la bretelle. Je fume mon paquet dans la journée, mais mes jambes avaient à nouveau quinze ans. J'avais la gorge sèche, la poitrine serrée, et les gamins qui jouaient m'ont regardée en disant, tiens, elle a raté son bus. Mais moi, c'est mes enfants que je voyais à la place de Jamie, c'est pour ça que je courais. Je voyais Michael, le petit, et Tibby, et Orla aussi, c'était comme si c'était lui. Jamais je pourrais encore courir comme ça, même si j'arrivais trop tard, de toute façon.

J'étais juste devant la clinique quand il est passé sous la rampe avec le cheval. J'ai voulu crier, mais impossible, j'avais plus d'air dans les poumons. La poitrine me brûlait comme si on m'avait fourré dans la gorge un tisonnier sorti du feu. J'ai dû m'adosser une seconde au mur, et de là, je voyais bien tout. Jamie est arrivé juste en dessous du mec à la corde. Il lui a dit quelque chose, l'autre a hoché la tête et s'est redressé une seconde pour regarder ses copains en haut sur la rampe. Ils lui ont donné un peu de mou. Il était vraiment doué, tout en se balançant, il a réussi à sortir un paquet de cigarettes de sa poche. Il l'a ouvert et il a fait une pirouette pour se mettre comme un ange juste au-dessus de Jamie.

Jamie a tendu le bras pour prendre la clope, il l'a calée entre ses lèvres et peut-être qu'il a dit merci ou quelque chose. L'autre allait se déplacer quand le couteau s'est planté dans son coude. J'ai vu sa tête, complètement ébahi. Il a regardé son bras, le temps qu'il commence à saigner, ensuite il a roulé sur lui-même pour essayer de donner un coup de pied, mais Jamie lui a planté la lame dans la jambe. Le bébé a hurlé et le cheval avait peur, un des mecs a crié en haut. C'est là que je me suis rappelé, c'est les Roumains, parce qu'ils criaient dans leur langue. J'ai repensé au jour où on a refusé de les servir au Well. Tommy disait qu'ils avaient bien de la chance de se balader dans le coin, même de boire un coup, ces connards qui viennent nous piquer nos jobs. Ils avaient pas dit un mot, sauf merci, à moi, et ils avaient filé. Mais putain, ce qu'ils gueulaient là-haut avec leur copain qui pissait le sang, vraiment bizarre de saigner comme ça dans les airs, comme un jet de peinture dans le ciel, quand les autres le remontaient. Il était pas mort, bien sûr, mais ils le tiraient vers le ciel.

J'ai regardé Jamie, il était super-calme. Il a fait demi-tour avec le cheval et il est parti tranquillement. Il avait toujours la gamine sous le bras, la cigarette au bec, et il avait lâché le couteau, les yeux pleins de larmes.

Adossée au mur, j'ai jeté un coup d'œil vers la cité. Les gens sortaient des couloirs et y en avait qui regardaient, penchés sur les balcons. Personne disait rien. Y avait Tommy, aussi, avec les petits. Il avait l'air de sourire, et ça se voyait qu'il était pour Jamie et que, là-bas tout seul dans son coin, il lui tapait dans les couilles, au Roumain, il lui cassait la gueule, il lui vidait les poches et il le renvoyait chez lui, chez ses gosses basanés, avec les côtes cassées et des dents en moins, et je me suis dit que peut-être moi aussi, ça me plairait de voir ça, j'en ai eu des frissons, soudain il faisait très froid, j'ai eu envie de serrer le bambin de Jamie dans mes bras comme il le serrait lui.

Note de l'auteur

Ces nouvelles étaient presque achevées à l'été 2014, quand j'ai été victime, le 27 juin, d'une agression à New Haven, dans le Connecticut. Un homme m'a attaqué par-derrière et assommé, alors que je venais de porter secours à une femme qui venait elle-même de se faire attaquer dans la rue. J'ai dû être hospitalisé.

Certains de ces récits ont été composés avant cette mésaventure, et d'autres après (si, par exemple, le coup de poing dans « Treize façons » date de bien avant le 27 juin, le moment où Beverly reconnaît son agresseur dans « Traité » a été rédigé plus tard).

Il me semble parfois que nous écrivons notre vie à l'avance et que, d'autres fois, nous sommes seulement capables de regarder derrière nous. Mais en fin de compte, chaque mot que nous écrivons est autobiographique, peut-être plus encore quand nous essayons d'éviter toute autobiographie.

Malgré tout ce qu'elle doit à l'imagination, la littérature prend des chemins inimaginables.

Ces récits ont leurs propres voix, mais si leur provenance vous intéresse, notamment la Déclaration de la victime que j'ai déposée après mon agression dans le Connecticut, veuillez visiter mon site web, colummccann.com.

Notes du traducteur

TREIZE FAÇONS DE VOIR

1. *Smooth* veut dire onctueux.
2. « *Rise and shine, and give God the glory, glory !* » (*The Arky Arky Song*, comptine enfantine).
3. Chanson *Long Tall Sally* (Little Richard).
4. Quartier de la périphérie de New York.
5. Cf. *My Fair Lady.*
6. *Comme il vous plaira*, Shakespeare, acte V, scène 3.
7. La devise du *New York Times* est *All the News That's Fit to Print* : « Toute l'information digne d'être publiée. »
8. Dernier paragraphe des « Morts » (James Joyce, *Gens de Dublin*).
9. *Bloom* (héros de *Ulysse*) veut aussi dire *fleur.*
10. *Wouldn't it have been jolly if Eve's leaf had been holly ?*
11. *Henry IV*, Shakespeare, acte III, scène I.
12. *Don't Even Think of Parking Here.*
13. *Blackberry* veut dire mûre.
14. Tiré à quatre épingles.
15. Marque de tequila.
16. Créateur de la première émission de caméra cachée (*Candid Camera*) aux États-Unis.
17. Gangs de Brooklyn.
18. Cocktail. Même sens que *tiramisu* : un « remontant ».
19. *Mami, papi,* termes affectueux, semblables à *baby* en anglais.
20. Coups de poing.
21. La prunelle de vos yeux.

22. Deux gouttes d'eau.
23. Martin Luther King, *I Have a Dream*.

QUELLE HEURE EST-IL, MAINTENANT, LÀ OÙ VOUS ÊTES ?

1. À New York, une énorme boule de cristal descend sur Times Square au douzième coup de minuit.
2. En français dans le texte.

SH'KHOL

1. Mythologie irlandaise.
2. Association sportive du comté de Dublin.
3. Créatures cousines des sirènes, qui se déguisent en phoques et dansent nues sur la grève au clair de lune.
4. Grille composée de gros tubes, placée sur une fosse au niveau du sol, permettant le passage des véhicules mais interdisant celui des bovins.

TRAITÉ

1. Connasse.
2. National Public Radio : radio publique américaine.

Table

Collection « Littérature étrangère »

ADAMS Poppy
Le Temps des métamorphoses

ADDERSON Caroline
La Femme assise

AGUÉEV M.
Roman avec cocaïne

ALI Monica
Sept mers et treize rivières
Café Paraíso
En cuisine
La Véritable Histoire de Lady L.

ALLISON Dorothy
Retour à Cayro

ANDERSON Scott
Triage
Moonlight Hotel

ARLT Roberto
Les Sept Fous
Les Lance-Flammes

ARPINO Giovanni
Une âme perdue
Le Pas de l'adieu
Mon frère italien
Giovanni le bienheureux

AUSLANDER Shalom
La Lamentation du prépuce
Attention Dieu méchant
L'Espoir, cette tragédie

BALLANTYNE Lisa
Un visage d'ange
Le Piège de la mémoire

BAKER KLINE Christina
Le Train des orphelins

BAXTER Charles
Festin d'amour

BENIOFF David
24 heures avant la nuit

BEZMOZGIS David
Le Monde libre
Refuznik

BLOOM Amy
Ailleurs, plus loin

BOYKEY SIDLEY Steven
Meyer et la catastrophe

BROOKNER Anita
Hôtel du Lac
États seconds
La Vie, quelque part
Une chute très lente
Une trop longue attente
Fêlures
Le Dernier Voyage

BROOKS Geraldine
Le Livre d'Hanna
La Solitude du Dr March
L'Autre Rive du monde

BROWN Clare
Un enfant à soi

CABALLERO Antonio
Un mal sans remède

CAICEDO Andrés
Que viva la música !

CAÑÓN James
Dans la ville des veuves intrépides

CASH Wiley
Un pays plus vaste que la terre
Les Chemins de la rédemption

CONNELL D. J.
Julian Corkle est un fieffé menteur
Sherry Cracker et les Sept Voleurs

CONROY Pat
Le Prince des marées
Le Grand Santini

COURTENAY Bryce
La Puissance de l'Ange

CUNNINGHAM Michael
La Maison du bout du monde
Les Heures
De chair et de sang
Le Livre des jours
Crépuscule
Snow Queen
Ils se marièrent, eurent beaucoup d'enfants et puis…

DI PAOLO Paolo
Tanta vita !
Où étiez-vous tous

DORRESTEIN Renate
Vices cachés
Un cœur de pierre
Sans merci
Le Champ de fraises
Tant qu'il y a de la vie

DOUGHTY Louise
Je trouverai ce que tu aimes
Portrait d'une femme sous influence

DUNANT Sarah
La Courtisane de Venise
Un cœur insoumis

DUNMORE Helen
Un été vénéneux
Ils iraient jusqu'à la mer
Malgré la douleur
La Faim
Les Petits Avions de Mandelstam
La Maison des orphelins

EDELMAN Gwen
Dernier refuge avant la nuit
Le Train pour Varsovie

ELTON Ben
Nuit grave
Ze Star

FERRARIS Zoë
La Disparue du désert
Les Mystères de Djeddah
Clandestines

FEUCHTWANGER Lion
Le Juif Süss

FITZGERALD Helen
Le Don

FLANAGAN Richard
La Fureur et l'Ennui
Désirer

FRENCH Paul
Minuit à Pékin

FREY James
Mille morceaux
Mon ami Leonard

FROMBERG SCHAEFFER Susan
Folie d'une femme séduite

FRY Stephen
L'Hippopotame
Mensonges, mensonges
L'Île du Dr Mallo

GAIGE Amity
Schroder
Ô my Darling

GALE Patrick
Chronique d'un été
Une douce obscurité
Tableaux d'une exposition
Jusqu'au dernier jour

GARLAND Alex
Le Coma

GARTSIDE Mark
Ce qui restera de nous

GATALICA Alexandar
À la guerre comme à la guerre !

GEE Maggie
Ma bonne

GEMMELL Nikki
Les Noces sauvages
Love Song

GEORGE Alex
Une symphonie américaine

GILBERT David
Les Normaux
Les Marchands de vanité

GUSTAFSSON Lars
La Mort d'un apiculteur

HAGEN George
La Famille Lament
Les Grandes Espérances du jeune Bedlam

HAYES Suzanne
et NYHAN Loretta
Petites recettes de bonheur pour les temps difficiles

HODGKINSON Amanda
22 Britannia Road
Rose et ses sœurs

HOMES A. M.
Mauvaise mère

HOSSEINI Khaled
Les Cerfs-Volants de Kaboul
Mille soleils splendides
Les Cerfs-Volants de Kaboul (roman graphique)

HUTCHINS Scott
L'Amour comme hypothèse de travail

JOHNSTON Jennifer
Petite musique des adieux
Ceci n'est pas un roman
De grâce et de vérité
Un Noël en famille

JONES Kaylie
La fille d'un soldat ne pleure jamais
Dépendances

JORDAN Hillary
Mississippi
Écarlate

KAMINER Wladimir
Musique militaire
Voyage à Trulala

KANON Joseph
L'Ultime Trahison
L'Ami allemand
Alibi

KENNEDY Douglas
La Poursuite du bonheur
Rien ne va plus
Une relation dangereuse
L'homme qui voulait vivre sa vie
Les Désarrois de Ned Allen
Les Charmes discrets de la vie conjugale
Piège nuptial
La Femme du Ve
Quitter le monde
Cet instant-là
Murmurer à l'oreille des femmes
Mirage

KLIMKO Hubert
La Maison de Róża
Berceuse pour un pendu
Les Toutes Premières Choses

KNEALE Matthew
Les Passagers anglais
Douce Tamise
Cauchemar nippon
Petits crimes dans un âge d'abondance
Maman, ma sœur, Hermann et moi

KOCH Herman
Le Dîner
Villa avec piscine

LAMB Wally
Le Chant de Dolorès
La Puissance des vaincus
Le Chagrin et la Grâce

LAW Benjamin
Les Lois de la famille

LAWSON Mary
Le Choix des Morrison
L'Autre Côté du pont
Un hiver long et rude

LEONI Giulio
La Conjuration du Troisième Ciel
La Conspiration des miroirs
La Croisade des ténèbres

LI Yiyun
Un millier d'années de bonnes prières
Un beau jour de printemps
Plus doux que la solitude

LISCANO Carlos
La Route d'Ithaque
Le Fourgon des fous
Souvenirs de la guerre récente
L'Écrivain et l'Autre
Le Lecteur inconstant suivi de *Vie du corbeau blanc*

LOTT Tim
Frankie Blue
Lames de fond
Les Secrets amoureux d'un don Juan
L'Affaire Seymour

MADDEN Deirdre
Authenticité

MAKSIK Alexander
La Mesure de la dérive

MARCIANO Francesca
L'Africaine
Casa Rossa
La Fin des bonnes manières

MCAFEE Annalena
Le Doux Parfum du scandale

McCann Colum
Danseur
Les Saisons de la nuit
La Rivière de l'exil
Ailleurs, en ce pays
Le Chant du coyote
Zoli
Et que le vaste monde poursuive sa course folle
Transatlantic

McCourt Frank
Les Cendres d'Angela
C'est comment l'Amérique ?
Teacher Man, un jeune prof à New York

McGarry Morris Mary
Mélodie du temps ordinaire
Fiona Range
Un abri en ce monde
Une douloureuse absence
Le Dernier Secret
À la lueur d'une étoile distante

McKeon Darragh
Tout ce qui est solide se dissout dans l'air

Mercurio Jed
La Vie sexuelle d'un Américain sans reproche

Mills Jenni
Le Murmure des pierres

Mills Mark
En attendant Doggo

Morton Brian
Une fenêtre sur l'Hudson
Des liens trop fragiles

Murakami Haruki
Au sud de la frontière, à l'ouest du soleil
Les Amants du Spoutnik
Kafka sur le rivage
Le Passage de la nuit
La Ballade de l'impossible
L'éléphant s'évapore
Saules aveugles, femme endormie
Autoportrait de l'auteur en coureur de fond
Sommeil
1Q84 (Livre 1)
1Q84 (Livre 2)
1Q84 (Livre 3)
Chroniques de l'oiseau à ressort
Les Attaques de la boulangerie
Underground
L'Incolore Tsukuru Tazaki et ses années de pèlerinage
L'Étrange Bibliothèque
Écoute le chant du vent suivi de *Flipper, 1973*

Murray Paul
Skippy dans les étoiles
La Marque et le Vide

Nicholls David
Un jour
Pourquoi pas ?
Pour une fois
Nous

O'Connor Scott
Ce que porte la nuit

O'Dell Tawni
Le Temps de la colère
Retour à Coal Run

SAVAGE Thomas
Le Pouvoir du chien
La Reine de l'Idaho
Rue du Pacifique

SCHWARTZ Leslie
Perdu dans les bois

SEWELL Kitty
Fleur de glace

SHARPE Tom
Fumiers et Cie
Panique à Porterhouse
Wilt 4
Le Gang des mégères inapprivoisées ou Comment kidnapper un mari quand on n'a rien pour plaire
Wilt 5 – Comment enseigner l'histoire à un ado dégénéré en repoussant les assauts d'une nymphomane alcoolique

SHIPSTEAD Maggie
Plan de table
Étonnez-moi

SHREVE Anita
Le Poids de l'eau
Un seul amour
La Femme du pilote
Nostalgie d'amour
Ultime rencontre
La Maison du bord de mer
L'Objet de son désir
Une lumière sur la neige
Un amour volé
Un mariage en décembre
Le Tumulte des vagues
Une scandaleuse affaire
Un jour après l'autre

SHRIVER Lionel
Il faut qu'on parle de Kevin
La Double Vie d'Irina
Double faute
Tout ça pour quoi
Big Brother

SILVESTRE Edney
Si je ferme les yeux
Le bonheur est facile

SMITH Tom Rob
Enfant 44
La Ferme

SOLER Jordi
Les Exilés de la mémoire
La Dernière Heure du dernier jour
La Fête de l'Ours
Dis-leur qu'ils ne sont que cadavres
Restos humanos

SWARUP Vikas
Les fabuleuses aventures d'un Indien malchanceux qui devint milliardaire
Meurtre dans un jardin indien
Pour quelques milliards et une roupie

THOMAS Matthew
Nous ne sommes pas nous-mêmes

TOBAR Héctor
Printemps barbare
Jaguar

TOLTZ Steve
Une partie du tout
Vivant, où est ta victoire ?

TSIOLKAS Christos
La Gifle
Jesus Man
Barracuda

ULINICH Anya
La Folle Équipée de Sashenka Goldberg

UNSWORTH Barry
Le Nègre du paradis
La Folie Nelson

VALLEJO Fernando
La Vierge des tueurs
Le Feu secret
La Rambla paralela
Carlitos qui êtes aux cieux

VELASCO Stefanie de
Lait de tigre

VERMES Timur
Il est de retour

VREELAND Susan
Jeune fille en bleu jacinthe

WARD Jesmyn
Bois Sauvage
Ligne de fracture

WATSON Larry
Sonja à la fenêtre

WEBB Katherine
L'Héritage
Pressentiments
À la claire rivière
La Vérité à propos d'Alice

WEISGARBER Ann
L'Histoire très ordinaire de Rachel Dupree

WELLS Rebecca
Fleurs de Ya-Ya

WEST Dorothy
Le Mariage

WILLMANN Thomas
La Sombre Vallée

WINGFIELD Jenny
Les Ailes de l'ange

WOLF Jack
Misericordia

WRINKLE Margaret
Wash

ZAILCKAS Koren
Notre mère

ZHANG Xianliang
La mort est une habitude
La moitié de l'homme, c'est la femme

ZWEIG Stefan
Le Monde d'hier. Souvenirs d'un Européen

Composition et mise en pages
Nord Compo à Villeneuve-d'Ascq

MIXTE
Papier issu de
sources responsables
FSC® C003309

Cet ouvrage a été achevé d'imprimer en avril 2016
dans les ateliers de Normandie Roto Impression s.a.s.
61250 Lonrai (Orne)

N° d'impression : 1601298
Dépôt légal : avril 2016
Imprimé en France